Liebe, Tod & Fritz Teufel

Ralph Henry Fischer

Ralph Henry Fischer

Liebe, Tod & Fritz Teufel

Eine Erzählung

Bibliografische Information der Deutschen Nationalbibliothek:
Die Deutsche Nationalbibliothek verzeichnet diese Publikation in der Deutschen Nationalbibliografie; detaillierte bibliografische Daten sind im Internet über http://dnb.dnb.de abrufbar.

© 2023 Ralph Henry Fischer

Covergestaltung: Michaela Fischer

Herstellung und Verlag: BoD – Books on Demand, Norderstedt

ISBN: 978-374310-0558

1

Zwischen den Einträgen *Liebchen, Manfred* und *Liebeck, Fingernagelstudio*, fand Samuel Liebe im Kölner Telefonbuch außer dem eigenen noch zehn weitere Anschlüsse unter seinem Familiennamen verzeichnet, von *Liebe, C.* bis *Liebe, T.*, nicht allzu viel Liebe also in Köln, doch immerhin nicht auf ihn allein beschränkt, womit er gerechnet hätte, da er in 50 Jahren niemandem seines Namens begegnet war.

Sogar Verwechslungen waren jetzt möglich, vor einigen Tagen hatte ihn eine Frau angerufen und gefragt, ob sie beide nicht einander auf Mallorca kennengelernt hätten, und einen Moment lang war er versucht gewesen, zu bejahen, weil ihm ihre volle, selbstbewusste Stimme gefiel, dann antwortete er aber (und schon das ein Optimum an Kühnheit): Leider nein, ich war nie dort, woraus sie schloss: Dann sind Sie also der andere. Da er nicht verstand (gab es denn zwei?), führte sie ihn didaktisch zur Lösung, indem sie seinen Vornamen zu erfahren wünschte. Samuel, sagte er. Sehen Sie, freute sie sich, Ich suche Siegfried Liebe, und hängte ein.

Erst nach einigen Minuten erkannte Liebe die verschenkten Möglichkeiten dieses Telefonats. Wie, so fragte er sich, hätte die Anruferin reagiert, wenn er auf ihre Erkundigung nach seinem Vornamen wie gewünscht mit *Siegfried* geantwortet hätte? Das triumphierende *Sehen Sie* wäre unbrauchbar gewesen, vielleicht hätte sie stattdessen zu einem verblüfften *Wie bitte?* gegriffen oder zu einem burschikosen *Das gibts doch nicht!* oder aber sich für die ausbaufähigste Variante entschieden: Dann bist dus also doch!

Sicher, hätte Liebe erwidert, Es war ein Scherz, entschuldige.

Ich hätte beinah schon eingehängt!

Ja, es war dumm. Aber schön, dass du anrufst.

Du hast dich ja nicht gemeldet.

Du glaubst nicht, was ich um die Ohren habe! Ich habe aber oft an dich gedacht.

Tatsächlich?

Sicher, es waren schöne Tage.

Ja, aber viel zu kurz.

Das ist wahr.

Ich würde dich gern sehen ...
Eine gute Idee.
Diese Woche?
Gern.
Bei dir oder bei mir? (eine riskante Wendung, der Liebe elegant begegnet:) Ich hab einem Freund für eine Woche den Wagen geliehen, könntest du nicht herkommen?
Sicher, ist ja nur ein Katzensprung von Düsseldorf. Wann? (Düsseldorf also) Dienstag Abend um Sieben?
Ja. Und wo treffen wir uns? (riskant)
Was hältst du von Essengehen?
Gute Idee. Wo?
(Liebe nennt Namen und Anschrift eines kleinen Italieners in seiner Nähe, sie notiert, und gewandt löst er das letzte Problem:) Ich bestelle einen Tisch, für den Fall, dass ich mich verspäte, im Moment komme ich nicht immer zeitig von der Arbeit weg. Okay? (auf diese Weise würde er sie bei *Antonio* an einen bestimmten Tisch positionieren und risikolos taxieren können)
Sicher. Aber du kommst?
Ich freu mich drauf.
Ich auch. Bis dann.
Bis dann.

Eine realistischere Alternative (die aber von Liebe ebenfalls ein gewisses Maß an Spontaneität, Phantasie und Chuzbe verlangt hätte), wäre gewesen, ihre Eröffnung, dass sie (Sehen Sie) Siegfried Liebe suche, mit dem Vorschlag zu kontern, doch noch einmal ihn, Samuel, anzurufen, falls sie Siegfried bedauerlicherweise nicht fände. Auch diese Möglichkeit hätte zwangsläufig bei *Antonio* geendet.
Aber es war zu spät.
So blieb Liebe als einziger Gewinn aus dem Vorfall das Wissen von der Existenz Siegfried Liebes. Im Telefonbuch, wie er eruierte, waren sie beide pur als *Liebe, S.* aufgeführt, ohne Nennung von Straße, Stadtteil oder Beruf, allein durch ihre Anschlussnummern geschieden. Diejenige Siegfrieds ließ sich dank

der Anfangsziffern in den südlichen Stadtteilen lokalisieren, zwischen Bayenthal und Hahnwald, Quartieren, die in der kölnischen Überlieferung als die besseren galten gegenüber jenem im Westen, in dem Samuel lebte: besser insofern dort mehr private Grünflächen, weniger Immigranten und, vor allem, vermeintlich schönere Wohnsubstanz anzutreffen waren. Ob auch die Bewohner die besseren Kölner waren, entzog sich Samuels Kenntnis – die besser *Verdienenden* waren sie mit Sicherheit, und Siegfried also war einer von ihnen; wofür, in Samuels Augen, schon ein wenig auch sein Name sprach. Denn welchen Ursprung mochte wohl eine solche Namensgebung haben, wenn nicht einen, der an Nibelungentreue gemahnte: zu Wagner oder zum Führer (vielleicht eine Tautologie)? Beides setzte, so Samuels Meinung, wenigstens gehobenen bürgerlichen Mittelstand voraus, Angehörige der niederen Stände interessierten sich nicht für Wagner und hätten andererseits Hitler ihren Nachwuchs mit Namen wie Adolf, Hermann, Josef (auch Hermann-Josef) dediziert. Diese Überlegung ließ Samuel Siegfrieds Geburtsdatum in den 89 Jahren zwischen 1876 und 1965 vermuten, zwischen der Uraufführung des *Rings* also und dem Ende des Frankfurter Auschwitz-Prozesses. Da aber die Stimme jener Anruferin, die Siegfried auf Mallorca kennengelernt hatte, wie die einer 30- bis 40-Jährigen geklungen hatte, nahm er an, dass Siegfried wohl eher in seinem eigenen Alter war, ein Endvierziger demnach, vermögend, Führungskraft, zumindest Lehrer (Oberstudiendirektor), der gelegentlich Urlaub oder Ferien auf Mallorca machte, just for fun (Fitness und Amouren), natürlich nicht im teutonischen, billigen, ordinären Teil der Insel, sondern dort, wo sie gleichsam ursprünglich und sie selbst geblieben und dennoch nobel infrastrukturiert war, wie geschaffen für einen germanischen Helden, der die einsame nordische Seele bisweilen mit ein wenig mittelmeerischem *savoir vivre* zu erwärmen wünschte.

Mehr, sah Samuel, ließ sich über Siegfried nicht herausfinden, zumal ihm letztlich zu wissen genügte, dass, ungeachtet aller unüberbrückbaren sozialen, ökonomischen und lokalen Differenzen zwischen ihnen, sowohl im besseren Süden wie im schlechteren Westen Kölns dennoch Liebe anzutreffen war. Und nur er, Samuel, wusste, dass Siegfried es noch übler getroffen hatte als er selbst, konterkarierte doch der sehr mannhafte, heroische, kantige Vorname den überaus unernsten, weiblichen, weichen Familiennamen aufs Parodistischste. In gewisser Weise neutralisierten sie einander, und Samuel fand es bewundernswert, dass Siegfried dennoch die Kraft aufgebracht hatte, auf Mallorca eine kleine Liebschaft zu beginnen – auch wenn er sich nach seiner Rückkehr nicht wieder bei jener Frau gemeldet hatte, sie ihn vielmehr ihrerseits suchen musste. Aber womöglich war Siegfried verheiratet, hatte Kinder und nicht im mindesten die Absicht, sein geglücktes Leben durch einen bedeutungslosen Seitensprung zu gefährden.

Denkbar also (als letzte Variante): Siegfried, wenn ihn denn die Anruferin endlich erreichen sollte (Haben wir uns nicht auf Mallorca kennengelernt?), würde antworten wie er, Samuel: Nein, tut mir leid, ich war noch nie dort, und auflegen. Wie bitte?, würde die Frau, die natürlich seine Stimme erkannte, fassungslos in die Sprechmuschel rufen, dann aber sehr rasch begreifen und in ihrem Begreifen zu hellem, gerechtem Zorn entflammen, der wiederum umgehend jener allzu vertrauten Verzweiflung darüber weichen würde, erneut aus dem Rennen um *Liebe* ausgeschieden zu sein, wissend, dass die nächste Runde noch ein klein wenig schwieriger werden würde. Vielleicht würde sie sich betrinken an diesem Abend, vielleicht sich umbringen, vielleicht auch Siegfried sofort vergessen und zum neuen TUI-Katalog greifen, um die nächste Reise zu planen, oder zur alternativen Stadtzeitung, in deren korrekt sortiertem Serviceteil sie Beziehungs-, Unterhaltungs-, Weiterbildungs-, Therapie-, Glaubens- und Fitnessangebote auch für ihren Fall (Single, weiblich, weiß, hetero) finden würde. Denn nicht nur in Köln, sicher auch in Düsseldorf war für alles gesorgt, niemand (auch sie nicht) musste auf Spaß, Sex und sinnvolle Freizeitgestaltung verzichten, sofern er sich nur halbwegs einem der vielen ausgeklügelten Gruppenformate zuordnen ließ.

Aber vielleicht würde ihr Groll gegenüber Siegfried auch in ein unvermitteltes Erstaunen darüber münden, dass er, indem er sein Ferienabenteuer mit ihr verleugnete, tatsächlich jenen Teil von sich annulliert hatte, der fort gewesen war. Insofern, so ihre jähe Einsicht, hatte er nicht einmal gelogen, er war, im Nachhinein, nie auf Mallorca gewesen, denn wäre er wirklich dort gewesen, dann wäre jenes stimmige Arrangement, das er für sein Leben hielt, sogleich zerbrochen, und das nicht etwa, weil die Nächte auf der Insel so wild und das

Meer so sanft und die Sonne so heiß und die Natur so betörend und die Finca so ursprünglich gewesen wären, sondern weil niemand zugleich unterwegs und arriviert sein konnte.

Da aber Siegfried, dieser Unmöglichkeit zum Trotz, faktisch dennoch auf Mallorca gewesen war und dort bereits sein Kölner Arrangement (Kinder, Ehe etc.) in gleicher Weise unterschlagen hatte wie nun sein Abenteuer und auch dies keine Lüge im landläufigen Sinn gewesen war, vielmehr ein Annullieren auch seiner heimischen Existenz, kam die Anruferin endlich zu dem durchaus befreienden Schluss, dass es Siegfried Liebe letztlich weder hier noch dort tatsächlich gab.

2
Am Morgen des 2. August 2001 erfuhr Samuel Liebe beim Bäcker durch Nora Weiler (im 3. Monat schwanger), dass auch Friederike Schmitz und Petra Appelt endlich guter Hoffnung seien (ihm war entgangen, dass beide bis dahin offensichtlich ein eher trostloses Leben geführt hatten). Mittags erwähnte Amalie Hasenbeck am Telefon, dass nicht allein sie, sondern auch Britta Seipolt und Susanne Krantz je ein Kind erwarteten. Nachmittags traf er im Copyshop Klara Wintropp. Sie lächelte verklärt.
Was ist los? fragte Liebe.
Er ist endlich da! flüsterte sie.
Wer?
Benny!
Wer zum Teufel ist Benny?
Mein Sohn!
(Liebe hatte sie ein Jahr nicht gesehen)
Abends rief dann noch Kurt Hamacher an, bis dahin eine eher handfeste Gestalt, nun aber gänzlich entmannt durch seiner Gefährtin Evi unverhoffte Schwangerschaft, die offenkundig nicht er selbst, sondern ein Gott bewerkstelligt hatte, klang es doch als erwarte sie in fünf Monaten einen neuerlichen Messias.

Womöglich, so spekulierte Liebe nach Kurts Anruf erschöpft, war für diese jähe und üppige Fruchtbarkeit, die ihn an jenes erstaunliche Wuchern von Kohlgewächsen, Wildpilzen, Melonen und Tumoren erinnerte, das im Anschluss an den Reaktorunfall von Tschernobyl 1986 in manchen Regionen Europas und Nordamerikas zu beobachten war, eine eher kosmische Ursache verantwortlich, ein interstellarer Samenerguss zum Beispiel; immerhin verbanden viele mit dem neuen Jahrtausend durchaus apokalyptische Attacken gegen den gewohnten Lauf der Dinge.

Dann aber zog er vor, sich zu entsinnen, dass beispielsweise Evi Hamacher, unzufrieden mit ihrem erlernten Beruf, schon seit zwei Jahren unschlüssig wie unlustig auf Alternativen harrte und nun also offenkundig eine geeignete Umschulungsmaßnahme gefunden hatte; ebenso verdankten sich auch die anderen werdenden Kinder allesamt Müttern, die, zwischen 30 und 40, entweder: bislang noch keine Karriere geschafft hatten oder aber: sich für die geschaffte Karriere gleichsam entschuldigten, indem sie ihr Frausein durch die Mutterschaft unter Beweis stellten – so oder so die allerletzte biologische Chance, ehe sie sich der High-Tech-Medizin würden bedienen müssen, die auch gestörten Greisinnen noch gestörte Kinder zu verschaffen verstand.

Dazu die globale Krisenlage, die ohnehin Eheschließungen und Geburten (als gängige Methode der Selbststabilisierung) begünstigte. Die überzeugendste Antwort auf die verunsichernde Sinnfrage nach wie vor: ein Kind. Kann ich nicht Künstlerin (Forscherin, Politikerin, Megäre, Anwältin, Unternehmerin, Lehrerin, Ärztin) werden, werde ich wenigstens Mutter. Endlich ein über mich hinausreichender Akt. Die Geschichte wird weitergehen, ich atme auf. Sollen sich doch die Kleinen später mit der Umweltzerstörung und dem Globalkapitalismus herumschlagen – ich habe jetzt andere Aufgaben, endlich eine bindende, langjährige Verantwortung für etwas außerhalb von mir, das mir so bald nicht entkommen wird. Selbst Geldverdienen macht wieder Sinn. So viele Sachen zu kaufen, 30 Jahre lang!

Liebe hätte sich stärkere Argumente für die Herstellung eines Kindes (einer Ehe, einer Familie) gewünscht, die genannten aber dennoch goutiert, hätten nicht die Verantwortlichen ihre Notlösung stattdessen mit einer Lüge begründet: mit dem Verweis auf *Liebe* nämlich, ein Schachzug, der ihnen alle unerwünschten Fragen vom Leib schaffen sollte – zum Beispiel jene, eingedenk zahlloser verwaister, verhungernder, verstümmelter Kinder in aller Welt immerhin naheliegende Frage: wozu (wenn man denn schon ein Kind wünschte) es denn unbedingt ein leibeigenes sein musste? Aus Sentimentalität? Oder Schöpferstolz? Oder damit die weißen Arier nicht ausstürben? Oder verlangte gar in den paarig verbundenen Eierstöcken und Hoden jählings die Natur nach ihrem Recht?

So wenigstens hatte Agathe Imgrund vor 15 Jahren argumentiert: die Möglichkeit der Reproduktion sei nun einmal in der Frau angelegt, oder weniger eine Möglichkeit als vielmehr biologischer Zwang oder gar himmlischer Auftrag, die natürliche Bestimmung zu erfüllen[1]. Und sie hatte nicht bloß argumentiert, sondern gehandelt: sich von Liebe getrennt, und nicht etwa, weil er keine eigenen Kinder wollte (da hätte sie ihn schon rumgekriegt), nein, der Grund war vielmehr, dass er minderwertiges Gen-Material in ihre hochwertigen Eizellen befördert hätte – er rauche nämlich zuviel, wie sie ihm sachlich darlegte. Sehr viel später hatte er dann durch gemeinsame Bekannte erfahren, dass sie, nach langen Jahren der Suche, endlich einen Mann gefunden hatte, den sie zwar nicht liebte, der aber ihre hohen eugenischen und sportlichen Bedingungen erfüllte; und nachdem er ihr die beiden Kinder, die sie haben wollte, verschafft hatte, hatte sie ihn, noch ehe das zweite Kind geboren war, sogleich verlassen.

Aber schon die blinde, plumpe und Aufmerksamkeit erheischende Ignoranz, mit der sich so viele Schwangere ihren unbeirrbaren Weg durch die Öffentlichkeit zu bahnen wussten, erzürnte Liebe. Sie rempelten Passanten an, ließen beim Durchqueren einer Tür niemandem den Vortritt, dominierten jede Unterhaltung und verurteilten ganze Gesellschaften zur Nikotinabstinenz. Die Welt gehörte ihnen. Vormals skeptische, aufmerksame, höfliche, selbstkritische (kurz: emanzipierte) Frauen gewannen da zunehmend ein selbstzufriedenes Gewicht, das sich keiner Leistung verdankte, sondern allein dem Um-

---

[1] Entsprechend, hatte Liebe gefunden, würde sein eigener biologischer Auftrag darin bestehen, sein Revier zu markieren und jeden eindringenden Konkurrenten aufzufressen oder zu verjagen.

stand, dass sie nun zu zweit in einem Leib auftraten, der ihre individuelle Kontur auflöste, um ihnen durch den Rückfall in die wuchernde, mutierende Fruchtbarkeit des Pflanzen- und Tierreichs eine neue fundamentalistische Bedeutung zu verschaffen. Gleichsam über Nacht sahen sie sich nicht länger im Aufruhr gegen die kontingente Natur begriffen, sondern in fraglosem Einverständnis mit der Schöpfung, willige Vollstreckerinnen des wabernden *elan vital*.

Ganz im Banne dieses mystischen Geschehens mühten sich daneben die lächerlich stolzen und unwichtigen werdenden Väter hilflos, ihre verfremdeten monströsen Gefährtinnen wie zarte, zerbrechliche und kostbare Pflänzlein vor aller Unbill mannhaft zu schützen. Dabei war, wie bei allen Mysterien, die verlogene Anbetung ihrer trächtigen Partnerinnen nicht selten verbunden mit tiefer Abscheu vor ihren deformierten Körpern und den physiologischen Vorgängen in ihrem Innern. Darob schuldbewusst, verstärkten die Herren ihre Anbetung noch.

Einer vertraute Liebe nach ein paar Bier an, dass der erstaunlichen sexuellen Begierde seiner schwangeren Frau die eigene plötzliche Impotenz zuwiderlief, die er sich damit erklärte, dass wohl ihr veränderter Körper, vor allem ihr Unterleib, in seinem Unterbewusstsein das Bild des Schoßes seiner Mutter evoziere, das ihm Übelkeit bereite. Um nicht lieblos zu erscheinen (was er nicht sei), mache er es ihr nun auf ihre Bitte mit dem Mund, was ihm aber nur gelänge, wenn er die Augen schlösse, weil ihn der Anblick ihrer Vulva, nach der er bis dahin süchtig gewesen sei, durch den darüber gewölbten geäderten Bauch mit seinem gierigen, verfressenen Nachkömmling darin, der ihr näher war als er selbst je sein würde, abstieß. Er fühle sich winzig, unnütz und verloren vor dieser fremden, dschungelhaften Vegetation.

Ein atavistischer Nachhall des Matriarchats, vermutete Liebe, der sich an ethnologische Berichte über vermeintliche Naturvölker erinnert sah, die wenigstens in diesem Sinn naturverbunden waren, dass sie die permanente Fortpflanzung, die für den Erhalt ihrer bedrohten Gesellschaften nötig war, in das Zentrum ihrer kultischen Identität stellten. Und obwohl in den vermeintlich modernen Zivilisationen diese existentielle Bedingung nicht mehr bestand, wirkten doch die gleichen dumpfen Riten fort, und nicht allein in der Subventionierung von Familie und Ehe durch Staat und Kirche, die wussten, wie sie ihre Pappenheimer unter Kuratel bekamen, nein, auch im Privaten reichte häufig die Nachricht von einer Schwangerschaft, um verfeindete oder entfremdete Familienmitglieder wieder miteinander zu versöhnen und verweigerte Zuwendung wie Gelder wieder fließen zu lassen.

Stefan Moss und Pauline Grodebelt zum Beispiel, Nachbarn Liebes, Stefan erfolgloser Künstler, Pauline erfolglose Designerin, waren jahrelang von ihren schwerreichen christlichen Familien gemieden worden, weil sie nichts Vernünftiges, sprich Geldbringendes zustande brachten. Dann, als Pauline versehentlich ein Kind empfing, war plötzlich aller berufliche Misserfolg durch die geglückte Zeugung vergessen, Eltern, Großeltern, Onkeln und Tanten kümmerten sich jählings um alles, gerührt, geschmeichelt, bewegt, selbst das fehlende Geld war kein Problem mehr, natürlich half man wo man konnte, Stefan und Pauline hatten es sich endlich verdient, und vor allem: alle Welt begegnete ihnen fortan mit Respekt und Einverständnis, denn durch den gelungenen biologischen Akt gehörten sie endlich dazu, zu den Ja-Sagern, Ja zum Leben, Ja zur Familie, Ja zur Zukunft, und nur folgerichtig schloss das Ja-Wort vor Standesbeamtem und Pfarrer diese glückliche Wendung ab. Und am Ende glaubten sie selbst ergriffen, dass dieses noch ungeborene Kind (als Debütant einer Reihe bereits geplanter) tatsächlich die natürliche Krönung ihrer Liebe war. Stefan, ungehalten, dass Liebe diese Ergriffenheit nicht gebührend teilte, hatte ihn beim Hochzeitsessen angeranzt: Du gönnst einem aber auch nichts! und, ehe Liebe antworten konnte, ergänzt: Dabei bin ich sicher, dass du, wenn du ehrlich bist, den gleichen Wunsch in dir selbst entdeckst!

Genau! hatte Pauline beigepflichtet, Ich erinnere mich, dass du einmal von einer Frau erzähltest, die du durchaus heiraten wolltest. Und war nicht auch von Kindern die Rede? Doch, doch, hatte Liebe bestätigt, Das war Sabrina Rosroth. Siehst du, du Heuchler! hatte Stefan ihn augenzwinkernd auf die Schulter geschlagen, während seine andere Hand Paulines Wange tätschelte, Du findest sicher auch noch die richtige!

Liebe hatte darauf verzichtet, anzumerken, dass Sabrina und er die angesprochene Familienplanung als Achtjährige betrieben hatten.

3

Selbstredend wünschten auch schwule und lesbische Paare in Liebes Umgebung, die Ehe miteinander zu schließen oder gar, auf welchem technischen Weg auch immer, Kinder zu erwerben. Vielmehr handelte es sich weniger um einen Wunsch als um eine Forderung: wir wollen so sein wie ihr, signalisierten sie vehement, und wenn ihr es ernst meint mit unserer Emanzipierung, dann gebt uns gefälligst die Ehe, die Elternschaft, den kirchlichen Segen und alle rechtlichen Privilegien der majoritären Norm. Sie wünschten nichts sehnlicher als endlich zu jener Welt zu gehören, die sie nach wie vor diskriminierte, und waren bereit, ihre Tauglichkeit gleichsam durch den Fahneneid auf den heiligen bürgerlichen Stand der Ehe wie der Nachkommenschaft zu erweisen, obschon gerade diese Bourgeoisie sie noch immer als Anders- und Abartige verhöhnte.

In einer Diskussion, ausgelöst durch einen kleinen gehässigen Aufsatz Liebes[2], schrie Julia Messner, eine lesbische Bekannte, ihn, als Repräsentanten der repressiven Normalität, verzweifelt an: Warum denn soll *ich* nicht heiraten dürfen? Und warum denn soll *ich* keine Kinder haben dürfen? Bin ich keine Frau? Darf ich meine innewohnende Mutterschaft nicht ausleben?

Noch ehe Liebe antworten konnte, ergänzte Friedrich Brodsky, ein schwuler Musiktheaterregisseur, verdächtig gefasst: Und warum verweigerst du mir etwas, was du für dich ganz selbstverständlich in Anspruch nimmst?

Was denn um himmelswillen? fragte Liebe, und Friedrich brüllte: die Vaterschaft!

Tu ich doch garnicht, wollte Liebe einwerfen, Ich will weder heiraten noch Kinder, aber Friedrich fuhr unbeirrt fort: Und soll ich dir sagen, warum? Ihr habt bloß Angst, dass wir in euer Terrain eindringen. Nur weil wir den Mut haben, auszuleben, was auch in euch ist und vor dem ihr euch durch eure kleinbürgerliche Moral nur feige schützt!

Es folgten die unvermeidlichen Thesen: 1. Eigentlich (was meinte: ursprünglich, bei der Erschaffung der Welt, im Garten Eden) war jeder schwul, lesbisch

---

[2] Siehe „Artenschutz für Minderheiten", **Denk-Bar**

oder wenigstens bisexuell (denk an den zwittrigen Fötus!), 2. Heterosexualität sei folglich die eigentliche Verirrung, ein Krankheitssymptom, 3. Gott sei eigentlich wenn nicht eine Frau, so doch wenigstens geschlechtsneutral bzw. doppelgeschlechtlich, und Jesus war entweder eine Lesbe oder schwul, denn die ganze christliche Überlieferung sei eine einzige Manipulation des wahren Evangeliums durch bigotte, kranke Heteros.

Und du bist auch bloß so ein Nazi, stellte Friedrich resigniert fest, der (eins neunzig groß, kurzgeschorener Blondkopf, dank Bodybuilding muskelbepackt) seit zwei Jahren nur noch in schwarzen Lederklamotten umherlief, dicke Stiefel trug, Handschuhe, einen Gürtel mit Totenkopfkoppel und um den Hals ein Schäferhundstachelband.

Liebe, in Gedanken nach einem Geschenk für Friedrichs virtuellen Sprössling suchend, fragte sich, ob wohl im Fachhandel bereits Strampelanzüge aus Leder und Stahl erhältlich seien. Und welches Spielzeug er wohl mitbringen könnte. Einen kleinen gynäkologischen Stuhl? Eine neunschwänzige Katze? Einen Eisen-Dildo als Schnuller? Auf seine entsprechende Erkundigung hin stand Friedrich auf, sagte: Du bist pervers, und ging.

Und über ein Geschenk für mich brauchst du dir garnicht erst den Kopf zu zerbrechen! brillierte Julia, während sie ihren Mantel schnappte, um Friedrich zu folgen.

Jener Friedrich indes, den Liebe seit Jahren kannte und schätzte, war von seinen gutbürgerlichen, naiven Eltern in einer norddeutschen Kleinstadt als hochbegabter kleiner Prinz der Familie verhätschelt worden, war durch die Schulen ebenso als Klassenbester geglitten wie durch das anschließende Studium und hatte gleich bruchlos in gutdotierte Engagements an deutsche Provinzbühnen hineingefunden. Dort bediente er das bürgerliche Abonnement-Publikum erfolgreich mit gefälligen, glatten Inszenierungen der Opern- und Operettenklassiker. Liebe, der anfangs noch die Premieren besuchte, begriff nicht, wie ein 35jähriger verfolgter Outcast es schaffte, auf der Bühne den Spießern haargenau jenen Kitsch zu liefern, den ihr borniertes Selbstverständnis verlangte, während er in der Garderobe dem Kostümbildner seinen Schwanz in den Arsch steckte. Und anschließend, bei der Premierenfeier, badete sich Friedrich, ein Glas Sekt in der Hand, im synthetischen Sirup der Anerkennung der städtischen Prominenz, selbst davon überzeugt, er habe an diesem Abend *Kunst* abgeliefert, wie ihm die angetrunkene Intendantengattin im geschmacklosen Abendkleid mehrfach selig versichert. Und während Friedrich sich einem anderen Schmeichler zuwendet, meint der größte Unternehmer der Stadt (als postmoderner Heidegger oder Goering im Abendanzug aus Loden), dem das kleine Opernhaus sein Fortbestehen verdankt, kopfschüttelnd, sich den feisten Arsch kratzend: Wirklich überall warme Brüder heutzutage.

Ja, schon, stimmt die Gattin des Intendanten glucksend zu, Aber sie haben doch wirklich ein Händchen für die Kunst, das musst du zugeben! – während Liebe in seinem Rücken Friedrich einem pickeligen jungen Mann die empörende Geschichte seines tapferen *outings* gegenüber seinen Eltern erzählen hört, zehn Jahre zuvor, als sein Vater das bis dahin einfühlsame und undramatische Gespräch mit der (in der Tat) groben und verständnislosen Frage tötete: Könnte dir nicht vielleicht eine Therapie helfen?

Stell dir das vor! verzweifelte Friedrich noch immer, der eigene Vater!

Und natürlich hatte er sogleich rigoros mit diesen Eltern gebrochen, und natürlich befand er sich seither in intensiver therapeutischer Behandlung, um von den Wunden zu genesen, die ihm eine feindliche Welt seit seiner Geburt zufüge. Er verlangte eine Wiedergutmachung. Die gutausgebaute schwule Infrastruktur mit Saunen, Kneipen, Clubs, Zentren, Parks, Fachzeitschriften und Festkalender, deren sich Friedrich zu bedienen pflegte, wenn ihn die Einsamkeit übermannte (und um die ihn Liebe als meist alleinstehender Hetero gelegentlich fast beneidete), war nur der erste Schritt. Das eigentliche Ziel jedoch war die Ankunft in einer Ehe, einer Familie, einer Sekte, einer Weltanschauung, einem weitläufigen Beziehungsgeflecht, die sein Anderssein außer Kraft setzen würde. Für die legitimen Regelbrüche würden sich dann eigene Regeln finden, ein paar Tage Mallorca vielleicht. Und eines Abends würde das Telefon klingeln, Friedrich nähme ab, während sein Ehemann gerade die kleine Zarah wickelte, eine Stimme würde fragen: Haben wir uns nicht auf Mallorca kennengelernt?, und Friedrich würde den Kopf schütteln und antworten: Tut mir leid, ich war nie dort, und auflegen.

4

Aber jener universellen, die Klagen der Humangenetik hellsichtig antizipierenden Formel *Der Mensch ist aus krummem Holze gemacht!* war Liebe bereits 1968, als 16jähriger Gymnasiast, begegnet, und zwar in Gestalt eines Religionslehrers, der mit dieser tiefen forstwirtschaftlichen Einsicht die Frage beantwortet hatte, wie denn er, als Katholik, sich die Haltung der allermeisten Christen im 3. Reich erkläre. Unbedacht hatte der Geistliche mit einem Achselzucken hinzugefügt: Die wenigsten Menschen eignen sich zu Helden, was Liebe zu der unumgänglichen Gegenfrage angeregt hatte: Fällt es denn soviel leichter, Killer zu werden?

Am folgenden Morgen hatte die Hälfte der Klasse vor dem Kölner Amtsgericht ihren Austritt aus der katholischen Kirche erklärt. Ein kleiner Erfolg. Am gleichen Tag (unter Berücksichtigung der Zeitverschiebung) hatte, wie man später erfuhr, der US-Leutnant der Marines Calley mit seinen *Jungs* die 500 Bewohner des vietnamesischen Dorfs My Lai abgeschlachtet.

35 Jahre später fiel auch Liebe mitunter zum Stand der Dinge nicht mehr als das krumme Holz ein – wenn er nicht gerade jener wilden Theorie zuneigte, derzufolge außer Kontrolle geratene, den Hochsicherheits-Laboratorien der Bio- und Gen-Techniker entwichene Viren, Bakterien oder Klone (freie Radikale) unaufhaltsam zugange seien, jene identitätslosen, willfährigen, funktionstüchtigen, stets gutgelaunten Wesen mit Killerinstinkt zu produzieren, denen man in wachsender Zahl (etwa in Gestalt sogenannter global players) auf Schritt und Tritt begegnete.

Auf der gleichen Linie (der einer gleichsam sachlich-diskreten Auslöschung des Menschlichen) lag das nicht minder erwägenswerte Modell einer längst erfolgten, doch unbemerkt gebliebenen bzw. offiziell verschwiegenen Okkupation der Erde durch außerirdische Invasoren.

Liebe, der selbst einmal (1984) aus seinem Küchenfenster heraus ein UFO über Köln hatte hinweggleiten sehen, folgte bei dieser Variante einem beklemmenden US-amerikanischen Science-Fiction-Film der späten 1970er Jahre[3] (einer Abwandlung des Dracula-Stoffs), in dem außerirdische Organismen pflanzlicher Art sich in epidemischer Rasanz der Körper der vorhandenen Menschen bemächtigen und als willen- und emotionslose, physisch jedoch identische Kopien an die Stelle der zu Staub zerfallenden Originale treten.

Die Beklemmung rührte zum einen daher, dass diese räuberische Reproduktion sanft und schmerzlos im Schlaf erfolgt, dem arg- und wehrlosesten menschlichen Zustand, in natürlicher Anästhesie, so dass ihr letztlich niemand zu entkommen vermag, denn auch die Handvoll aufgeweckter Widerstandskämpfer wird einmal todsicher ermüden und einschlafen.

Beklemmend ferner, dass der unblutige Transformationsprozess nicht eigentlich als Gewalttat erlebt wird, da das jeweilige Opfer optisch unversehrt, wenn auch als Pflanze (sinnigerweise als hohle Hülsenfrucht) wiederersteht und das „Leben" des Originals unverändert fortzusetzen scheint (gesellschaftlich, beruflich, privat) – zumal die Transformierten lockend bekunden, dass es ihnen (endlich frei von eigensinnigem Wollen, quälenden Emotionen und lastendem Geschichtsbewusstsein) weitaus besser gehe als zuvor[4].

Am beklemmendsten zuletzt, dass man den Invasoren, da sie als wertneutrale „natürliche" Organismen auftreten, mit humaner Moral nicht beikommen kann: sie tun, was sie tun, nicht, weil sie böse sind, sondern in Erfüllung ihres genetischen Auftrags, der rätselhaft bleibt, aber in einem ersten Schritt offensichtlich verlangt, die Menschen ihrer inneren Individualität zu berauben oder sie, positiv, von ihr zu befreien. Die äußere bleibt unangetastet, weil sie, wie zu sehen ist, den Ablauf des Geschehens nicht beeinträchtigt. Ein zurückkehrender Astronaut würde keinen Unterschied bemerken, abgesehen davon, dass seine Landsleute zusätzlich zu ihren gewohnten Tätigkeiten überaus fleißig und konzentriert damit beschäftigt wären, merkwürdige pflanzliche Samen in umfunktionierten Fabriken und Gartencentern zu vermehren und sie per Schiff, Bahn und Flugzeug in alle Welt zu befördern. Seine Spannung

---

[3] Deutscher Titel: Die Körperfresser kommen, 1977
[4] Der umgekehrte Fall Gregor Samsa (Kafka: Die Verwandlung): erwachend würde er, da optisch unverändert, nicht im Mindesten darüber erschrecken, dass er ein radikal anderer geworden war.

bezieht der Film vor allem daher, dass man als Zuschauer nie sogleich weiß, ob man nun einen Originalmenschen oder sein hohles Duplikat vor sich hat. Allerdings besitzen letztere ein besonderes Sensorium dafür, noch nicht transformierte Originale zu erkennen: und mit (in der Tat unmenschlichen) Schreien machen sie ihresgleichen auf den Enttarnten aufmerksam, der gejagt, eingefangen, in Schlaf versetzt und reproduziert wird. Hier endlich werden die Duplikate, obschon pflanzlichen Gesetzen unterworfen, den Menschen sehr ähnlich: jeden Unzugehörigen als Bedrohung erkennend, setzen sie alles daran, ihn unverzüglich gleichzuschalten, damit ihr Friede in der Welt sei.

Diese Szenarien hatten für Liebe natürlich auch darum einen besonderen Reiz, weil er darin zwangsläufig die heroische Rolle desjenigen einnehmen würde, der zu den wenigen zählte, die, jederzeit wachsam, die immense Bedrohung der Menschheit erkannten und es übernahmen, sich im zuguterletzt vergeblichen Kampf für die Rettung der Welt zu opfern. Er bemerkte jedoch, dass die affektlosen pflanzlichen Gegner diese heroische Rolle garnicht zuließen, insofern sie nicht im Mindesten irgendein ernstliches Interesse daran zeigten, ihn in herkömmlichem Sinn zu beseitigen, sie bekämpften ihn nicht einmal nach menschlichen Kriterien, sondern erfüllten lediglich die neutrale Aufgabe, ihn zu erlösen, indem sie ihn zu einem der ihren machten.

Und tatsächlich müsste er, in die Enge getrieben, einräumen, dass ihrer so definierten Aufgabe in ihm etwas durchaus adäquat antwortete, ein beängstigendes allzumenschliches Drängen nach Selbstaufgabe nämlich. Auch er, Liebe, erläge dem begreiflichen Wunsch, endlich einmal die Augen zu schließen und in jenen tiefen, schmerzlosen, befreienden Schlaf zu sinken, aus dem er als perfekte hohle Hülsenfrucht erwachen würde, nicht länger zweifelnd, nörgelnd, kämpfend, moralisierend, vielmehr willen-, furcht-, wunsch- und schuldlos endlich *Allem* zustimmend, *Allem* zugehörig, *Allüberall* einsetzbar – ein ganz gewöhnlicher bürgerlicher Killer.

Stattdessen erfuhr Liebe am Morgen des 7. Januar aus den ersten Rundfunk-Nachrichten, dass der Liedermacher und Dichter Wolf B. am voraufgegangenen Abend in Wildbad Kreuth als Gast der bayrischen CSU-Führung mit allerlei Liedern und Meinungen erfreut hatte. Nicht, dass Liebe diese Annäherung zwischen einem ehemals undogmatischen Linken und der chauvinistischsten der im deutschen Bundestag vertretenen Parteien sonderlich überrascht hätte (seit 1989 hatten sich schon ganz andere auf die Seite der kapitalen Sieger geschlagen), aber er empfand doch jeden einzelnen dieser Fälle als betrüblich.

Natürlich besaß Liebe seit 1969 die Wagenbach-Quartplatte No. 4, Chausseestraße 131, auf der B. nach wie vor so verzweifelt optimistisch versicherte, dass die Erde dereinst rot werden würde, so oder so, lebenrot oder todrot.

Und schon wegen der abenteuerlichen, technisch mangelhaften Aufnahme- und Distributionsbedingungen (Tonband im DDR-Wohnzimmer, herausgeschmuggelt in den Westen) wirkte die Platte so subversiv ursprünglich als sei sie an der Revolutionsfront selbst entstanden, ein Eindruck, der jeden antiautoritären West-Linken (auch den 17jährigen Liebe) angesichts des eigenen bequemen und theorielastigen Wohllebens nur beschämen konnte.

Hinzu kam die volksnah bauchbetonte Vitalität, mit der B. seine Lieder gröhlte und polterte, sein Sozialismus schien keiner des parteiamtlichen Gleichschritts, eher anarchisch wie der des heiligen Che; und B.s Musik evozierte denn auch die Vorstellung einer heruntergekommenen südamerikanischen Bodega, in der die gutgelaunten Guerilleros zwischen ihren abenteuerlichen Einsätzen für die Revolution verdreckt, verschwitzt, verwundet einkehrten, um kollektiv zu saufen, zu fressen, zu singen, belohnt von den stets willigen, erdverbundenen revolutionären Genossinnen.

Bürgerliche Revolutionsromantik, den Hollywood-Verfilmungen der Robin-Hood-Legende verpflichtet – aber Liebe, spätpubertär kleinmütig und bedrückt, war 1969 durchaus empfänglich dafür (wie noch 4 Jahre zuvor für Karl Mays Indianerutopie), wenngleich uneingestanden halbherzig, denn eigentlich war ihm das rauhbeinig kumpelhafte Gegröhle zuwider, und viel näher fühlte er sich, ebenfalls 1969, den ersten (subjektivistischen, melancholischen) Songs Leonard Cohens.

Dennoch hielt er B. für eine Weile die gewissermaßen desinteressierte Treue; sowenig belangreich dessen Texte und Kompositionen auch letztlich für seine Gegenwart waren (die ihre Spiegelung viel eher in Rimbaud, Eliot, Bachmann, Celan und in den musikalischen Formen der Beatles, Who und Kinks fand), so weckten sie doch die Illusion, durch sie gleichsam mit den libertären Wurzeln der Arbeiterbewegung verknüpft zu sein, mit einer alternativen unbürgerlichen Tradition, die von Villon über Heine und den jungen Brecht eben zu Wolf B. reichte, den würdigen Nachfolger.

Und wäre B. nach jenem anrührenden Großkonzert in Köln 1976, mit dem seine Ausbürgerung aus der DDR und die Einbürgerung in die BRD einherging, verstummt oder verstorben, dann wäre er vermutlich mit dieser heroischen Legende in die Geschichte der Befreiungsbewegungen eingegangen.

Weiter lebend und publizierend jedoch, nicht länger isoliert und um Öffentlichkeit gebracht, vielmehr nach den Gesetzen des hiesigen Marktes als Berufssänger, Talkgast, Kolumnist und Moralist verramscht, tauschte er seine politische und kreative Identität gegen eine veritable kulturindustrielle Rolle ein, die B. hieß und aus einer bestimmten Gitarrentechnik, einer bestimmten mimischen und gestischen Vortragstechnik sowie einer bestimmten Selbstdarstellungstechnik bestand. Er spielte, sang und sprach wie früher, die Manier saß und wurde seit 20 Jahren repetiert (der naiv-gewitzte Augenaufschlag, die gespielt begriffsstutzige Rhetorik, dem Volk vom Maul abgeschaut, die rauhe Schale, das Herz am rechten Fleck).

Und Liebe begriff: die revolutionäre Bodega hatte es stets nur in seinem eigenen Kopf (oder Herz) gegeben, während B. seine wohlkalkulierten, manieristischen Volks-Lieder schon immer bloß in einer miefigen deutschen Kneipe gegröhlt hatte, inmitten besoffener, sentimentaler deutscher Männer, die zu seinem *Das kann doch nicht alles gewesen sein* ebenso weinerlich ergriffen schunkelten wie noch einige Jahrzehnte zuvor ihre durch Europa marodierenden Väter zu *Lili Marleen* oder Hans Albers' Reeperbahn-Moritaten.

Und da B., geläutert, in seinen Texten nicht länger einer verschrobenen sozialistischen Utopie anhing, also nirgends mehr hinwollte, konnte er nun tatsächlich überall hin, zur CSU gar.

Nur wer sich verändert, bleibt sich treu! gab er seiner Neuen Beweglichkeit flugs ein allgemeingültiges theoretisches Fundament. Ein mutiges, skandierbares Plädoyer für die Freiheit, gewiss, das aber, erinnerte sich Liebe, seit längerem schon in geschliffenstem Nazi-Deutsch vorlag: *Ein Mann kann mit den Mächten der Zeit harmonieren, er kann zu ihnen in Kontrast stehen. Das ist sekundär. Er kann an jeder Stelle zeigen, wie er gewachsen ist. Damit erweist er seine Freiheit. Wie er sich treu bleibt: das ist sein Problem.*[5]

5
Eine knapp verspätete Geburt, nicht aber die politische Ausgangslage trennte Liebe von jener Generation, die vor gut 30 Jahren den überaus Langen Marsch durch die Institutionen angetreten hatte, um dieses Land, wenn es sich schon der wünschenswerten revolutionären Umwälzung der Verhältnisse verschloss, auf subversive Weise in Besitz zu nehmen. Und da die unterdessen 50- bis 60jährigen, abgesehen von einigen Pennern, Junkies und Sanyasins, im augenfälligen gesellschaftlichen Müll nicht anzutreffen waren, war es ihnen offenkundig tatsächlich gelungen, die Institutionen nicht nur zu betreten, sondern in ihnen, statistisch nachweisbar, auch alle wesentlichen Posten und Schaltstellen nachhaltig zu besetzen, als Ärzte, Juristen, Publizisten, Lehrer, Medienmacher, Politiker, Wissenschaftler, Schriftsteller, Künstler etc. Die ersten von ihnen waren gar schon im Begriff, sie wieder zu verlassen, als Vorruheständler, Rentiers und Pensionäre – all dies Gründe dafür, dass Liebe, der die Institutionen, statt sie zu durchschreiten, mühselig umgangen hatte, um jenseits wieder zu seinen marschierenden Genossen (im Geiste) zu stoßen, sie eben dort nicht antraf.
Denn während er den Langen Marsch naiv so gedeutet hatte, dass er eben darauf ziele, durch die kriminelle kapitalistische Gesellschaft hindurch zu etwas Neuem und Besserem zu gelangen, hatten die meisten seiner vermeintlichen Mitstreiter, in einer halsbrecherisch dialektischen Überspitzung der subversiven Strategie, offenkundig zielsicher geradewegs in diese Gesellschaft hinein begehrt, um den Großen kollektiven Marsch dort unauffällig in einträgliche kleine persönliche Karrieren zu verwandeln. Bestenfalls hatten einige eine kleine Weile noch einen Rest schlechten Gewissens gepflegt, den aber befreit abzuschütteln ihnen die gnädigen Zeitläufte spätestens 1989 gestatteten, als das bunte Werbefernsehen West unversehens die schwarzweiße Sen-

---
[5] Ernst Jünger: Adnote zu *Auf den Marmorklippen (1939)*, 1972

dung Ost vom Markt der Systeme verdrängt hatte und der Verzicht auf, nein: der öffentliche Widerruf *von* Utopien als Zulassungsbedingung zur Neuen Weltordnung ehernes Gesetz wurde.

Der Kampf ist vorbei! konstatierten nun die Altrevolutionäre mit schonungsloser analytischer Schärfe die faktische Widerlegung von Marx, Lenin und Mao, um dankbar (unausgesprochen) hinzuzufügen: *Endlich* haben wir verloren!... was, so erschien es Liebe, auch einer verspäteten Abbitte an die Generation der Väter gleichkam, mit denen sie sich so *endlich* in einem neuen, reifen und schönen Verstehen treffen konnten. Schließlich waren die einen wie die anderen als junge, idealistische Männer einem verführerischen utopistischen Glauben erlegen und hatten ihre besten Jahre einem Götzendienst geweiht. Das verband zweifellos, wie auch, dem Scheitern von Weltarisierung wie Weltrevolution zum Trotz, ein gefühliger aufrechter Stolz: denn wenigstens hatten sie (im Unterschied zu den konsumistischen Jungen) überhaupt einmal an etwas geglaubt! und dieser heroische Umweg erst machte ihre Wandlung zu normalen bürgerlichen Killern so glaubhaft und legitim: schließlich hatten sie es sich durch ihre selbstlosen Opfergänge verdient, nun *endlich* bedenkenlos auch einmal an sich selbst zu denken. Und damit hatte der Markt sie nun, verspätet, *endlich* da, wo sie nützlich waren: auf dem Schlachtfeld des Wettbewerbs[6].

Auf ähnlichem Hintergrund war, Liebe hatte es als Kind erlebt, das gewissenlose Wirtschaftswunder der 1950er und -60er Jahre zustande gekommen, und ebenso kam nun, jeder erlebte es mit, die gewissenlose Globalisierung der Wirtschaft zustande, von der nun auch in besonderem Maße die bis dahin ideologisch gebremsten Karrieren der 45–60jährigen *endlich* angemessen profitierten. Denn *endlich* gab es keine Grenzen mehr (ökonomischer, moralischer, technischer, privater Art), *endlich* war alles möglich (anything goes), und wer sich dieser neuen Freiheit nicht rückhaltlos zu bedienen verstand, war ein hoffnungslos überholter Verlierer.

---

[6] ... das, wie Liebe in einer Revision früherer Anschauungen zugeben musste, alles andere, nur kein Dschungel war. Zwar tötete auch im Dschungel das stärkere Tier das schwächere, aber nicht aus Berechnung, Vorsatz oder Habgier.

Und so waren auch Liebe's Genossen-im-Geiste *endlich* so frei, am 3. Oktober 1990 inmitten sentimentaler, schunkelnder Sieger unter freiem deutschen Himmel die Hymne zu gröhlen, oder in einer gemütlichen deutschen Kneipe *endlich* einmal Asylanten als schäbige Wirtschaftsflüchtlinge zu denunzieren und Arbeitslose als faule Drückeberger und beide Gruppen als letztlich lebensunwerte Schmarotzer an unserem, auf Leistung begründeten verdienten Wohlstand. Auch so frei, sich *endlich* ein gesundes Nationalgefühl zuzugestehen, ja, trotz Auschwitz, die Scham war vorbei, *endlich*, jedes Volk hatte Dreck am Stecken (selbst die Israelis!), aber welches schon hatte sich je so gründlich weißgewaschen?, und natürlich war das inakzeptabel, Türken anzuzünden oder Schwarze zu erschlagen, aber, unter uns, die gehören doch auch eigentlich nicht hierher, oder? und Jugend muss schließlich irgendwohin mit ihrer Energie ... Auch so frei, *endlich* Schluss zu machen mit diesem infantilen Weichei-Pazifismus, nein, pustet doch diesen Saddam einfach von der Landkarte, Lichterketten? Lachhaft! lasst *endlich* den deutschen Soldaten wieder internationale Verantwortung übernehmen, und, ich bitte Sie, ein paar Opfer wird man doch wohl noch verkraften können im Freizeitpark Deutschland!, Sicherheit gibt es nicht umsonst, und da wir gerade dabei sind, es ist doch wohl nicht zuviel verlangt, mein Eigentum, meine Frau, meine Kinder beschützt zu wünschen, oder? also kommen Sie mir nicht mit humanem Strafvollzug und Resozialisierung, rausgeschmissenes Geld, mein Geld, verstehen Sie, und da lobe ich mir schon den Islam, Rübe ab, Hände ab, auspeitschen, steinigen ...

Und *endlich* auch waren sie so frei, ohne Skrupel die ihrem Einkommen gemäßen Villen und Geschäftsräume zu beziehen (Marienburg, Hahnwald) und dem winzigen Landhäuschen in der Eifel endlich den Bungalow in Marbella oder das Schlösschen in Mecklenburg-Vorpommern hinzuzufügen und all diese großzügigen Räumlichkeiten *endlich* mit den seit langem verschämt gesammelten Kunstschätzen mutig zu schmücken, Beuys, Nauman, Johns, Warhol, Paik, Koons, von den erlesenen Antiquitäten (Möbel, Teppiche, Fayencen, Bücher) und den jungen attraktiven Frauen, die sie sich nun *endlich* zugestanden, sowie dem unabdingbaren ausländischen Hauspersonal nicht zu reden.

Auf dieser gesunden Basis konnten die Veteranen der Revolution nun durchaus auch zu ihren, zugegeben, illusionären und unrealistischen, aber gewiss wohlgemeinten politischen Anfängen stehen und sie, Jugendsünden, gerührt und befremdet als eine glücklich überwundene Entwicklungsstufe in ihre glatten Biographien einfügen.

Und manchmal, anlässlich in den Medien aufwändig begangener revolutionärer Jubiläen und Jahrestage (Tod Benno Ohnesorges, Ermordung Che Guevaras, Attentat auf Dutschke, Der Pariser Mai, Der Deutsche Herbst ...), fühlte der eine oder andere vielleicht einen koketten Stolz darüber, dass auch er damals dabei gewesen war, oder ein nicht minder kokettes Erschrecken, wenn er, im Rückblick, auszumachen glaubte, wie nah auch er damals dem Abrutschen in die Gewalt, in den Terror, ins Scheitern gewesen war.

Aufatmend und liebevoll würde dann Lothar Schmitz (55, Anlageberater, Jahresnettoeinkommen 230.000 €) den immens gewölbten Bauch der hochschwangeren Friederike (36) betasten, Roland Görres (51, MdL, Jahresnettoeinkommen 100.000 €) würde aufatmend und dankbar das Foto mit Petra (32) betrachten, die gerade beim Schwangerschaftstraining war, Dr. Fritz Hasenbeck (53, Anwalt, Jahresnettoeinkommen 210.000 €) würde gemeinsam mit Amalie (34) aufatmend und gerührt einen Blick ins bereits komplett eingerichtete Kinderzimmer werfen, während Pete Sputnik (56, Medien-Designer, Jahresnettoeinkommen 340.000 €) an seinem Mac unter dem Titel LEBE WILD UND GEFÄHRLICH aufatmend und ekstatisch ein Erlebnis-Poster für den ungeborenen Rudi entwürfe, den ihm Susanne (33) zu Weihnachten schenken würde.

6

Im Mai 1993 hatte Liebe eine Bekannte, die bei Sony in der Abteilung für Kultursponsoring arbeitete, zu einem Fest begleitet, das ein begüterter 52jähriger Kölner Zahnarzt unter dem Motto *'68 – 25 Jahre danach* veranstaltete. Während von den vielleicht 200 Gästen nahezu alle Frauen nicht älter als Anfang 30 schienen, waren nahezu alle Männer in Liebe's Alter und älter. In einem unterirdischen Saal des Privathauses (zugleich ABC-Bunker) sollte gegen Mitternacht ein britisches Rumpfensemble, in einer international erfolgreichen Inszenierung, *Tommy*, das erste Musical der Who, aufführen, im Privatkino wurden Filmdokumente über Kunst, Kultur und Politik der 60er Jahre gezeigt, an den Wänden der zugänglichen Räume hing, in Originalen, Pop-Art vom Feinsten, und die für das leibliche Wohl der Gäste sorgenden Bediensteten trugen selbstverständlich Mode der 60er Jahre (Mary Quant, Courrèges).

Der Zahnarzt hatte seiner Einladung ein sehr persönliches Bekenntnis beigelegt: *Mein Vater, las Liebe, war Mitglied der Waffen-SS. Ich war Mitglied des SDS. Ungeachtet alles Trennenden war uns die Radikalität gemeinsam, ein Privileg der Jugend. Heute wissen wir, wie vergänglich politische Konzepte sind. Was bleibt, und auch das verbindet die Generationen, sind Werte der Kultur. Hier allerdings war Radikalität immer unverzichtbar. Dass in dieser Hinsicht die 60er Jahre Bleibendes geschaffen haben, ist unumstritten, schwerlich wird eine Generation zu finden sein, die radikaler jede Art von Grenze in Frage stellte. Und wenn wir heute erleben, dass auch sämtliche ökonomischen und medialen Grenzen fallen, so erscheint mir das wie eine sinnige Entsprechung. Vielleicht ist tatsächlich, wie einige meinen, das Ende der Geschichte erreicht und eine neue Definition auch des kulturellen Selbstverständnisses erforderlich. Aber auch die postmoderne Kultur bedarf mit Sicherheit unserer ungeschmälerten, junggebliebenen Radikalität ...*

Ah, dachte Liebe, mochten also die politischen Utopien ihrer frühen Jahre (wie alle vor ihnen) vom Weltgeist als pubertäre Illusionistik widerlegt sein: an ihrer *Kultur* ließen die Altgenossen nicht rütteln, da kannten sie kein Pardon, da konnte ihnen niemand das Wasser reichen, da war keiner je so weit gegangen wie sie! Und das hieß auch: auf sie folgte betrüblicherweise: nichts Nennenswertes.

In der riesigen Bibliothek fand, als didaktischer Schwerpunkt, eine Marathon-Vorlesung zum opportunen Thema „Was bleibt?" statt, die von den wichtigsten deutschsprachigen Feuilletonisten bestritten und von einem RTL-Fernsehteam für Alexander Kluge aufgezeichnet wurde. Innenarchitektonischer Gag der Bibliothek waren einige Sitzmöbel: 50 oder 60 historische zahnärztliche Behandlungsstühle, höhen- und lagenverstellbar – im integrierten Schränkchen fand Liebe Zigarren und Zigaretten, aus dem Edelstahlhahn floss statt Umspülwasser lautlos Cognac in ein teures Glas, während am Instrumentengalgen ein Kopfhörer mit Musik baumelte.

Als Liebe hinzutrat, wetterte soeben hinter einem Stehpult ein Mann seines Alters angewidert gegen Konsumismus, Hedonismus und Anspruchsunverschämtheit der Deutschen. Botho Strauß folgend, gab er zu bedenken, dass gerade die unverschämte Demokratisierung der Genüsse, die, nebenbei bemerkt, den Sozialliberalen und den 68ern, zu denen, er müsse es zugeben, auch er selbst gezählt habe, zu danken sei, dazu geführt habe, dass mittlerweile jeder Genuss fad, ekelhaft, sinnentleert und damit, er zitierte Heiner Müller, auch der tragische Transport recht eigentlich leer sei. Der fahrlässige Zugang Aller zu allen Gütern (oder wenigstens zu deren Billig-Versionen) verschulde zudem jene fatale Verweiblichung der öffentlichen Moral, von der Strauß spreche, die wiederum jene unerträgliche Verflachung des geistigen Niveaus zur Folge habe, die wohl jeder kundige Beobachter heute beklage.

Welchen Wert zum Beispiel, rief er empört, hat noch Kaviar, wenn ihn heute jeder bei jedem Straßenfest von einem Pappteller schlürft, in der anderen Hand den Pappbecher mit Champagner? Nein, ich meine es ernst, reagierte er heftig auf das Kichern einer strohblonden Zuhörerin, genau darauf zielte nämlich Heiner Müller mit provokanter Härte, als er befand, dass das Leben in Düsseldorf nicht lebenswert sei (Beifall aus dem Publikum, vielleicht Kölner Patrioten). Die Masse nämlich, ich muss es so sagen, kennt keine Transzendenz, keine Metaphysik, auch keine Tragödien, sie wünscht flache, kurzlebige, mühelose Vergnügungen, und wir müssen doch bitteschön zur Kenntnis nehmen, dass wir diese armen Leute in den letzten Jahrzehnten mit unseren missionarischen Erziehungs- und Erlösungsprogrammen schlicht überfordert haben! (Beifall). In diesem Sinne, Herr Thoma (er wandte sich lächelnd an den RTL-Geschäftsführer), ist das, was Sie und Ihr Sender seit einigen Jahren leisten, ein wahres Gottesgeschenk! (Beifall). Wirkliche Kultur jedoch, er beugte sich vor, lag natürlich immer in den Händen weniger, und das hat damit zu tun, dass sie kein Kinderspiel ist, sondern des Ernstes, der Strenge, der Eleganz bedarf, auch der Bereitschaft zu dienen. Denn ihre Wurzel liegt nach wie vor im Kultus, und jeder Kultus, und ich weiß, dass ich hier ein Tabu

breche, gründet letztlich im Mysterium des Opfers, in einer stellvertretenden Tragödie oder, um mit Heidegger zu sprechen: im Verzicht, von dem er sehr weise sagte, dass er nicht nimmt, sondern gibt. Eine Gesellschaft, die nicht mehr zu geben, zu verzichten bereit ist, entmannt sich selbst und stirbt. Und eben dies ist es doch, was wir, wenn wir ehrlich sind, an uns beobachten: ausgestattet mit einem nie dagewesenen Wohlstand, rund um die Uhr versorgt, amüsiert und unterhalten, sind wir dennoch alles andere als lebendig! (Beifall) Und das Schlaraffenland, das uns die Aufklärung versprochen hat, aus dem Hunger, Not, Krankheit, Gewalt, Tod verbannt sind, hat sich als ein gänzlich öder, gottverlassener, kulturloser Ort entpuppt! Wir sind nicht mehr auf der Suche nach dem Gral, das ist unser Problem, wir kennen kein Mysterium mehr, keinen Verzicht, kein Opfer. Das haben andere übernommen, frischere, gesündere, leidensfähigere Menschen, schauen wir doch nach Bosnien oder Osteuropa, oder in den Nahen Osten oder nach Afrika! Ganz treffend hat Heiner Müller mit dem unbestechlichen Blick des Dramatikers bemerkt, dass das Balkan-Massaker auch eine Form der Sinn-Suche sei, und so folgerichtig wie unpopulär zu bedenken gegeben, dass womöglich nicht der utopische ewige Frieden, sondern der Krieg eine fundamentale Form des Kontakts mit dem Schicksal sei, eine fundamentale Form des Dialogs mit dem Mysterium! Das ist nicht hübsch und heimelig, gewiss nicht, das ist barbarisch, da fließt Blut, da wird Vertrautes zerstört, aber, wir wissen es seit Aischylos, eben dies reinigt uns und erhebt uns und gibt unseren Gesichtern jene menschliche Würde und Erhabenheit zurück, die wir heute, wenn wir in den Spiegel schauen, dort gewiss nicht finden... Ich danke Ihnen, schloss er, indem er seine Brille abnahm und in ein schwarzes Etui schob, Und bitte Sie, die offenen Worte zu entschuldigen.
Unter starkem Beifall deutete er eine Verbeugung an und verließ rasch die Bibliothek.

Liebe folgte ihm in den Raum, in dem das Büfett angerichtet war. Dort füllte sich der Mann gierig einen silbernen Teller mit verschiedenen Salaten. Liebe griff sich von einem Tischchen einen Sektkorken, steckte ihn in die rechte Tasche seines Jacketts, stellte sich hinter den Mann und drückte ihm durch das Jackett hindurch den Korken in den Rücken. Ich habe eine Pistole in der Hand, flüsterte er dem Mann leise ins Ohr, Wenn Sie es wünschen, verschaffe ich Ihnen auf der Stelle das Gesicht, das Ihnen Ihre Würde zurückgibt! Der Mann zuckte zusammen, dann wandte er Liebe langsam sein Gesicht zu. Sind Sie verrückt? Was soll das? fragte er, schwankend zwischen Zorn und Furcht, doch plötzlich entspannte sich seine Miene und erzeugte ein prustendes Lachen, lachend stellte er den Teller ab, drehte sich zu Liebe und rief: Mensch, Liebe, du Arsch! Was machst denn du hier! und am unerwartet jungenhaften Tonfall seiner Stimme erkannte Liebe endlich Hubert König wieder, der vor 25 Jahren sein Mitschüler im Gymnasium gewesen war, König! stieß er verblüfft hervor, erkennend, dass König auch jener Hubert König war, der regelmäßig in seriösen deutschen Zeitschriften vielberedete Glossen und Essays zu allen Kulturthemen publizierte, und König nickte, Ja, Mensch!, und hatte Liebe schon am Arm gepackt und zerrte ihn nun mit einem *Das gibts doch garnicht!* zur nächsten Sitzgruppe, drückte ihn in einen Sessel, sagte: Was trinkst du? Auch ein Kölsch?, Liebe nickte, König winkte eine Servierin heran, griff von deren Tablett 2 Kölsch, reichte eines Liebe, setzte sich, sagte: Darauf müssen wir anstoßen!, stieß sein Glas an Liebes und trank seines mit zwei Schlucken leer.

Liebe, den persönliche Nähe entwaffnete, bemühte sich, nicht zu vergessen, was König zehn Minuten zuvor von sich gegeben hatte, und nahm sich zugleich vor, sich auf kein Weißt-du-noch-Gerede einzulassen, aber seine Sorge war unbegründet, denn König, während er sich eine Zigarette ansteckte, stellte eher fest als dass er fragte: Du hast das in gewisser Weise ernst gemeint vorhin, nicht? und Liebe antwortete: Sicher. Hättest du neben Heidegger und Müller als weitere Zeugen deiner Botschaft noch Ernst Jünger, Carl Schmitt, Gottfried Benn und C.G. Jung genannt, wäre die Liste derer, die ich verabscheue, komplett gewesen!

König grinste: Und wen setzt du dagegen?

Liebe überlegte. Nach wie vor alle Aufklärer, sagte er dann.

Die Weltverbesserer also, lächelte König.

Nenn es wie du willst, sagte Liebe.

Also wirfst du mir vor, dass ich nicht mehr an Marx, Lenin und Mao glaube? erkundigte sich König gönnerhaft.
Hast du? fragte Liebe.
Sicher, seufzte König und lehnte sich zurück, Bis zum bitteren Ende. Über Spartakus, KBW und einem Dutzend Splittergruppen bis zur DKP. Dann Antikernkraftbewegung, Friedensbewegung und zum Schluss bei den Grünen ... Sinnend hielt er sein drittes Kölsch zwischen den Händen, ohne zu trinken.
Und jetzt bist du auf der anderen Seite, stellte Liebe fest.
So ein Quatsch! fuhr König auf, Ich bin auf keiner Seite mehr, die verborgenen Ziele der Weltgeschichte sind eine Nummer zu groß für solch ein kurzes Leben wie meines.
Du meinst, du hältst dich raus? fragte Liebe nach.
Ich halte mich raus, ja, stimmte König zu, Mein Job ist die Kultur, das reicht!
Die ewigen Werte! spottete Liebe.
Quatsch, wiederholte König, Aber die etwas größeren Zusammenhänge, langlebigere, sinnhaftere Strukturen als die Scheißpolitik!
Ich bitte dich! rief nun Liebe, Du hast doch vorhin gegen den Wertezerfall der westlichen Kultur gewettert und zu ihrer Rettung Blutopfer und Krieg gefordert, auch eine elitäre Priesterkaste, der der neue kathartische Kultus anzuvertrauen sei! Das ist Politik pur, König, und zwar eine uralte scheißreaktionäre Politik!
Unsinn! eiferte sich König, Die Wirklichkeit ist so, die uralte, ewige Wirklichkeit ist so, scheißreaktionär und barbarisch, und es ist ehrlicher, sage ich dir, auch erwachsener, dieser Einsicht Rechnung zu tragen als zeitlebens gegen etwas, etwas ...
... Gottgegebenes, schlug Liebe vor,
... von mir aus Gottgegebenes anzurennen, vervollständigte König.
Du hältst also den Kapitalismus für gottgegeben?
Ich bitte dich, Liebe, komm mir nicht damit, diese Diskussionen sind nun wirklich vorbei!
Ach so, sagte Liebe, Du meinst, weil du nicht mehr an Marx, Lenin und Mao glaubst, gibt es auch den Kapitalismus nicht mehr?

Hältst du mich für schwachsinnig? ärgerte sich König, Natürlich gibt es den Kapitalismus! Aber er hat das Rennen gewonnen, das ist alles, er ist eine Realität! Vielleicht nicht die wünschenswerteste, aber die faktische! Das ist wie Biologie: der Stärkere setzt sich durch! Das sitzt in den Genen!
Und daran glaubst du? fragte Liebe.
Daran glaube ich, sagte König fest, Das ist das Geschäft.
Sie schwiegen eine Weile.
Und woran glaubst du, Liebe? erkundigte sich König schließlich.
Glauben verdunkelt, sagte Liebe, Darum mag ich die Aufklärer. Höchstens, fügte er zögernd hinzu, um nicht gänzlich unerbittlich zu scheinen, Höchstens an Liebe ...
Und? fragte König müde nach, Erfolgreich wenigstens?
Kaum, lachte Liebe und leerte sein Glas.

In diesem Augenblick glitt, in einer subtilen Wolke von Düften, eine sehr junge, außergewöhnlich attraktive Frau vorüber, die Liebe bereits während Königs Vortrag wahrgenommen hatte. Da er sich mit 25, vielleicht noch mit 30 sogleich nach ihr verzehrt hätte, hatte er sie mit einer gewissen Wehmut, doch ohne Begehren betrachtet, denn nicht allein schien ihm, dass die existentielle Situation einer 18jährigen in keinster Weise mit der eines Vierzigjährigen kompatibel sei, vielmehr bestritt er Männern seines Alters generell das Recht, in dieser Welt *alles* haben zu dürfen.

Einige Monate zuvor, nach der Trennung von Utah Anders, hatte er für eine Weile, bis sie in eine andere Stadt zog, viel Zeit mit der hübschen Isa Beck verbracht, die sich ebenfalls in einer Liebes- und Sinn-Krise befand, wenngleich in der einer romantischen, chaotischen 19jährigen, was, wenigstens für Liebe, zu einer eher geschwisterlichen Beziehung zwischen ihnen geführt hatte. Eines Abends aber war sie spät, verheult und verzweifelt, mit der Bitte aufgetaucht, die Nacht bei ihm verbringen zu dürfen, sie könne einfach nicht allein bleiben, und da er nur ein einziges Bett hatte, hatten sie schließlich nebeneinander gelegen, und da sie sich verlassen fühlte, hatte sie gebeten, sich an ihn kuscheln zu dürfen, so dass am Ende sein 41jähriger Bauch an ihrem 19jährigen Rücken, sein 41jähriges Glied an ihrem 19jährigen Hintern und sein 41jähriger Mund an ihrem 19jährigen Nacken klebte, während seine 41jährige rechte Hand zwischen ihren warmen 19jährigen Brüsten lag. Auch wenn er nie erfahren würde, ob Isa diese Situation als eine Art Angebot zum Beischlaf gedacht hatte, so hatte er doch in diesem Augenblick für sich festgestellt, dass ihn nur ein Schritt davon trennte, diesen Automatismus auszulösen (5 cm zwischen seiner Eichel und ihren Schamlippen). Dieser Schritt hätte einfach darin bestanden, in Isa nicht Isa, sondern Utah zu sehen, oder wenn nicht Utah, so doch einen gleichsam universellen weiblichen Körper, dem sein gleichsam universeller männlicher würde beiwohnen können. Er hätte zwei Brustwarzen gestreichelt, einen Nacken geküsst, in Haar gewühlt, woraufhin sein Glied, auf gleiche Reflexe zuverlässig mit öder Gleichheit reagierend, sich zwischen zwei Arschbacken versteift hätte... Vorgänge, gegen die nichts einzuwenden gewesen wäre als die Kleinigkeit, dass sie nicht in Liebe begründet wären, sondern in der überpersönlichen Befähigung jedes Körpers auf dieser Welt, mit jedem anderen zum Zweck der Arterhaltung eine technische Verbindung einzugehen, deren Komponenten beliebig austauschbar waren.

Als sich dann, diesen Überlegungen zum Trotz, dennoch eine Erektion anzubahnen begonnen hatte (die Wildnis ruft!), hatte Liebe sich von Isa gelöst und ihr den Rücken zugekehrt. Später allerdings würde er diese Nacht immer dann, wenn er chauvinistisch an der Nichtexistenz seines Sexuallebens verzweifelte[7], jener umfangreichen Liste des Versagens und der vertanen Chancen anfügen, die eine Reihe ähnlicher Vorfälle versammelte (denn womöglich war ja der wirkliche Grund für seine Entsagung lediglich die Furcht, beim Beischlaf nicht das halten zu können, was er als Gesprächspartner versprach). Unterdessen hatte sich die junge Frau zu einer plaudernden Gruppe in der Nähe gesellt, und König, jählings hellwach, scheute sich nicht, sie mit halbgeöffnetem Mund von den Zehen bis zu den Haarspitzen zu taxieren, um schließlich mit trockener Kehle hervorzustoßen: Mein Gott, was für ein Fohlen! Diese Formulierung, aber auch eine Art Ausdünstung, die König plötzlich verströmte, hatte für Liebe etwas so Gewalttätiges, dass ihm vorstellbar schien, König könne es tatsächlich gelingen, kraft seines Amtes als prominenter Kul-

---

[7] Zu wenig Kerben in seinem Colt!

turkritiker das, was er haben wollte, auf der Stelle auch zu bekommen. Und erst jetzt begriff er, dass König mit seinem Plädoyer für eine vorzivilisatorische Gesellschaft garnicht jenes ursprüngliche Barbarentum *vor* aller Kultur gemeint hatte, das, Freud zufolge, der Freiheit des physisch Stärkeren keinerlei Grenzen gezogen hatte; dort nämlich hätte König sich nun auf einen hoffnungslosen Zweikampf mit jenem jungen athletischen dunkelhäutigen Büffettier vorbereiten müssen, dem bestaussehenden Mann am Platz, der seinerseits bereits den Blickkontakt zu der jungen Frau gesucht hatte, die allerdings, vielleicht seines gesellschaftlichen Rangs wegen, vorerst die Chance nicht wahrnahm, sich einen, wie Liebe fand, angemessenen Bettpartner zu verschaffen.

Nein, Königs reaktionäre Vision galt der selbstsüchtigen Herrschaft mittelalter und alter Despoten, deren unbegrenzte Macht und Freiheit nicht auf persönlicher Stärke beruhte, sondern auf der systemischen Gewalt eines vielfältig verwobenen mafiosen Clans[8], unter dessen erschmeichelter Gunst auch König die eigenen despotischen Herrschaftswünsche auszuleben vermöchte – insbesondere gegen die Konkurrenz allzu kräftiger potenter Büffetiers.

Fickst du denn gern Tiere und Kinder? reagierte Liebe endlich grob, aber König, schon auf der Pirsch, hatte garnicht zugehört, sondern schaute fahrig auf seine Uhr und stand auf.

Schaust du dir *Tommy* an? fragte er.

Nein, resignierte Liebe.

König kramte in seiner Brieftasche und reichte Liebe eine Visitenkarte. Meld dich mal, wenn dir danach ist, bot er an.

Okay, sagte Liebe.

König fiel noch etwas ein: Hast du tatsächlich eine Waffe dabei?

Liebe stand auf, griff aus seiner Jackettasche den Sektkorken und richtete ihn auf König. Bumm! machte er und warf den Korken König zu. Der fing ihn, schüttelte den Kopf und ging.

---

[8] Kurz: die Freie Marktwirtschaft

((Zwei Monate später, im Juli, hatte Liebe König voller Scham beim Wort genommen. Die ZEIT hatte auf einer Doppelseite unkommentiert eine abstruse Prognose Ernst Jüngers auf das 21. Jahrhundert abgedruckt, die ihn, in Liebe's Augen, vollends als eine Art Nostradamus für höhere Töchter auswies. Ihn empörte weniger Jüngers Text (er hätte von diesem Unsterblichen nichts anderes erwartet) als der Umstand, dass ihm durch die Publikation in der ZEIT der Rang eines ernstzunehmenden, diskutablen Dokuments zukam. Gegen diese Aufwertung Jüngers schrieb Liebe einen wütenden Aufsatz[9], den er König mit der Bitte, für seine Verbreitung zu sorgen, zusandte. Drei Wochen später hatte König Liebe den Text mit folgendem Schreiben zurückgeschickt:

Liebe, deine Polemik ist engagiert geschrieben und in der Argumentation stringent. Und natürlich kann man die Dinge so sehen wie du sie siehst. In der Mehrzahl der mir zugänglichen Redaktionen allerdings sieht man sie sicher anders, und es wird dich nicht wundern, dass auch ich deine Einschätzung nicht teile. Ich halte Jünger für eine Jahrhundertgestalt der deutschen Geistesgeschichte, sein Leben und Werk belegen besonders augenfällig meine These, dass wahre Kultur in einem Bereich jenseits der Zivilisation wurzelt. Du wirst verstehen, dass ich mich unter diesen Umständen für deinen Text nicht stark machen kann. Dein König

(Liebe ist übrigens eine besondere Form der Desertion, während mein Name mich vielleicht einer gewissen hierarchischen Ordnung verpflichtet – der Adel des Geistes!)

P.S. Der Mensch ist aus krummem Holz geschnitzt. Oder mit Brecht: Für dieses Leben ist der Mensch nicht gut genug.

Liebe warf den Brief und Königs Visitenkarte in den Papiermüll, erleichtert, dass König sich nicht hatte stark machen können.))

---

[9] siehe „Kontinuität schicksalhaft", **Denk-Bar**

7

Womit übrigens, hatte König an jenem Abend aber noch gefragt, verdienst eigentlich du deine Brötchen?

Und Liebe hatte seinem Gesicht zunächst erstaunt, dann mit Belustigung abgelesen, dass er eine ganz außergewöhnliche Antwort erwartete, die nicht allein seine Anwesenheit in diesem illustren Kreis erklären, sondern darüberhinaus mit einer extravaganten, abenteuerlichen oder exotischen Enthüllung aufwarten möge (Drogenhändler, Öko-Aktivist, Sektenführer, RAF-Aussteiger, Bordellbesitzer ...).

Interessiert bemerkte er, wie sehr König, der doch augenscheinlich alles geschafft hatte, einerseits wünschte, dass wenigstens er, Liebe, noch etwas mehr aus diesem beschissenen Leben gemacht habe, andererseits gierig auf sein Scheitern hoffte. Beides schien ihm unangemessen, wenngleich er einräumen musste, dass Königs abstruse Erwartung keineswegs aus der Luft gegriffen, sondern in jenem dubiosen Bild begründet war, das er selbst, Liebe, 23 Jahre zuvor, bei ihren letzten Begegnungen, vorgegeben hatte ...

Im Januar 1970, als er nach den Weihnachtsferien seine Schule betreten hatte, waren ihm die Veränderungen sogleich aufgefallen. 1.: sämtliche Flure waren neu gestrichen, jedes Stockwerk in einer anderen, leuchtenden Farbe (bis dahin hatte an allen Wänden ein düsteres Jägergrün dominiert), 2.: die bisherige Milch- und Kakaoausgabestelle hatte sich in einen gutbestückten Kiosk verwandelt, in dem der Hausmeister nun auch Cola, Fanta und Süßigkeiten verkaufte, 3.: an der Tür jenes Raums, in dem bis dato geographische und historische Karten gelagert waren, prangte nun ein Messingschild mit der Aufschrift „Raucherzimmer".

Als Samuel dann in seine Klasse kam, saßen seine Mitschüler, vor sich Colaflaschen, Mars-Riegel und Kekse, überraschenderweise nicht mehr in drei Reihen frontal (autoritär) ausgerichteter Pulte, sondern an gefällig zu einem offenen (demokratischen) U gruppierten Tischen. Im leeren Ende, gleichsam als Bindeglied zwischen dem rechten und linken Flügel, stand der Schreibtisch der Lehrer.

Unmittelbar nach Samuel trat, in Begleitung eines unbekannten älteren Mannes, der Direktor ein, Körner, ein kompakter Endfünfziger, den Liebe von den ersten drei Klassen her kannte (Mathematik/Physik). Damals hatte er zunächst vertrauenswürdig, nahezu väterlich gewirkt, er brüllte nicht, er schlug nicht, verlor nie seine Haltung, weshalb die 10jährigen Schüler dann umso fassungsloser waren, als er zum ersten Mal einen der ihren, während er ihn mit ruhiger Stimme irgendeines kleinen Fehlers wegen rügte, beiläufig fest am Ohr fasste und ihn, dieses Ohr langsam drehend, mit unentrinnbarer Gewalt zu Boden und in die Knie zwang, ohne jedes mimische, gestische oder stimmliche Anzeichen von Zorn oder Unmut.

„Meine Herren" sprach dieser Mann nun, unterdessen Direktor, Samuels Klasse freundlich an, während er sich leger an den Schreibtisch lehnte, hinter dem sein Begleiter Platz genommen hatte, „Sie werden bemerkt haben, dass sich hier in den letzten 2 Wochen ein paar Dinge verändert haben... (die ungewohnte Anrede brachte einige der Unterprimaner zum Lachen), ...nein, lachen Sie nicht, dazu gehört auch, dass wir Sie künftig siezen werden, Sie sollen wissen, dass wir Sie durchaus als junge Erwachsene schätzen, und wir glauben, dass es auch in Ihrem Sinne ist, wenn wir Ihr letztes Jahr an dieser Schule bis zur Reifeprüfung gewissermaßen als Partner gestalten... (Oho!). Sie haben die paar optischen Neuerungen sicher schon bemerkt, den Kiosk, das Raucherzimmer, die Tischordnung, auch den neuen Anstrich, ich kann Ihnen sagen, das Kollegium hat in den Ferien ganz schön reinhauen müssen... (Bravo!), ... aber das ist nicht alles. Es gibt einige ziemlich weitreichende Änderungen der Schulverfassung, über die ich Sie gern informieren möchte. Ad 1: Sie können künftig zwei Wochenstunden Ihrer Wahl für die Besprechung von Klassen- und Schulangelegenheiten benutzen... (Klopfen auf Tische), ... wir bitten Sie nur, nicht immer die gleichen Fächer dafür auszuwählen... (Haha), ... und natürlich wird, aus Gründen der Haftung, die jeweilige Lehrkraft dabei anwesend sein... (Natürlich!)... Ferner gibt es monatlich eine Vollversammlung der Oberstufenklassen, Sie können Vertrauensleute aus Ihren Reihen wählen, die in Zukunft den Schulkonferenzen, auch den Zeugniskonferenzen beiwohnen dürfen... (verstärktes Klopfen auf Tische), ... Ad 3: die Schülerzeitschrift wird ab sofort gänzlich unter Ihrer eigenen Regie laufen, eine Zensur findet nicht mehr statt... (sehr starkes Klopfen der beiden Redakteure) ... Weiterhin brauchen Sie für kürzere Abwesenheiten und Verspätungen nicht länger Entschuldigungen Ihrer Eltern beizubringen... (Klopfen, Fußtrampeln), ... wir vertrauen natürlich darauf, dass Sie diese Regelung nicht zu Ihren eigenen Ungunsten anwenden... (Nein, nein, nein!), ... und als letztes, und das wird Sie besonders interessieren: wir haben Ihrem Wunsch nach Wechsel im Ordinariat Ihrer Klasse Rechnung getragen: ich darf Ihnen Ihren neuen Ordinarius vorstellen: Herrn Dr. Navratil! (der Mann hinter dem Schreibtisch erhob sich, nickte müde und setzte sich wieder – Trampeln, Klopfen, Applaus)... Bitte, meine Herren! (Ruhe, unverzügliche), ... Ich sehe Ihre Genugtuung, aber Sie sollten doch wissen, dass der Kollege Dr. Heck die Unruhen der letzten zwei Jahre mit einem Nervenzusammenbruch und einem Sanatoriumsaufenthalt bezahlte und wohl kaum wieder in den Schuldienst zurückkehren wird... (Schweigen, betretenes), ... und lassen Sie mich ganz persönlich hinzufügen, dass ich diese Geschichte, besonders aber jenes unappetitliche Schreiben, das Sie bzw. Ihr Klassensprecher... (er blickte zu Samuel)... dem Kollegium und Ihren Eltern zukommen ließen, für nichts halte, worauf irgendjemand stolz sein sollte ..."

Samuel stand auf und sagte: „Sie wissen doch, dass wir zu diesem Mittel erst gegriffen haben, nachdem Dr. Heck es mehrfach abgelehnt hatte, seine politischen Überzeugungen mit einer Bande schmuddeliger langhaariger Gammler zu besprechen ..."[10]

„Liebe, ich habe nicht vor, hier mit Ihnen zu diskutieren, ich habe mir nur erlaubt, meine Meinung zu sagen, der Fall ist erledigt, ich hoffe, dass Dr. Heck wieder auf die Beine kommt, und ich hoffe vor allem, dass wir mit solchen Kindereien an unserer Schule künftig nur noch dort zu tun haben, wo die

---

[10] Stattdessen hatte Ordinarius Dr. Heck (Deutsch/Geschichte), Jahrgang 1919, vorgezogen, anderthalb Jahre lang zu Beginn jeder Unterrichtseinheit einerseits über die Entartung der westlichen Jugend (gestützt auf die jüngste Ausgabe der Nationalzeitung), andererseits, ein von Granatsplittern beschädigtes Exemplar von Mein Kampf heranziehend, über die von ihm favorisierten Gegenmaßnahmen (Entlausen, Haare ab, Prügel, Arbeits- und Militärdienst, An die Wand stellen, Vergasen) zu monologisieren. Nach mehreren vergeblichen Versuchen, Heck zu einem Gespräch zu bewegen, hatte die Klasse, auf Samuels Vorschlag hin, 4 Wochen lang seine Tiraden dokumentiert und schließlich Samuel, als Klassensprecher, beauftragt, diese Dokumentation mit einem Begleitbrief dem Lehrerkollegium und der Elternvertretung zu übergeben, verbunden mit der Information, dass die Klasse ab sofort dem Deutsch- und Geschichtsunterricht fern bleiben würde, bis Heck abgelöst sei. Sie hatten diesen Streik 5 Wochen lang, bis zum Beginn der Weihnachtsferien, durchgehalten.

Kinder sitzen: in der Unter- und Mittelstufe nämlich!... (Lachen, vereinzeltes Klopfen auf Tische) ... Kurz und gut: ich denke, unsere Maßnahmen zeigen Ihnen, dass wir Sie als Partner wirklich ernst nehmen. Und ich möchte Ihnen ausdrücklich für den Mut danken, mit dem Sie in den letzten Jahren für Verbesserungen an unserer Schule eingetreten sind – auch wenn Sie uns, das muss ich zugeben, das Leben manchmal ziemlich schwer gemacht haben. Aber Ihr großer Idealismus, das sehen Sie, hat auch uns Ältere angesteckt ... und eigentlich sind wir ja schon soetwas wie Kollegen, wenn Sie bedenken, dass Sie in 18 Monaten bereits an den Universitäten sein werden!... Allerdings werden Sie bemerkt haben, dass unser Idealismus nicht so weit ging, die Schule an sich oder wenigstens die Lehrerschaft abzuschaffen, was einige von Ihnen (Blick zu Samuel) offenbar für die beste Lösung halten würden (Lachen, Trommeln auf Tische), ... ich meine aber, dass Sie trotzdem sehr stolz auf das sein können, was Sie durchgesetzt haben. Denn bedenken Sie bitte zweierlei: Demokratie beruht auf Partnerschaft, Toleranz und Kompromissen. Und an einer höheren Schule können nicht alle Probleme dieser Welt gelöst werden, einfach weil ihre eigentliche Aufgabe nach wie vor ist, Ihnen, der Elite unserer Gesellschaft, jenes Wissen mitzugeben, das Sie brauchen, um später in der Welt eine Rolle einzunehmen, die Ihren Wünschen und Fähigkeiten entspricht. Ohne dieses Wissen, glauben Sie mir das, werden Sie nichts von dem, woran Ihnen liegt, durchsetzen können... (Bravo!)... Ich bitte Sie also herzlich, unser reformiertes Reglement engagiert und kritisch mitzutragen... Diskutieren Sie es in Ruhe, aber bitte nicht endlos, und stimmen Sie demokratisch darüber ab. Ihr Votum ist mir sehr wichtig, darum schlage ich Ihnen vor, dass Sie das sofort hier und jetzt erledigen... und, was meinen Sie, Dr. Navratil ... (er wandte sich an Navratil), danach können wir die Jungs doch eigentlich für heute nachhause schicken, was? (Navratil nickte und lächelte – Klopfen, Trommeln, Applaus)... Übrigens, Dr. Navratil ist ein international sehr geschätzter Kollege, er hatte in Prag einen Lehrstuhl für Geschichte inne. 1968 musste er leider seine schöne Heimat verlassen. Er wird Ihnen sicher, wenn es Sie interessiert, einiges über den real existierenden Sozialismus erzählen können... Einen schönen Tag noch, meine Herren! Herr Kollege."

Lächelnd, aufrecht und der Klasse genügend Zeit lassend, seinen Abgang mit erneutem Klopfen, Trommeln, Applaus zu begleiten, verließ Direktor Körner den Raum. Und als die Tür zugefallen war, verebbte der Lärm, um endlich jenem synchronen, kollektiven Aufatmen zu weichen, mit dem Samuels Mitschüler sich in ihren Stühlen zurücklehnten.

Wahnsinn! stieß dann nach einigen Sekunden Stille irgendwer in den Raum, und ein anderer rief: Lasst uns schnell abstimmen und dann raus hier!, woraufhin einige sofort aufstanden und ihre Jacken schnappten.

Ich finde, wir müssen darüber sprechen, sagte Samuel sauer.

Was gibts da noch zu sprechen? muffelte einer, der bei jeder Aktion der letzten Jahre immer erst dann eingestiegen war, wenn er sicher war, dass er zu einer Mehrheit gehörte. Der Kampf ist zuende, Leute, fügte er pathetisch hinzu, Wir haben gewonnen.

Genau, bestätigte ein anderer, Hubert König, genervt, Mach endlich die Abstimmung, Samuel, du bist der Klassensprecher! Morgen beginnt die ganze Scheiße sowieso wieder!

Okay, ergab sich Samuel, Wer also ist einverstanden mit den sogenannten Reformen? Handzeichen!

Die Mehrheit.

Enthaltungen?

Keine.

Gegenstimmen?

Eine.

Klar, höhnte jemand, Samuel ist dagegen!

Was solls, sagte ein anderer, Ich verschwinde!

Warte, rief wieder der stets rechtzeitig Einsteigende, Ich finde, wir sollten das mit Dr. Heck irgendwie bereinigen ...

Wie bitte? staunte Samuel.

Eigentlich keine schlechte Idee, pflichtete ein anderer bei, Das schien dem Körner doch ziemlich im Magen zu liegen ...

Müssen wir denn dem Körner gefallen? fuhr Samuel ihn an.

Du bist ein Arschloch! kam die Antwort.

Es reicht doch, Samuel, dass Heck weg ist, sagte Hubert.

Und was sollen wir tun? fragte Samuel entgeistert.
Du könntest ihm in unserem Namen schreiben. Eine Art Bedauern, oder wenigstens gute Besserung ...
Gute Idee, befand, ehe Samuel etwas sagen konnte, der, der schnell weg wollte, Lasst uns abstimmen, wer ist dafür?
Die Mehrheit.
Enthaltungen?
Keine.
Gegenstimmen?
Eine.
Samuel schreibt also diesen Brief an Dr. Heck, fasste der stets rechtzeitig Einsteigende zusammen.
Nein, sagte Samuel und lehnte sich zurück, Ich denk nicht dran!
Aber du bist der Klassensprecher! sagte einer empört.
Glaube ich nicht, sagte Samuel kalt, Sucht euch einen anderen!
Ist das dein Ernst? fragte Hubert.
Sicher, sagte Samuel.
Was soll der ganze Quatsch! rief der, der schnell fort wollte, Wenn Samuel nicht mehr will, okay. Machts jemand anders, ganz einfach!
Ohne Diskussion, ohne Enthaltungen, mit einer Gegenstimme, wurde der, der stets rechtzeitig einstieg, zum neuen Klassensprecher gewählt und angewiesen, den zuvor getroffenen Beschluss umzusetzen sowie den Direktor unverzüglich über die neue Lage zu unterrichten.
Dann plötzlich war die Klasse leer und still. Erst jetzt erinnerte sich Samuel wieder an Navratil, der tatsächlich noch immer hinter dem Schreibtisch saß, eine kalte Zigarette in der Hand und eine zerknitterte Zeitung vor sich, die er nun zusammenfaltete und in den Papierkorb neben sich fallen ließ. Er hatte noch kein einziges Wort gesprochen, und niemand hatte ihn beachtet. Jetzt blickte er Samuel, der bemerkte, dass sein Gesicht nicht eigentlich alt, nur mitgenommen, grau und hoffnungslos war, verlegen an.
Ich glaube, das war es, sagte er, eher in den Raum hinein als zu Samuel, den der etwas fremdartige Tonfall der düsteren Stimme irritierte.
Ja, sagte Samuel, stand unschlüssig auf und legte seine Tasche auf den Tisch.

Auch Navratil erhob sich. Wissen Sie eigentlich, Liebe, wer Jan Pallach war? fragte er zögernd und sah Samuel an.
Sicher, antwortete Samuel, Der Prager Student, der sich angezündet hat im letzten Jahr.
Ja, sagte Navratil, Würden Sie mir sagen, was Sie von ihm halten?
Ich weiß zu wenig darüber, wich Samuel aus.
Da müssen Sie nicht viel wissen, beharrte Navratil, Er hat sich getötet aus Protest gegen die Okkupation. Das ist alles. Ein einfacher Vorgang ...
Sein Tod hat nichts bewirkt, versuchte Samuel seine Meinung zu finden, Es war ein sinnloses Opfer.
Aber das wusste er vorher nicht, Liebe, sagte Navratil, Vielleicht hat er gehofft, uns auf diese Weise zum Widerstand zu ermutigen.
Ich weiß nicht, grübelte Samuel, Vielleicht wollte er auch nur sauber bleiben, wie Christus ...
Christus mögen Sie auch nicht? grinste Navratil.
Nein, bestätigte Samuel.
Ich auch nicht, sagte Navratil und ging langsam zur Tür, öffnete sie und wandte sich noch einmal um: Es stimmt übrigens nicht, dass sein Tod nichts bewirkt hat, sagte er, Seitdem haben wir alle ein schlechtes Gewissen. Bis morgen, Liebe. Er schloss die Tür nicht hinter sich, und Samuel, der überlegte, wen Navratil wohl gemeint hatte: Pallach oder Christus, hörte zunächst ein Feuerzeug und dann noch eine Weile die schleppenden Schritte im Flur.

8
Von der Schule aus war Samuel anschließend mit der Straßenbahn zum Dom gefahren, hatte sich im Bahnhofskiosk mangels Muts statt eines Pornohefts die neueste Ausgabe des *Twen* gekauft und in der Bäckerei 3 Brötchen. Durch die Schildergasse schlendernd, hatte er sich schließlich entschieden, sich in einem kleinen Kino Sergio Leone's *Spiel mir das Lied vom Tod* anzusehen, und war dann, noch benommen von den Bildern und der Musik, mit dem Bus nach Bickendorf gefahren und etwas verspätet im Jugendheim von St. Dreikönigen zur ersten Probe seiner Beatband im neuen Jahr eingetroffen.

Der schmuddelige, schallisolierte Kellerraum roch nach der vertrauten Ausdünstung der Verstärker und Instrumente. Die drei anderen Musiker standen mit finsteren Mienen bei Cola und Zigaretten am Klavier.
Was ist los? fragte Samuel, während er seine Gitarre auspackte.
Es gibt ein Problem, sagte der Drummer, griff sich die Stöcke und setzte sich hinter sein Schlagzeug.
Welches? fragte Samuel, hängte sich die Gitarre um, stöpselte sie in den Verstärker und schaltete die Anlage ein, die mit rauschenden Röhren und piepsenden Mikrofonen hochfuhr. Auch der Rhythmusgitarrist und der Bassist aktivierten ihre Instrumente, nahmen wie Samuel ihre Plätze hinter den Mikrofonen ein und sortierten auf den Notenständern die Texte.
Welches Problem? wiederholte Samuel und erfuhr nun, elektronisch verstärkt, dass die anderen in den Weihnachtsferien von ihren Eltern mit Nachdruck vor die Alternative gestellt worden waren, entweder auf die Schule oder auf die Musik zu verzichten.
Wo ist das Problem? sagte Samuel erleichtert, Hören wir mit der Schule auf, wir sind eine gute Band!
Du spinnst!, rief der Schlagzeuger ins Mikrofon.
Was heißt das? fragte Samuel, der mit seiner Solobegleitung zu *Day Tripper*, ihrem Aufwärmstück, begann.
Wir müssen die Band auflösen, sagte der Bassist und folgte Samuels Solo mit dem tieferen Basslauf.
Was? rief Samuel, der noch immer nicht begriff.
Wenn unsere Verträge mit den Tanzschulen auslaufen, ist Schluss! sagte der Rhythmusgitarrist und fügte seinen Begleit-Akkord (E_7) hinzu.
Samuel schaute den Schlagzeuger fragend an, der nun mit Basstrommel, Snare und Becken dazustieß. Ja, Samuel, bestätigte er, Wir hören auf. Es geht nicht mehr, wir müssen an die Zukunft denken.
Während sie das Stück durchspielten, war Samuel in der Musik geborgen. Anschließend sahen ihn die Anderen verlegen an.
Wir müssen noch klären, was wir mit der Anlage machen, gab der Bassist zu bedenken.
Das habt ihr doch sicher längst, sagte Samuel kalt.

Mensch, sei nicht so sauer! fuhr ihn der Rhythmusgitarrist an, Wir würden auch lieber Musik machen!
Und warum macht ihr es nicht? entgegnete Samuel.
Weil es schiefgehen kann! sagte der Schlagzeuger, Und dann hätten wir nicht einmal einen Schulabschluss!
Und du glaubst, mit Schulabschluss kann nichts schiefgehen? fragte Samuel höhnisch.
Sie redeten noch eine Weile, bis Samuel, unversöhnt, aufgab. Dann probten sie fünf neue Stücke aus *Tommy*, schließlich hatten sie in den nächsten zwei Monaten noch 15 Auftritte zu absolvieren. Der letzte Song an dem Tag war *I'm free*, ein härteres Stück, der Bassgitarrist sang die Solostimme, technisch perfekt, trotzdem schien es Samuel bei der Stelle *... and freedom tastes of reality*, dass er stattdessen ebensogut *Cornflakes haben schöne Augen* hätte singen können.
Ehe sie sich trennten, informierten ihn die Anderen noch, dass sie beschlossen hatten, die Anlage im *Stadtanzeiger* zum Verkauf anzubieten. Sie hatten ausgerechnet, dass auch im ungünstigsten Fall und nach Abzug der noch ausstehenden Ratenzahlungen für die neue Gesangsanlage für jeden von ihnen noch ein paar Hundert Mark herausspringen würden.
Wir bleiben doch Freunde! bot der Bassist zum Abschied großherzig an.
Leck mich, sagte Samuel.

Auf dem Weg zur Bushaltestelle floh er in eine Telefonzelle und rief Isis Bugderian an, die er sehr liebte.
Können wir uns sehen? bat er.
Nein, tut mir leid, sagte sie, Ich kann heute nicht mehr weg, Ärger mit den Eltern.
Schade, sagte Samuel.
Was ist denn los? fragte sie, und mit belegter Stimme erzählte er ihr von dem Morgen in der Schule und dem Nachmittag mit der Band.
Ich weiß nicht, was du willst! rief sie, Ihr habt doch gewonnen!, sie meinte die Schule und fügte hinzu: Und das mit der Band ist sicher vernünftig, daraus wäre nie ein wirklicher Beruf geworden ...

Ehe Samuel fragen konnte, was denn beispielsweise am Beruf Mick Jaggers, den sie anbetete, auszusetzen sei, flüsterte sie: Ich muss Schluss machen, mein Vater kommt! und legte auf.

Im Bus blätterte Samuel den *Twen* durch, fand mit sicherem Blick ein Photo mit Veruschka Lehndorff, das sich am Abend als Wichsvorlage würde benutzen lassen, und stieß dann auf eine umfangreiche Photogeschichte, die Hermann Hesse's *Siddhartha* nacherzählte. Als er ausgestiegen war, machte er, da die Geschäfte noch geöffnet hatten, einen Umweg zu der kleinen Buchhandlung Feussner an der Subbelrather Straße, in der er sich bis dahin nur seine Schullektüre besorgt hatte, und kaufte sich, für 2 Mark 80, zum ersten Mal in seinem Leben ein Buch eigener Wahl: *Siddhartha* als rororo Taschenbuch.

Zuhause, nach dem Abendessen, in seinem Zimmer, erinnerte er sich, nachdem er Veruschka erlegen war, an Leone's Film und nahm sich vor, ihn sich noch einmal anzusehen, zum einen, weil er die Story nicht ganz durchschaut hatte, vor allem aber, weil ihn, auch ohne die komplette Kenntnis der Geschichte, die wenigen überlebensgroßen Hauptfiguren gefangen hatten.

In besonderer Weise hatte ihn der alternde, melancholisch-gewitzte Bandit Cheyenne berührt. Später (nachdem er den Film an die 10 Mal gesehen hatte) begriff er, dass Cheyenne, anders als die zentralen Gegenspieler Henry Fonda (der Böse) und Charles Bronson (der Gute), die wie starre manische Automaten ihren schicksalhaften Macht- und Racheplänen folgen, die sie symbiotisch aneinanderbinden, anders auch als der skrupellose gelähmte Bahnboss, der mit seiner Strecke unter allen Umständen den Ozean erreichen will, frei von jeder Fixierung an einen höheren Auftrag ist, der ihn obsessiv okkupiert hätte. Das macht ihn beweglicher, lebendiger, auch kommunikativer als die fossilierten Helden, deren minimalisierte sprachliche und körperliche Mobilität sie zwangsläufig aus der Welt herauskatapultiert. Dass auch er, nur zufällig in den Strudel des Dramas gezogen, zuguterletzt stirbt, erschütterte Samuel sehr, zeigt doch Cheyenne einen verlockenden Weg zu leben, ohne ein monumentaler Held oder ein nützlicher Bürger zu sein.

Interessanterweise überlebt kein beteiligter Mann die Tragödie (denn auch Bronson, der weiterziehende Sieger, fällt durch die Erledigung seiner Aufgabe aus der Welt heraus), sondern die einzige exponierte Frau, Claudia Cardinale, die zunächst Fonda, der sie benutzt, erliegt, dann Bronson, der sie verstößt, begehrt und schließlich Cheyenne, der sie als einziger achtet, abweist. Ungebrochen, vital, bodennah hat sie dennoch, so suggeriert das Schlussbild, ihren Platz in der mit dem Schienenstrang unaufhaltsam hereinbrechenden neuen Zeit gefunden, in der kein Raum mehr für tragische, nur noch für technische Killer ist.

Viele Jahre später erkannte Liebe, dass sich an diesem Tag sein weiteres Leben maßgeblich entschieden hatte – oder vielleicht auch erst an den folgenden Tagen, die ihm durchaus gestattet hätten, jene Kluft zwischen sich und den Anderen mühelos wieder zu schließen, durch ein einfaches, nicht einmal auszusprechendes, lediglich zu verkörperndes JA, ein Mitmach-JA, ein Mitspiel-JA, ein Ihr-habt-ja-Recht-JA, das ihm erneut Zugehörigkeit verschafft hätte. Den Anderen nämlich waren die Geschehnisse so gleichgültig, dass niemand ihm irgend etwas nachtrug.
Aber Samuel war ein solches Ja nicht mehr über die Lippen gekommen, nicht an diesem, nicht am folgenden, an keinem der ihm noch verbleibenden Schul-Tage, Band-Tage, Isis-Tage mehr.
Mitte März, vier Wochen ehe in London die Beatles auseinandergingen, hatte die Band in einer Tanzschule am Ring ihr Abschiedskonzert gegeben.
Ein paar Tage zuvor schon hatte Isis sich von ihm getrennt, weil er, wie sie erläuterte, zunehmend wortkarger, humorloser und schwieriger wurde.
Ende Juli dann hatte er die Schule verlassen, nachdem er seine Mitarbeit konsequent auf jene Fächer und in diesen auf jene Themen beschränkt hatte, die ihn tatsächlich interessierten; was dazu führte, dass er zum naturwissenschaftlichen Unterricht bald garnicht mehr, zu den anderen Stunden nur nach Lust und Laune erschien. Noch irritierender allerdings erwies sich bei Lehrern wie Mitschülern, dass er nun einen Stoff, mit dem er sich befasste, nicht länger als bloßes Mittel zum Zweck der Erlangung einer wiederum zum Erlangen eines Zeugnisses erforderlichen Note betrachtete, sondern erstaunlicherweise als eine Frage, die er ernstlich zu ergründen wünschte. Das hatte zur Folge, dass etwa der Englischlehrer, als er anhand von Hemingways Kurzgeschichte

A Clean Well-lighted Cafe wie gewohnt ein grammatikalisches Problem erledigen wollte, von Samuel derart bedrängt wurde, über Nihilismus, den Spanischen Bürgerkrieg, Gertrude Stein und die lost generation, über Machismo, Todessehnsucht und Artistik bei Hemingway, über Eliot, Joyce und Pound Auskunft zu geben, dass er plötzlich für sein eigenes Fach entflammte und zum ersten Mal, eine Doppelstunde lang, ein ernsthafter *aficionado* war. Auch bürgerte sich bald ein, dass Samuel bei Klassenarbeiten in Deutsch, Philosophie, Englisch, Geschichte nicht allein die gestellten Themen für sich nach Belieben (und begründet) präzisierte, ergänzte oder verwarf, sondern ihre Ausarbeitung derart vertiefte und erweiterte, dass man ihm, da ihm die 4 oder 6 Schulstunden nicht ausreichten, gestattete, die Arbeit zuhause zu beenden, mit dem Ergebnis, dass er schließlich, eine Woche später, ein 30seitiges, mit Fußnoten und Literaturverweisen versehenes Typoskript ablieferte, das durchs Lehrerkollegium kursierte, jedoch der Einsicht seiner kopfschüttelnden Mitschüler vorenthalten wurde, weil sie es ohnehin nicht kapieren würden.

Dass Samuels gebündelter Ehrgeiz indes nicht darauf zielte, irgendwem, und gar den Lehrern, zu gefallen, sondern sich einem in der Schule kaum je gestillten naiven Hunger nach wirklicher Erkenntnis verdankte, wurde erst am Ende deutlich, als das Kollegium ihn, seinen nichtbewertbaren naturwissenschaftlichen Leistungen und absonderlichen Regelverstößen zum Trotz, um seiner anderen Talente willen auf nicht ganz korrekte Weise zum Abitur und zur Universität, wohin er gehöre, zu bringen gedachte. Navratil, der Samuel mochte, rief ihn drei Tage vor den mündlichen Prüfungen in Mathematik, Physik und Chemie, die über die Versetzung in die Oberprima entschieden, ins Lehrerzimmer und drückte ihm einen Schnellhefter in die Hand.

Hier, Liebe, das sind die Fragen, die ich Ihnen übermorgen stellen werde, sagte er.

Da Samuel ihn verständnislos ansah, fügte er hinzu, dass er natürlich auch die Antworten darin fände. Lernen Sie es bitte auswendig, bat er, Es ist kaum mehr als das Einmaleins, aber es wird reichen, das verspreche ich Ihnen. Wenn Sie erst in der letzten Klasse sind, wird Ihnen nichts mehr geschehen.

Beschämt hatte Samuel sich bedankt. Zur Prüfung allerdings, drei Tage später, war er nicht erschienen. Im September zuguterletzt, nachdem er zum ersten Mal seit 1964 einen Friseur aufgesucht und seine Haare auf Streichholzlänge hatte stutzen lassen, hatte er Köln und zugleich die Bundesrepublik verlassen, da ihm einige Wochen zuvor weder das Ja zum Kriegsdienst noch jenes zum Ersatzdienst hatte gelingen wollen.

9
Womit also verdienst du deine Brötchen? hatte König 1993 erwartungsvoll gefragt, und tatsächlich, Liebe sah es ein, war der Schluss von jenem augenscheinlich rebellischen Szenario des Jahres 1970 auf einen entsprechenden heroisch-spätromantischen Lebenslauf keineswegs abwegig; und tatsächlich hatte er selbst sich sehr lange nachgerade verpflichtet gesehen, seinen Ausstieg aus der verheißungsvollen konventionellen Lebensplanung mit dem Einstieg in eine ebenso verheißungsvolle unkonventionelle Existenz zu rechtfertigen – vergeblich indes, denn auch als Autor, Maler und Musiker war er, kommerziell, völlig erfolglos geblieben. Sein Resumée nach 30 Jahren: 20 Gemälde verkauft (im Bekannten- und Familienkreis), in einer Anthologie (dank Beziehungen) 1 Erzählung publiziert, auf einer kleinen Kölner Bühne (dank Beziehungen) 1 Brecht-Bearbeitung und 1 Revue (mit 7 eigenen Songs) untergebracht, (dank Beziehungen) 1 kurzen Text in einen Katalog zu einer Videokunst-Ausstellung beigesteuert sowie, als Co-Autor, (dank Beziehungen) eine CD-ROM über einen namhaften zeitgenössischen Künstler konzipiert. Einnahmen insgesamt: etwa DM 5.000.
Diesem unzweideutigen Ergebnis zum Trotz hatte Liebe bisweilen eine gewisse sardonische Befriedigung in der geisterhaften Vorstellung gefunden, dass er bei seinem Tod (u.a.) Texte für eine 7-bändige Gesamtausgabe (Prosa, Lyrik, Essayistik), Gemälde und Zeichnungen für eine mittelgroße Retrospektive und Song-Material für mindestens 3 CDs hinterlassen würde – vermutete er doch, in Kenntnis der kapitalistischen Marktgesetze, dass gerade diese postume Entdeckung seines geheimen „Werks" ebenso wie die entbehrungsreichen Umstände seiner Entstehung nahezu Garanten eines rezeptionellen

wie kommerziellen Erfolgs sein würden. Diese reizvolle Perspektive hatte ihn schließlich gar, in einer Situation fundamentaler Mutlosigkeit, einmal fast dazu verleitet, diesen Todesfall selbst herbeizuführen, um seiner Vermutung endlich zu ermöglichen, sich zu beweisen – und für einen Augenblick hatte er sich so ein erhebendes Allmachtsgefühl verschafft: gottgleich würde er sein „Werk" durch den eigenen Tod zum Leben erwecken!, ehe er, im letzten Moment, begriffen hatte, dass er sich mit diesem pathetischen Akt in geradezu absurder Hörigkeit eben jener mörderischen Lebensstrategie unterwerfen würde, der er seit jeher mit allen Mitteln zu entkommen gesucht hatte.

Sein Fazit: auch ihm also hatte man jenes eherne Gesetz einzuverleiben vermocht, demzufolge es seine verdammte Pflicht und Schuldigkeit sei, in seinem Leben, auf dass es sich lohne, entweder (so die bürgerliche Variante) eine Karriere und eine Familie zu begründen oder eben (als vermeintlich unbürgerliche Alternative) ein wie auch immer geartetes *Werk* zu schaffen; und das nicht etwa nur, um die eigene Existenz sich zu verdienen und zu legitimieren, nein, sondern um ihr, sie transzendierend, einen Hauch von Ewigkeit zu verleihen, der sich in bleibenden Werten zu manifestieren habe: Kindern, Immobilien, Nummernkonten, Büchern, Bildern, Sinfonien, Lexikoneinträgen. Es ging also darum, den Tod auszutricksen. Wenngleich real weiterhin sterblich, würde man dennoch in diesen im Schweiße des Angesichts und zum Nutzen der Gemeinschaft hergestellten Produkten gleichsam ideal weiterleben – vorausgesetzt freilich, man war bereit, jene Schuld, die man offenbar durch seine bloße Existenz auf sich geladen hatte, im Dienst einer höheren Sache (der Demokratie, des Fortschritts, der Kunst, der Volkswirtschaft, des Glaubens, der Firma, des Sportvereins, der Nation, der Erhaltung der Gattung, des Shareholder-Value, des Regenwalds) selbstlos abzuarbeiten.
Ein archaischer Handel mit Gott: denn durch dieses gefällige Opfer ließ sich, billig genug, a) die demoralisierende Wirkung des Todes neutralisieren, b) eine sinnstiftende Selbstdefinition finden, c) eine nützliche Rolle in der Gemeinschaft einnehmen.
Gelebtes, kapitales Christentum also, pflegte Liebe zu spotten, und das gar in seiner anspruchsvollsten und konsequentesten, nämlich asketischen Variante:

lösche ich mich bereits zu Lebzeiten aus, was kann mir da der Tod noch anhaben? Natürlich hatte dieses drastische Modell im Zuge seiner Einbürgerung, sprich Verbürgerlichung, seine konkreten Härten eingebüßt und die schmerzhafte Nichtung des Leibes durch die angenehmere der Identität ersetzt; zudem hielt es, wie jede bürgerliche Gesetzgebung, eine Hintertür bereit, durch die derjenige schlüpfen konnte, dem im öffentlichen Versachlichungsprozess sich vollends zu entselbsten nicht restlos gelang: sie führte ins (vorgeblich geschützte) Reservat des Privaten, und dort, im Hobbyraum des Lebens, konnte man, Herr und Herrin seiner/ihrer selbst, den Relikten dieses Lebens, den Rudimenten dieses Selbst eben wie einem skurrilen, aber okkupierenden Hobby nachgehen, denn dort, hieß es, war man Mensch, dort war man es ganz: als Heimwerker, Kinderschänder, Briefmarkensammler, Home-Video-Produzent, Trinker, Körperertüchtiger, Kulturgenießer, Swinger, Urlauber, Sektenmitglied, Hobbykoch ...

Eine Bekannte hatte Liebe einmal von ihrem mittlerweile 73jährigen Vater berichtet, der als junger Mann mit Talent und Neigung zur Kunstschreinerei nach früher Eheschließung und rascher dreifacher Vaterschaft einen gehassten, aber gutbezahlten Verwaltungsjob übernommen hatte, um die Familie angemessen versorgen zu können. Nach der Pensionierung hatte er sich, nun über die nötigen Mittel und genügend Zeit verfügend, im Keller seines Hauses eine gutbestückte kleine Schreinerei eingerichtet, um endlich das, was er 45 Jahre zuvor geplant hatte, in die Tat umzusetzen. Nach sechs Monaten allerdings hatte er die gesamte Ausrüstung wieder veräußert: es war ihm nicht gelungen, auch nur ein einziges Stück herzustellen.
Und im genormten Nachruf auf ihren Vater würde man, da war sich Liebe's Bekannte sicher, seine missglückten amateurhaften Bemühungen um private Menschwerdung selbstverständlich zugunsten der nichtssagenden Beschreibung seiner öffentlichen und familiären Verdienste (Held der Arbeit!) verschämt unerwähnt lassen. Denn wichtig, sagte sie, sei ja garnicht dieser Einzelne oder sein mehr oder minder virtuelles Leben, wichtig sei vielmehr das, was er selbstlos und opferbereit daraus gemacht habe – eine Maxime, die,

wie Liebe beipflichtete, unausgesprochen voraussetze, dass Leben an sich eine Nichtigkeit und bedeutungslos sei und erst dadurch einen gewissen Wert und Sinn gewänne, dass man (in imitatio dei) etwas anderes, nützliches daraus herstelle, durch das es sich gleichsam nachträglich rechtfertige. Brauchbar und erwünscht demnach, schloss sie, sei gerade das, was man nicht sei: eine verwertbare Sache!

Insofern, hatte sie angefügt, könne er, Liebe, allen Misserfolgen zum Trotz von Glück sagen, dass er in einem Metier arbeite (Schreiben, Malen, Musik), in dem er sich nicht verdinglichen müsse, sondern unbeschränkt realisieren könne!

Liebe, nach einem ununterdrückbaren Heiterkeitsausbruch, hatte sich genötigt gesehen, sie darüber aufzuklären, dass auch (oder gerade) im sakralen Masturbationsmilieu der geistigen und kreativen Künste Heerscharen gutbezahlter Sachwalter sich mühten, die Objekte ihrer Huldigung: die Werke, vom Schmutz der Biographien jener zu säubern, die sie herstellten. Und am Ende dieser durchaus sachlichen und objektiven Kriterien verpflichteten Prozedur stünde dann ein durch WERKIMMANENTE ANALYSE bestätigtes AUTONOMES KUNSTWERK, kalt und schön wie Stanley Kubricks schwarzer Monolith in *2001* – und ebenso fremd wie rätselhaft in undurchschaubarer Verbindung mit der Schöpfung befindlich. Obschon also in der Nüchternheit des Vorgehens naturwissenschaftlichen Methoden folgend, habe man ein neues obskures Mysterium des Schöpferischen geschaffen, das, in schöner theosophischer, romantischer oder gar mantischer Tradition, im Hersteller eines Kunstwerks nicht den autoritativen Produzenten, sondern wieder mal nur eine Art dienstbaren Instruments in Händen höherer Mächte zu sehen wünschte, das mit Ablieferung des WERKS seine Schuldigkeit getan habe.

Lustigerweise, aber das nur am Rande, gestatte diese Perfidie, beispielsweise aus Benn einen *großen* Poeten, aus Heidegger einen *großen* Philosophen, aus Jung einen *großen* Psychologen, aus Dali einen *großen* Maler, aus Pfitzner einen *großen* Komponisten, aus Leni Riefenstahl eine *große* Regisseuse zu machen – obschon man damit, so seine Überzeugung, selbst die Genannten mitsamt ihrer Brisanz ihres Lebens beraube, denn natürlich sei etwa Benns Biographie in seinem Werk und umgekehrt das Werk in seiner Biographie und sein zeitweilig akuter opportunistischer Nazismus schon in seinen frühen Gedichten wie noch in seinen späten Prosastücken latent. Wie also, frage er sich, sollte dieses Werk, wenn man diesen Zusammenhang ignoriere, noch zu etwas anderem als zu Kopfwichserei nützlich sein?

Nein, solche Versachlichung und Entpersönlichung von Kunst entschärfe und verbürgerliche sie zugleich, und interessanterweise habe gerade die vermeintlich antibürgerliche Avantgarde seit dem 1. Weltkrieg in dieser Hinsicht Verheerendes geleistet. Offenbar fasziniert und eingeschüchtert durch die objektive Anonymität industriell gefertigter Massenprodukte, habe sie automatische, maschinelle, serielle Methoden zur Herstellung von Texten, Musik und bildnerischen Produkten entwickelt, denen so eine den Zivilisationsprodukten adäquate gesellschaftliche Legitimität zukommen sollte ... und sei damit in völlige Konformität zur herrschenden fortschrittsgläubigen technisch-industriellen Moderne getreten, mit der gemeinsam sie auf die Abschaffung des autonomen, selbstverantwortlichen Egos aus war.

Nein, hatte er bekräftigt, an sogenannten Künstlern interessierten ihn ihre vermarkteten, kontingenten Produkte nur noch mittelbar, könne er doch auf der Ebene der Warenwelt keinen prinzipiellen Unterschied zwischen Kloschüsseln und Sinfonien ausmachen. Die 135 Bände Goethe, die 130 Gemälde Kahlo, die 40 Bände Sartre, die 20 Bände Heine, die 10 Bände Hemingway, die 9 LPs Cohen, die 6 LPs Lennon, die 5 Bände Kafka, die 4 Bände Bachmann, den 1 Band Rimbaud, den 1 Band Büchner (usw.) betrachte er als den durchaus bemerkenswerten, aber vergänglichen Abfall ihrer Leben, nicht jedoch als deren Zentrum. Wenn eben beim Leben noch etwas abfalle, umso besser.

Jedenfalls, so sein Fazit (2), halte er die künstlerische Existenz beileibe nicht mehr für eine Alternative zur bürgerlichen, sie sei (eine Illusion weniger) nichts weiter als deren goldbestäubte Variante, man könne auch sagen: ihre ideelle Krönung. Mochte Kunst einmal, vielleicht noch zu Beginn des 20. Jahrhunderts, vielleicht gar noch in dessen 60er Jahren, ein ernstzunehmender Gegner des schönen Scheins gewesen sein, hinter dem das industriell und christlich nivellierte bürgerliche Leben seine mörderischen Abgründe verbarg – der globale bourgeoise Spätkapitalismus jedoch (denn um ihn handele es sich) habe seine Lektion gründlich gelernt und die stabile Konsistenz einer formlosen, gallertigen, gnadenlos anpassungsfähigen und toleranten Substanz angenommen, die selbst noch seine radikalsten Gegner als willkommene und rentable Bereicherung zu integrieren verstand. Sex, Drogen, Gewalt, Verbrechen, Terrorismus, Rassismus wurden nicht länger als potentiell systemgefährdende Größen bekämpft, sondern geschickt, jedes hübsch auf seinem ausgeklügelten Programmplatz, gefördert und vermarktet.

Konsequenterweise gäbe es im postmodernen Supermarkt auch nur noch ein einziges, allerdings mit Händen und Füßen verteidigtes Tabu: den Supermarkt selbst[11]. Und seine letzten natürlichen, aber ungefährlichen Gegner seien nicht länger jene sich antiquiert als Bürgerschreck vermarktenden Künstler aller Couleur, sondern schlichtweg Alte, Kinder, Kranke, Arme, Anstellungslose, die noch nicht oder nicht mehr zum Kaufen und Verkaufen taugten.

Und selbstverständlich: die wahrhaft Liebenden. Aber das hatte er nur gedacht, nicht geäußert.

Liebes Bekannte übrigens hatte ihren erlernten Beruf (Gärtnerin) am Tag nach der Gesellenprüfung aufgegeben, das Abitur nachgeholt, ein Studium (Philosophie, Psychologie, Religionswissenschaft) absolviert, einige Zeit in der Altenpflege gearbeitet und betrieb nun am Kölner Gottesweg einen illegalen Spielsalon namens GOTT GIBT UND GOTT NIMMT.

Wie bitte? hatte Liebe verblüfft nachgefragt, als sie einander kennengelernt hatten.

Es geht um höhere Fügung, hatte sie erläutert.

Das mag sein, hatte Liebe eingeräumt, Aber warum Gott?

Das ist mein Name.

Was?

Gott. Dorothea Gott.

Du lieber Himmel! hatte Liebe gelacht, Noch eine Nummer größer als Liebe!

Allerdings, hatte Gott zugestimmt.

---

[11] Insofern sei die erste Aktion der (späteren) RAF, die Brandstiftung in einem Frankfurter Kaufhaus, 1968, auch ihre einzige wahrhaft revolutionäre gewesen.

Und tatsächlich Gottesweg? hatte er nachgefragt.
Ja, hatte sie bestätigt, Ich fand es recht passend.

Die Übergabe des Gesellenbriefs, hatte sie erzählt, habe im Rahmen einer kleinen Feier stattgefunden. Alle seien dagewesen, Familie, Freunde, Bekannte, auch der Mann, der sie heiraten wollte, Sohn des Gärtners, bei dem sie gelernt hatte. Sie würden später den Betrieb übernehmen, auch das künftige Heim gab es schon. Doch während sie die Glückwünsche entgegengenommen habe, habe sie plötzlich, in einem winzigen Augenblick, ihr ganzes kommendes Leben vor sich gesehen: Sträuße, Kränze, Gestecke, Kinder, Ehemann, Familie! und ihr sei klargeworden, dass dieses Leben auch von jeder anderen Frau würde geführt werden können (lediglich das Aussehen der Kränze, der Kinder und des Hauses würde von Frau zu Frau ein wenig differieren). Folglich (dies der erste philosophische Schluss ihres Lebens, wie sie kommentiert hatte) könne es wohl nicht das ihre sein. Allerdings hatten alle von ihr erwartet, dass sie es zu ihrem mache. Die Bühne war bereitet, sie hätte sie nur noch betreten und mit dem Spiel beginnen müssen, eine Rolle fürs Leben, tagtäglich zu repetieren, zu proben, zu verfeinern, bis sie schließlich, einige belebende Improvisationen inbegriffen, makellos säße.
Erschreckt habe sie, dass gerade die, die sie zu lieben vorgaben, sie dazu drängen wollten, aus ihrem Leben, als hätte sie mehrere zur Verfügung und könne darum getrost auf das aktuelle verzichten, eine Fiktion zu machen. Wir wollen doch nur dein Bestes, hatten alle versichert, dann gönnerhaft hinzugefügt, dass es auch keinem von ihnen leicht gefallen sei, erwachsen zu werden, und schließlich gedroht: wer nicht mitspielt, ist verloren!

Abgesehen davon, dass sie es für einen schlechten Witz gehalten habe, dass ausgerechnet jene, die ihr Leben rundum kindisch als entfremdetes, nützliches Spiel betreiben, mit ihrem Erwachsensein prahlten und sich, einfältig genug, als Sieger ausgaben, habe sie sich in fataler Weise an einen alten Science-Fiction-Film erinnert gefühlt, in dem außerirdische pflanzliche Organismen in die Körper von Menschen schlüpften, die ...
Ein Dokumentarfilm, hatte Liebe lakonisch korrigiert, Schau dich nur um!

Allerdings, das müsse er zugeben, habe er selbst, anders als Gott, deren stringente und entschlossene Haltung er uneingeschränkt bewundere, diese Zusammenhänge allzulange keineswegs durchschaut, sich vielmehr, von Kindsbeinen an als überaus vielversprechend gehandelt, stets von neuem abgemüht, dieses ominöse Versprechen, obschon er es nie gegeben hatte, auch zu halten; und bisweilen sei er gar tatsächlich nahe daran gewesen, es einzulösen, wenn ihn seine (gewöhnlichen) Talente und sein (gewöhnlicher) Fleiß unversehens an jene Schwelle geführt hätten, jenseits derer ein nützliches, erfolgversprechendes Leben ihn erwartete. So hätte er sich, nur ein Beispiel, nach den erwähnten Theater-Inszenierungen (kleinen Publikumserfolgen), mit ein wenig Enthusiasmus, Kabale und Kooperationsbereitschaft, auf der kleinen Bühne, die schon Sprungbrett für eine Reihe von Karrieren gewesen war, durchaus etablieren können. Doch zu der in einer kölschen Kneipe anberaumten Unterredung mit dem gönnerhaften Direktorium, die seine künftige Aufgabe hätte bestimmen sollen, habe er sich nicht eingefunden. Die Ahnung, dass es bei diesem entscheidenden Gespräch am allerwenigsten um seine spezielle Vision von Theater gehen würde, sondern darum, diesen wichtigen Leuten jetzt und fortan in einer Art ausgefeilten Rollenspiels zu begegnen, in dessen Verlauf sich eine gemeinsame Sprache und gemeinsame Rituale konstituieren würden, die gegenseitiges Einverständnis bezeugten (Theater also), habe ihn kurzfristig in eine derart tiefe Lähmung, Starre und Müdigkeit versetzt, dass es ihm unmöglich gewesen sei, seine Wohnung rechtzeitig zu verlassen.

Und schon seine (noch 1993 bei König legendäre) Desavouierung der Schule, das wisse er mittlerweile, sei alles andere als eine durchdachte, vorsätzliche Rebellion etwa gegen Ziele und Methoden des autoritären Bildungssystems gewesen, sondern lediglich eine unbeabsichtigte Folge der ihm innewohnenden Trägheitskraft. Er habe damals nicht im entferntesten geplant, auf das Abitur (und die ihm nachfolgenden unwirklichen Köstlichkeiten) zu verzichten, vielmehr blauäugig lediglich erwartet oder verlangt, diese Siegerurkunde zu *seinen* Bedingungen haben zu können, die letztlich darin bestanden hätten, dass er, nach 13 Jahren Schule, einen amtlichen Erfolgsbeleg nicht für den mehr oder minder beliebigen Durchschnitt seiner zufälligen Leistungen beanspruchte, sondern schlicht für sich als unteilbare Person. Und nur darum hatte er des Ordinarius Navratils gutgemeintes Rettungsangebot nicht wahrnehmen können; jeder noch so opportune Trick nämlich hätte gerade die makellose Unteilbarkeit seiner stets gefährdeten Identität zerstört, und mit seiner Einwilligung dazu wäre tatsächlich alles verloren gewesen.

Offenbar, so seine Schlussfolgerung, gäbe es in ihm soetwas wie einen vorbewussten Sicherungsmechanismus, der, seinem willentlichen Zugriff entzogen, immer dann wirksam würde, wenn er Gefahr liefe, eines kurzfristigen Vorteils oder Erfolgs willen sein Leben einer Fiktion zu opfern, durch die er, ein weiterer nützlicher Idiot[12], Einlass nicht in die reale, wohl aber in die herrschende Welt finden würde.

Kein Grund zum Stolz demnach, er habe schlicht Glück gehabt, oder vermutlich müsse er seiner, ihrerseits infantilen Fiktionen hörigen Mutter dafür dankbar sein, dass sie ihn, Liebe, als er 10 Jahre alt war, durch ihren überaus umständlichen Selbstmord gegen alle künftigen Verlockungen trügerischer Illusionen immunisiert habe. Seitdem nämlich habe er das Gewicht des Todes niemals wirklich abschütteln und verleugnen können, und unter dieser Last gewichteten sich wohl auch die Dinge des Lebens zwangsläufig anders. Aber das sei eine andere Geschichte ...

10 Eine andere Geschichte

```
Nach offizieller Lesart war Irina Leidt, Liebes Mutter,
einer Lungenentzündung erlegen; unter vier Augen konnte
man auch von ihrem Alkoholismus sprechen; nach Liebes
Meinung jedoch hatte sie ihr Dasein dadurch annulliert,
dass sie ihre Wünsche ans Leben am Ende allesamt auf die
Vergangenheit richtete, auf die verklärte, vermeintlich
schattenlose Zeit ihrer Jugend und frühen Frauenjahre.
Damals nämlich, zwischen 1929 und 1941, war sie ein Star
gewesen, Artistin und Akrobatin, die, im Duo mit ihrer
jüngeren Schwester Irma, bis zum Kriegsausbruch in den
```

---

[12] Rudi Dutschke 1967: Wir sind nicht die nützlichen Idioten der Geschichte

größten und angesehensten Zirkusarenen und Varieté-
theatern der Welt gefeiert wurde. Nach dem September 1939
reduzierte sich die Anzahl der möglichen Bühnen auf Länder, die von Deutschen besetzt oder mit ihnen verbündet
waren. Die Karriere der Schwestern endete 1941 in Prag
mit einem unzureichend behandelten und schlecht verheil-
ten Armbruch Irinas, wodurch sie als Akrobatin gestorben
war. Prompt wurde sie schwanger, durch einen Offizier der
deutschen Besatzungsarmee, Verehrer der früheren Artistin, der sie in Prag heiratete und der Vater von Harry,
Samuels Halbbruder wurde. Ironischerweise war der beste
Freund dieses Offiziers ein tschechischer Kommunist, der
im Untergrund die Besatzer bekämpfte, aber dennoch Irinas
Schwester Irma zur Frau nahm. Ihm war es zu danken, dass
Irina mit Harry 1945, als die sowjetischen Truppen schon
in der Stadt waren, im letzten Augenblick zu den Amerika-
nern fliehen konnte. Ihr Mann, der deutsche Offizier,
hatte sich bereits vorher abgesetzt, mit Irinas sämtli-
chem Geld und Schmuck, nie wieder sollte sie von ihm hören, 1950 erklärten ihn die deutschen Behörden für ver-
schollen und Irinas Ehe mit ihm für nichtig, so dass sie
einen Monat später Abel Liebe heiraten konnte. Harry würde erst 1988 durch einen Zufall erfahren, dass sein Vater, unter anderem Namen, seit 1947 in Norddeutschland
gelebt hatte und dort 1983 gestorben war.

Irma hingegen blieb bei ihrem Mann in Prag, der für eine
kurze Zeit nach der Befreiung eine kleine Parteikarriere
machte, bis er im Zuge der Säuberungen des Jahrs 1952 als
Titoist zuerst aus der Öffentlichkeit, dann aus Irmas
Leben verschwand. Sie setzte sich, mit 2 Kindern, nach
Marianske Lazne (Marienbad) ab und schlug sich dort fortan als Putzfrau, Küchenhilfe und Zimmermädchen in den
Kurhotels durch. Als ihre beiden Söhne, unterdessen verheiratet und selbst Väter, im Herbst 1968 mit ihren Familien aus der Tschechoslowakei nach Kanada flohen, blieb
Irma zurück, sie wollte nicht wieder in den Westen, denn,
obschon noch lange stigmatisiert durch ihre deutsche Herkunft, hatte sie doch ihr Leben in Marienbad eingerichtet. Zu Irinas Beerdigung 1962 durfte sie für drei Tage

in die Bundesrepublik ausreisen, dann, nach 1980, hätte
sie die CSSR nach Belieben verlassen können, weil die
dortigen Behörden gern ihre winzige Rente gespart hätten,
zweimal reiste sie auch noch, in die BRD und dann nach
Kanada, kehrte aber wieder in ihre kleine Marienbader
Wohnung zurück.

Liebe war Irma nur zweimal begegnet. 1962, als sie anlässlich Irinas Tod nach Köln kam, war ihm diese Frau, die seine Tante war, fremd. Er hatte sie bis dahin nur auf 25 oder 30 Jahre alten Photos gesehen, die sie als Teil des Duos Irina & Irma zeigten, bei Proben, auf Bühnen in Rio, New York, London, Kopenhagen, Paris, Kairo, Berlin, oder bei ihren Reisen in den 1930er Jahren, mit Luxuslinern auf den Ozeanen oder im Speisewagen irgendeines Nobelzugs. Diese Irma war in jener kleinen, älteren, altmodisch gekleideten Frau mit merkwürdiger Sprache, die Samuel nun sah, nicht wiederzufinden. Außerdem gab es auch Irina, von der sie fortwährend redete, nicht mehr, und der zehnjährige Samuel, der nun keine Mutter mehr hatte, fühlte, dass sein bisheriges Leben, seine Kindheit vorüber war und dass irgendeine andere Anordnung der Dinge ihn erwartete, und Irma gehörte schon zur Vergangenheit, darum war er froh, als sie wieder abreiste. 20 Jahre später, 1982, bei ihrem 2. Aufenthalt in der Bundesrepublik, wohnte sie 6 Wochen lang bei Liebe, der eine größere Wohnung hatte als Harry, dem ihr Besuch eigentlich galt, waren doch beide durch dessen erste drei Lebensjahre in Prag eng verbunden.

Liebe befand sich gerade in den Proben seines ersten Theaterstücks an einer kleinen Kölner Bühne und parallel in der schwierigen Anbahnung einer neuen Liebesgeschichte nach drei Jahren Zölibats, und beides sollte ihm endlich den bislang ausgebliebenen Lebenserfolg erzwingen (beruflich wie privat), hinzu kamen der NATO-Doppelbeschluss, Reagan und die Sekundärtugenden Helmut Schmidts, und so war er Irma gegenüber zwar höflich, freundlich und hilfsbereit, nutzte aber die Gelegenheit nicht, sie kennenzulernen oder wenigstens auszufragen nach der immerhin

nicht alltäglichen Geschichte, die sie, anfangs mit seiner Mutter, später dann auf eigene Faust erlebt hatte.
Außerdem bemerkte er rasch, dass der Eiserne Vorhang zu beiden Seiten sehr verschiedene Welten hergestellt hatte, über die er sich mit Irma nur schwer verständigen konnte. Und das hatte weniger damit zu tun, dass sie keine Intellektuelle war, Liebe also nicht mit ihr über Kafka (dessen Namen sie nicht kannte) oder über die Marienbader Elegie sprechen konnte (Goetheho náměstí, den Goetheplatz, kannte sie, sie wohnte um die Ecke), sondern mit dem konträren Erleben von Freiheit.
Für Irma war die hypertrophe bundesdeutsche Warenwelt zuerst ein Schock, aber einer wie beim Betreten des Paradieses. Schon das Angebot der Discount-Läden (Aldi, Urban, Kaufhalle), die Liebe nicht einmal mehr wahrnahm, entlockte ihr laute Ausrufe der Verzückung. Sie ging zwischen den überquellenden Auslagen, Wühltischen und Regalreihen hindurch, besah sich jede Konservendose, jeden Damenslip, jede Strumpfhose, die 15 verschiedenen Brotvarianten, die 50 Obst- und Gemüsesorten, die 20 unterschiedlichen Milchprodukte, die Hunderte von Süßigkeiten und Kosmetika, fassungslos, dass es soviele Dinge in solch großen Mengen und offensichtlich für jedermann zu haben gab.
Am Ende waren sie beide beschämt, Irma über die Ärmlichkeit ihrer tschechoslowakischen Heimat, Liebe sowohl über die angeberische Ausstattung des Staates, in dem er lebte, wie über das Luxuriöse seines Snobismus, der darin lag, dass er auf diese billige fadenscheinige Warenwelt mit Verachtung schaute. Und er verzichtete darauf, Irma, die hier ein wenig die befristete Freiheit des Kaufens genoss (ein Synonym für Bewegungsfreiheit), erklären zu wollen, dass ihn hierzulande gerade die zwanghafte Reduzierung von Leben zur Ware unfrei mache. Denn dass ihn dieser schöne Schein nicht beglückte, bedeutete nicht, dass jener institutionalisierte Mangel an Gütern, mit dem Irma zu leben gewohnt war, das eigentlichere Glück war. Sie existierten einfach in zwei verkehrten Welten, und

jeder von ihnen hatte den kalten Krieg der Systeme auf eigene Weise verloren und gewonnen.

Immerhin fanden sie am Vorabend von Irmas Abreise heraus, dass sie beide Smetanas Moldau mochten. Liebe verschwieg ihr allerdings, dass er kulturkritische Bekannte hatte, die seine Ergriffenheit, speziell für den anschwellenden Aufbau des Leitmotivs im Eingangs-Allegro, anstößig und befremdlich fanden, für sie war das Klassik-Pop, klischierter, sentimentaler, auf den Effekt hin kalkulierter Massenkitsch (Tonmalerei!), kurz: lebensunwerte Kunst. Irma aber freute sich, als Liebe ihr zum Abschied seine Platte mit der Einspielung der Wiener Philharmoniker unter Karajan schenkte. Später schrieb sie ihm, dass sie die Platte häufig anhöre, bei einer Nachbarin, sie selbst hatte keinen Plattenspieler. Da besaß er die Moldau selbstverständlich bereits auf CD.

Irina Leidt, Liebes Mutter, war mit dem erstgeborenen Harry aus dem Dunkel des Nachkriegs im Sommer 1947 im zerstörten Köln aufgetaucht. Von ihrer Familie lebte (abgesehen von Irma) nur ihr Bruder noch, auch er bis zu einem schweren Unfall Artist (Hochseil), der durch die Heirat mit einer Kunstreiterin Einlass in eine alte Zirkusdynastie gefunden hatte. In Köln sammelten sich allmählich die Verstreuten und Überlebenden des Clans zum Wiederaufbau der Zirkuswelt; und tatsächlich wurden schon im März 1948 im provisorischen Williamsbau die ersten circensischen Veranstaltungen durchgeführt. Irina war dabei. Allerdings räumte die große Zirkusfamilie gewesenen Stars keine Sonderrechte ein. Und so musste Irina, da sie zum Umsatteln auf eine Tierdressur zu alt und für eine Clownsnummer ungeeignet war, putzen, kellnern, Eintrittskarten verkaufen und Plätze anweisen.

Aus dieser, wie sie meinte, demütigenden Degradierung rettete sie sich durch eine weitere Schwangerschaft, herbeigeführt durch Abel Liebe, den sie anlässlich eines karnevalistischen Abends mit Tanz kennengelernt hatte. Sie heirateten Ende 1951, und im folgenden Januar wurde Abel Samuels Vater.

Beide Familien lehnten diese Verbindung vehement ab: aus Sicht der Zirkusleute desertierte Irina ins bürgerliche Lager, aus Sicht der bürgerlichen Familie Liebe erlag Abel der Verführung der Boheme. Diese einmütige Ablehnung schweißte beide zunächst zusammen. Als dann Samuel 2 Jahre alt war, entschied Abels Mutter Fanny, alleinlebende Witwe, ihren einzigen Enkel mitsamt seiner zweifelhaften Mutter in die Familie Liebe aufzunehmen. Jetzt wurde es ernst, denn Abel, voller Energie, wollte nun zielstrebig die Konstruktion seiner beruflichen Zukunft in Angriff nehmen, aber dazu hätte er Irinas Hilfe bedurft, stand doch seinen großen Plänen (die der Errichtung eines gewaltigen Wirtschaftsimperiums galten) außer den widrigen Zeitumständen auch eine gewisse, den Kriegserlebnissen geschuldete Disziplinlosigkeit entgegen, die nach einem entschiedenen Korrektiv verlangte. Irina jedoch fand, stolz, selbstmitleidig und trotzig, dass ihr jenes luxuriöse auserwählte Leben, das sie einmal geführt hatte, zustand, nicht aber, dass sie sich noch einmal eines erarbeiten und erkämpfen müsse. Vielleicht traute sie es sich auch nicht mehr zu, immerhin war sie, wie sich erst nach ihrem Tod durch Zufall herausstellte, 10 Jahre älter als Abel, der sie, wie jeder, für 12 Jahre jünger gehalten hatte als sie tatsächlich war. Sie hatte die (auch bürokratischen) Wirren des Nachkriegs genutzt, sich amtlich zu verjüngen. Da sie also Abel auf seinem Weg in die Zukunft nicht begleiten wollte, blieb sie allmählich zurück, so dass Abel schließlich ganz folgerichtig zu Margit fand, Margit Krafft, die ihm, schön, jung, energisch, mit ganzer Kraft half, zu sich zu kommen; und so packte er eines Tages seine Koffer und zog zu ihr. Die Scheidung von Irina erfolgte im Jahr darauf, 12 Monate später hatte sie sich zu Tode gesoffen und ihr Leid ein Ende.

Samuel seinerseits hatte ein knappes Jahr danach, elfjährig, einen heimlichen (und verheimlichten) Selbstmordversuch unternommen[13] - den Zusammenhang zwischen beiden Handlungen indes lange nicht durchschaut, vielmehr ange-

---

[13] siehe *Winnetou revisited*, **Geschichten**

nommen, dass die seine lediglich eine stumme Reaktion auf die veränderten Lebensumstände, in die ihn Irinas Tod gebracht hatte, gewesen sei; immerhin war er noch am gleichen Tag in eine fremde, Abels 2. Familie gekommen, in eine fremde Wohnung und kurz darauf in eine fremde Schule, das Gymnasium. Gemessen daran, dass er seine Freunde, sein Zimmer, sein Spielterrain auf den Straßen und die Verfügung über seine Zeit verloren hatte, war ihm der Verlust seiner Mutter noch als der geringste erschienen – und den Gewinn (eine kleine Schwester, eine neue Mutter, eine winzige 2-Zimmer-Wohnung, in der sie zu viert, kurzfristig gar, bis zu Harrys Hochzeit, zu fünft lebten, und die höhere Schule) hatte er lange nicht erkennen können. Selbst sein Vater, auf den er gebaut hatte, war nach den fast drei Jahren, in denen sie nicht mehr miteinander gelebt hatten, unvertraut, fremd, keineswegs ein Garant der Kontinuität. Hinzu kam, dass Samuel sehr bald begriffen hatte, dass dieser neue Zustand kein vorläufiger sein würde. Es führte kein Weg zurück in jene Zeit und jene Räume, zu denen er bis dahin selbstverständlich gehört hatte. Er bemerkte es, als er einige Monate nach Irinas Tod seine alten Freunde besuchte und einsah, dass ihn nichts mehr mit ihnen verband als die Erinnerung an Vergangenes, eine Entfremdung, die nichts damit zu tun hatte, dass er nun in Köln-Nippes statt in Köln-Bickendorf wohnte, sondern damit, dass ihn der Tod unwiderruflich gezeichnet hatte. Das trennte ihn von der Vergangenheit, und sie wiederum machte ihn in der veränderten Gegenwart zu einem Fremden.

Dass er an diesen Umständen bald zunehmend bedrückt, verstockt, unbeholfen, verlogen, gespalten, irre geworden war, hatte seine ahnungslose Umgebung als Beweis dafür gesehen, wie sehr er doch Irina geliebt habe und sie nun vermisse. Er hatte sie in diesem Glauben gelassen, wiewohl in Wahrheit LIEBE das letzte gewesen wäre, was ihm zu Irina eingefallen wäre. Abgesehen davon, dass der ältere Liebe nicht daran glaubte, dass Kinder Erwachsene überhaupt in jenem Sinn liebten, den diese selbstredend voraussetzten, wusste er, dass seine Mutter im Gegenteil lange Zeit geradezu dafür gehasst hatte, dass sie seine vermeintlich unbeschwerte Kindheit mit ihrem Tod so gewaltsam beendet hatte. Selbstsüchtig hatte sie ihn aus dem Paradies vertrieben, als das ihm seine ersten zehn Jahre nun erschienen. War er bis dahin unumschränkter Herrscher über ein intaktes kindliches Reich gewesen, im Besitz einer geheimnisvollen Macht, die ihn geschützt hatte, so befand er sich nun, um mit Camus zu sprechen, heimatlos im Exil. Dort war auf nichts Verlass mehr, niemandem und nichts zu trauen; offenbar konnte jeder, so sein Eindruck, jederzeit verschwinden. Um zu überleben, bedurfte er mithin einer neuen, den veränderten Umständen angemessenen Macht, die er nur aus einem gänzlich andersartigen Geheimnis schöpfen konnte: dem Tod. Dass er sich ihm mit ein paar Schlucken Essig-Essenz näherte, ohne dass ein anderer es bemerkte, ließ ihn auf dem neuen Terrain mit einer geeigneten Identität versehen ankommen.

In seinem Selbsttötungswunsch hatte sich allerdings eine zweite, gravierendere und verborgenere psychische Verkettung geäußert, der Liebe erst als beinahe 50jähriger (also in dem Alter, in dem Irina ihr Ableben betrieben hatte) auf die Spur kam: ein klassischer Ödipus-Komplex. Oder vielmehr dessen Pendant: der Iokaste-Komplex. Denn weder hatte der kleine Liebe seinen Vater getötet noch seiner Mutter beigewohnt, auch nicht, so weit der ältere es rekapitulieren konnte, den Wunsch nach der einen oder der anderen Handlung gehegt[14]. Andererseits aber hatte Irina ihn unmittelbar nach der Scheidung von Abel genötigt, die Nächte fortan bei ihr im vormaligen Ehebett zu verbringen, da sie beschlossen hatte, nicht allein schlafen zu können. Zweitens jedoch war Samuel in der letzten dieser Nächte, nachdem seine Mutter bereits seit Wochen gekränkelt hatte, von der laut vor sich hin murmelnden Irina aus dem Schlaf gerissen worden. Ohne Pause redete sie auf imaginäre Gesprächspartner ein, machte Vorwürfe, beklagte sich, weinte, fragte, antwortete. Als Samuel sie, belustigt und verängstigt zugleich, ansprach, fuhr

---

[14] Ludwig Marcuse: Der Ödipus-Komplex ist kein Soll, das jemand erfüllen muss ...

sie ihn voller Hass an: „Raus aus meinem Bett, weg mit dir, du bist schuld, dass Abel fort ist, ohne dich wäre er noch da, du hast mein ganzes Leben zerstört, wärst du doch nie geboren worden! Weg mit dir, sonst bringe ich dich um!" Da Harry nicht zuhause war, hatte Samuel die Nachbarn aus dem Bett geschellt, die, nachdem sie seine Mutter begutachtet hatten, den Notarzt riefen. Der wiederum hatte Irina eine Beruhigungsspritze gegeben, die sie allerdings nicht daran hinderte, sich den beiden Sanitätern, die sie kurz darauf ins Krankenhaus brachten, mit Händen und Füßen schreiend zu widersetzen. Als sie endlich fort war, hatte Samuel sein Bettzeug aus dem Elternschlafzimmer wieder in sein Kinderzimmer geschafft und dort noch eine Weile Prinz Eisenherz gelesen, ehe er einschlief. Drei Tage später war Irina tot.

Und fast 40 Jahre später begriff Liebe, dass er also in gewisser Weise tatsächlich seinen Vater getötet, mit seiner Mutter geschlafen und auch sie letztlich umgebracht und folglich einen Frevel auf sich geladen hatte, für den Irina von ihm in den ersten Monaten nach ihrem Tod aus dem Jenseits heraus eine angemessene Sühne verlangt hatte. Und angemessen, so hatte sie ihm bei ihrem letzten Zusammensein deutlich genug gemacht, konnte nur sein eigener Tod sein. Darum, nach einem Jahr, sein Versuch mit Essig-Essenz. Womit Irina allerdings nicht zufriedengestellt war. Wenn sie ihn schon nicht aus der Welt schaffen konnte, so sollte er doch nicht ohne Schuld leben. Und schon garnicht zu dem kommen, was auch ihr nicht geglückt war: zu einer erfolgreichen Liebesbeziehung.

Ein klassischer Fluch ...

11

Ingeborg Bachmann hatte von einem exakt datierbaren Moment berichtet, der ihre 12 Jahre alte Kindheit zertrümmert habe: dem Einmarsch der Nazis in Klagenfurt 1938. Fortan seien Gewalt, Angst und Schmerz ihre selbstverständlichen Begleiter gewesen.

Liebe hatte den eigenen Fall lange nach ähnlichem Muster gedeutet: der Tod seiner Mutter habe sein Leben in ein (paradiesisches) Vorher und ein (infernalisches) Nachher geteilt, eine Diagnose, die ihm einige Jahre lang zwei willkommene emotionale Haltungen erlaubte: seine Kindheit zu verklären und sich selbst, eingedenk ihres Verlusts, zu bemitleiden. Erst später entdeckte er, dass schon diese Kindheit keineswegs eine paradiesische intakte Welt im Kleinen, sondern voll von Unheil gewesen war: Zwei Freunde waren beim Spielen in Trümmergrundstücken durch Blindgänger zerfetzt worden, ein dritter hatte sein rechtes Auge verloren, der Vater eines anderen sich umgebracht, die Ehe seiner eigenen Eltern konnte durchaus als Synonym für Krieg gelten, Zwist hatte es auch in der weiteren Familie gegeben, ergänzt durch Geldsorgen, Krankheiten, Unfälle, Todesfälle, und er selbst, Samuel, hatte längst erfahren, dass er Feinde besaß, unter den Lehrern, den Nachbarn, den Kindern, die ihn fertigmachen wollten – so wie es selbstverständlich in Ingeborg Bachmanns Kindheit das Brüllen, Singen und Marschieren, kurz: die Brutalität (auch, wie ihre späte Prosa zeigte, die intimere, familiäre) längst vor dem Einmarsch der Nazis gab. Nur: sie (und 30 Jahre später Liebe) hatten sie, bis zu einem gewissen Punkt, für eine luftige Fiktion gehalten, für ein Spiel, die in einer anderen, nicht ernstzunehmenden Parallel-Welt geschähen, die die eigene, die Kinderwelt nicht zu tangieren in der Lage war – eben bis zu jenem brutalen Punkt, an dem sich das Verhältnis jählings umkehrte: die andere Welt wurde zur maßgeblichen und die Kinderwelt zur fiktiven. Denn die unmittelbaren, gewaltsamen und folgenreichen Ereignisse (Nazi-Einmarsch/Irinas Tod) machten es unmöglich, Leben weiterhin für einen ewigen unverletzlichen Aufenthalt im Hier und Jetzt zu halten. Vielleicht wäre dergleichen tatsächlich das Paradies (eine Welt, in der auch die meisten Tiere zuhause waren)[15], die menschliche Situation jedoch, so Samuels Erleben und,

---

[15] Er stimmte mit sämtlichen postmodernen, esoterischen Reaktionären seit Rousseau einzig darin überein, dass die natürliche Welt tatsächlich heil sei. Nur war er überzeugt, dass es für Menschen keinen Weg dorthin (zurück) gab. Wenn sie sie betraten, wurde daraus ein Schlachtfeld. In einer der ersten Geschichten, die er mit 17, unter dem Eindruck des Buddhismus geschrieben hatte, vollzog eine künftige Weltgesellschaft, überdrüssig der Kriege, der Ausbeutung und des Schmerzes, den freiwilligen kollektiven Suizid, um einerseits das eigene Leiden zu beenden, andererseits der Erde ihre makellose Stimmigkeit zurückzugeben. Liebe hatte sich an der Schönheit des nun menschenleer durchs gleichgültige All gleitenden Planeten ergötzt, der sich alle zivilisatorischen Artefakte

später, Liebes Schluss daraus, war anders, war Geschichte: etwas, das begann und endete, das gelingen oder schief gehen konnte. Seine Entdeckung des Todes nämlich (der Brutalität des Abschlusses) verlieh allem bislang flachen Geschehen fortan eine Tiefendimension, die die Ereignisse des Lebens, selbst die geringsten, mit Bedeutung auflud. Denn unter der Perspektive des Endes wurden sie alle zu Bausteinen eines befristeten Wegs durch Raum und Zeit, eben zu aufgeladenen Partikeln einer Geschichte, die jener winzige, aber einmalige Fußabdruck wurde, den man für eine Weile in der Welt hinterließ. Bestenfalls.

Irina hingegen, seine Mutter, so sah es Liebe nun, hatte ihre Geschichte spätestens nach jenem Armbruch, der 1942 ihre Karriere beendete, in eine kindliche Fiktion verwandelt – oder wahrscheinlich war schon diese Karriere fiktiv gewesen, immerhin hatte Irina ohne sie nicht mehr zu leben vermocht, folglich war sie nie etwas anderes als diese Karriere gewesen, die indes auch ohne Armbruch fünf Jahre später zuende gegangen wäre, aus Altersgründen. An die Stelle einer wirklichen eigenen Geschichte hatte sie also eine virtuelle Konstruktion gesetzt, die ihr erlaubte, weder für ihr eigenes Leben, noch für jene Personen, die, ihre Kinder eingeschlossen, darin existierten, Verantwortung zu übernehmen. Im Gegenteil, sie hatte letzteren (und vor allem dem 10jährigen Samuel, der sich ihr nicht entziehen konnte) die Verantwortung für ihr eigenes Sterben aufgezwungen. Der Alkoholismus ihrer beiden letzten Jahre hatte diese infantile Rolle lediglich vollends unrevidierbar gemacht. Aber da sie kein Kind mehr gewesen war, sondern, nichts weniger als unschuldig und rein, alle Macht der Erwachsenen besaß, hatte sie, anders als ein Kind, ihr (und nebenbei Liebes) Leben nachhaltig zu dekonstruieren vermocht.

Auch daher Liebes spätere Abscheu vor Säufern (und Junkies und Gläubigen aller Art). Er fand, dass sie sich allzu bequem aus der Verantwortung für einen Abend, ein Fest, eine Gesellschaft, eine Geschichte, ein Leben stahlen, um ihr frühkindliches oder pubertäres Selbstgefühl in Alkohol (Chemikalien, Dogmen)

---

absichtslos und gründlich wieder einverleibte: geschichtslos, zeitlos, ohne Kenntnis von Leben und Tod, ohne Schuld und Verdienst, weder frei noch gemaßregelt, ohne Krieg und Frieden, kurz: ohne Alternative – heil.

zu konservieren. Im immer engeren Kreisen um sich selbst schlossen sie sich ab, ohne doch den verbindenden Kontext zu verlassen. Damit zwangen sie die Verantwortung für eben diesen Kontext denen auf, die geistesgegenwärtig und geöffnet blieben. Liebe etwa. Darin lag ihre destruktive Macht. Sie schufen ein fiktives Beisammensein, das sie beherrschten. Ein auswegloses Hier und Jetzt, aus dem keine wirkliche Geschichte herausführte. Doch Geschichtslosigkeit, das hatte Liebe durch Irina gelernt, war eben kein Paradies, sondern eine zweidimensionale Spirale ins Nichts.

Ein Kölner Autor hatte in den 1970er Jahren in eine subversiv-melancholische Romantrilogie[16] eine Randfigur (Nurmi) eingebaut, deren Besonderheit und Problematik darin bestand, dass sie rückwärts lebte: den Verlauf des Geschehens nur selten betretend, sprach und agierte sie gänzlich unauffällig, erschien aber bei jedem Auftreten deutlich verjüngt, voller Entsetzen sich jenem exakt datierbaren Zeitpunkt nähernd, an dem sie wieder in den Mutterleib zurückkehren würde. Für wie überflüssig Liebe die Figur in dem Roman auch hielt (der keiner konstruierten Phantastik bedurfte) und so inkonsequent sie ihm auch angelegt schien (bliebe doch ein Rückwärtslebender, wenn man es ernst nahm, für Vorwärtslebende unerkennbar, insofern er, in einen umgekehrten Raum-Zeit-Kanal eingeschlossen, nie zur Stelle und keiner Kommunikation zugänglich wäre), so hatte sie ihm doch eine Art Vehikel geliefert, das ihm gestattete, sich im Universum zu positionieren.
Sich selbst nämlich hypothetisch als denjenigen setzend, der (aus welchen Gründen immer) jählings rückwärts zu leben begänne, begriff Liebe, dass dieses Ereignis, einmal in Gang gebracht, nicht gar so beiläufig bleiben würde wie der Roman nahelegte. Denn um ihm zu ermöglichen, 50 Jahre früher (oder später) wieder in den Schoß seiner Mutter zurückzukehren, wäre erforderlich, dass auch sie, von den Toten auferstehend, fortan rückwärts leben müsse; zugleich würde Abel, Liebes Vater, seine Autobiographie, an der er seit Jahren arbeitete, unverzüglich zu beenden und rückgängig zu machen haben, um, 9 Monate nach Samuels Rückkehr in den Mutterleib, seinen Sa-

---

[16] Werner Koch: Seeleben I–III

men, der einmal Samuel hergestellt hatte, wieder in Empfang zu nehmen, damit er selbst, 30 Jahre später (oder früher), wieder in seiner Mutter Unterleib verschwinden könnte, die ihrerseits ....
Diese Kette ließ sich (nahezu) endlos zurückverfolgen, denn da Liebe nicht annahm, dass seine Familie irgendwann durch einen Schöpfungsakt in die Welt geraten war, ginge jedem Glied der Ahnenreihe stets ein anderes voraus, das in den Strudel des umgekehrten Lebens gerissen würde. Nur 100 Generationen zurück befänden sich die Liebes (oder wie immer sie heißen würden) dem Kleinen Ploetz zufolge bereits in der Welt des Alten Testaments oder im Ägypten des Tutanchamun und beinahe schon im megalithischen Stonehenge. Bei dem ersten Menschen modernen Typs im späteren Europa (Homo sapiens sapiens) würden sie schon nach 1000 Generationen eintreffen, und nach 100 000 Generationen wären die Vorfahren Liebes nach Ostafrika zurückgekehrt, ein paar gefährdete Exemplare der Gattung Homo habilis, die sich eben erst aus den bedauernswerten Australopitheken entwickelt hatte, die als erste Tiere genötigt waren, aufrecht zu gehen. Weitere 10 Millionen Generationen zuvor würden sich Liebes Vorfahren anschicken, in Gestalt bizarrer Amphibien tierisches Leben aus dem dazumal einzigen Ozean aufs dazumal einzige Land zu schaffen, aber vergebens, denn auch das wäre nicht das Ende oder der Anfang, noch einmal 100 Millionen Generationen zurück würden seine Vorgänger als einzellige Mikroorganismen (die ersten und letzten Naturwissenschaftler in der Familie) daran arbeiten, aus der irdischen Ursuppe Sauerstoff zu produzieren, und dann allerdings (um es abzukürzen) würde die Erde (mitsamt den Ur-Liebes) schließlich in die Sonne und die Sonne mitsamt der Milchstraße in jene Gaswolke zurückkehren, die zuguterletzt in einer knalligen Implosion in einem unendlich kleinen Punkt verschwände – etwa 450 Millionen Generationen vor Samuel Liebe, dem seinerseits sich noch rund 100 Millionen weiterer Geschlechterfolgen anschließen würden, ehe dann, auf der anderen Seite der Zeitskala, das Sonnensystem allmählich erkalten und das Universum entweder in ewigen eisigen Schlaf sinken oder aber in einem unendlich kleinen Punkt zusammenstürzen würde, um womöglich jenseits mit einer knalligen Explosion erneut zu entstehen.

Liebe schloss aus diesem Szenario dreierlei: zunächst, dass er gleichsam in direkter Linie mit dem Beginn alles Existierenden in Verbindung stand; schon dort (14 Milliarden Jahre zuvor) war er zweifellos dabei gewesen (von nichts kommt nichts), wie auch bei all dem, was diesem Beginn folgte. Mithin war er aus dem gleichen Stoff gemacht wie das Universum, war zugleich Gaswolke, Milchstraße, Sonne, Mond, Gestein, Wasser, Luft, Schwamm, Wurm, Schalentier, Fisch, Pflanze, Reptil, Saurier, Vogel, Hominide, Mensch. Vielleicht hatte Joni Mitchell ähnliches gemeint, als sie 1969 hellsichtig sang: *We are stardust*, und offenkundig hatte sie recht, auch mit dem Plural, denn natürlich, so Liebes zweite Einsicht, galt, was für ihn galt, auch für jeden anderen Bewohner der Erde, denn jeder konnte von seinem Standort aus die Geschichte ebenso zurückspulen wie er, und jeder, auch jede Pflanze, jedes Tier, jedes Staubkorn, würde zugutterletzt eben dort ankommen, wo auch er angekommen war: im gemeinsamen Anfang. Alles also (dies, wie Liebe wusste, kein neuer Gedanke) war in der Tat mit allem verbunden.

Beim Versuch, anschauungshalber die Anzahl seiner direkten Vorfahren einzuschätzen, und dabei von der einfachsten Variante ausgehend, die nur Elternpaare berücksichtigte (und keine Geschwister, Onkel und Tanten), gelangte er zu dem erstaunlichen Ergebnis, dass nur 20 Generationen zurück, also etwa im Jahr 1330, im Spätherbst des Mittelalters, auf Erden tatsächlich mehr als 1.288.000 Angehörige der Familie Liebe zu finden gewesen waren. Diese erstaunliche Zahl hochrechnend, kam er zu dem noch irritierenderen Schluss, dass 100 Generationen zuvor, eben zu Zeiten Tutanchamuns, die damalige Weltbevölkerung nicht allein erheblich größer gewesen sein musste als bisher angenommen, sondern ausnahmslos aus Ahnen der Familie Liebe bestanden haben musste. Da aber seiner Theorie zufolge jeder der derzeit 6 Milliarden Menschen seine Geschichte in gleicher Weise würde aufrollen können wie er, hätten damals mehrere Billionen Menschen die Erde bewohnen müssen, was der verifizierbaren Bevölkerungsentwicklung denn doch widersprach. Um seine Theorie mit den Fakten in Übereinstimmung zu bringen, führte Liebe in seine Überlegungen kühn einen familienverbindenden bzw. inzestuösen Faktor ein, der den Kreis im Sinne des gemeinsamen Ursprungs schloss: seine sämtlichen Vorfahren waren (und zwar je weiter in der Geschichte zurück, umso intensiver) zugleich die Vorfahren aller anderen Menschen gewesen, die nun seine Zeitgenossen waren. Damit (und dies begriff er zuletzt) berührte er jenen Aspekt, den der Kölner Autor in seinem Roman nicht zur Kenntnis genommen hatte: würde jemand tatsächlich beginnen, rückwärts zu leben, so würde er mit diesem Vorgang unweigerlich alle anderen in seine Umkehr mitreißen, nein, *alles* andere gar, Menschen, Steine, Pflanzen, Tiere, Gewässer, Gase, Sonnensysteme, Galaxien, Geschichten, Geschichte. Und nicht einmal irgendein Mensch wäre nötig, diesen Prozess auszulösen, schon ein Käfer, ein Staubkorn, ein Quark, die plötzlich ihre Geschichte umkehrten, würden genügen, alles Bestehende auszuwischen, so als sei alles nur auf dieses einzelne Staubkorn, diesen einzelnen Käfer, dieses einzelne Quark oder eben auf ihn, Samuel Liebe, hin entstanden. Mit jedem von ihnen also, so beendete er das Gedankenspiel, stand und fiel nichts geringeres als die gesamte Geschichte der Welt. Und mit ihm, da war er sicher, würde sie auch enden.

12

Als Kind, so erinnerte sich Liebe, hatte er sich Altern (eine Konstituante von Geschichte) keineswegs als einen kontinuierlichen Vorgang gedacht, sondern als eine jeweils jähe Verwandlung, die sich in 3 krassen Stufen vollzöge: anfangs wäre man eben ein Kind wie er, dann würde man plötzlich, wahrscheinlich über Nacht, zu einem Erwachsenen wie Abel, sein Vater, um schließlich eines Morgens, ebenso unvermittelt, als alte Frau wie Fanny, seine Großmutter, zu erwachen. Denn da er zwischen sich und den Erwachsenen, die er kannte, kaum eine Ähnlichkeit in Interessen, Sprache und Verhalten zu entdecken vermochte, konnte er sich nicht vorstellen, dass er, wenn er denn selbst einmal erwachsen sein würde, tatsächlich noch er selbst wäre. Vermutlich, so dachte er es sich, wurde man, wenn man denn bestimmte Bedingungen erfüllte (beispielsweise eine gewisse Größe erreichte oder die gewünschten Schulleistungen vorwies), einfach von irgendeiner Instanz zum Erwachsenen (und später zum Alten) ernannt, vielleicht gelegentlich einer ähnlich mysteriösen Zeremonie wie Taufe oder Kommunion, die gleichsam das Innere des

Betreffenden vollständig austauschte. Zu diesem Anlass würde man natürlich auch seinen Kindernamen ablegen und einen neuen erwachsenen Vornamen erhalten, schien ihm doch undenkbar, dass er als Erwachsener oder Greis noch immer Samuel heißen oder gar Sammy gerufen werden sollte! In dieser Theorie wurde er übrigens dadurch bestätigt, dass Abel, von dem er eines Tages dessen früheren Kindernamen zu erfahren wünschte, nur verständnislos zurückfragte: Wie bitte? Spinnst du?
Aha, hatte Samuel daraufhin für sich konstatiert, man vergisst also sogar den eigenen Namen!
Um diesem, wie er fand, bedauerlichen Vergessen vorzubeugen, hatte er zunächst einige Dutzend Zettel mit der handschriftlichen Erinnerung *Ich hieß als Kind Samuel* an verschiedenen geheimen Orten in der Wohnung und unter seinen Spielsachen deponiert, sich dann aber genötigt gesehen, diese Zettel durch ebenso beschriftete Fotografien von sich zu ersetzen, befürchtend, dass er sich womöglich später, als Erwachsener, nicht mehr würde erinnern können, wer denn diese Zettel geschrieben habe und wen sie meinten. Als er sich dann aber eingestehen musste, dass der gleiche Einwand auch für die Fotografien gelten würde, hatte er auf eine weitere Vorsorge gegen das Vergessen verzichtet.
Stattdessen war es ihm gelungen, seine Freunde kurzfristig für seine Theorie des Alterns zu begeistern, was dazu führte, dass jeder von ihnen ein paar Tage lang versuchte, durch heimliches Erforschen der jeweiligen familiären Papiere die Geheimnisse der Kindernamen ihrer Eltern zu lüften, ein, wie sie letztlich einsehen mussten, aussichtsloses Unterfangen, da natürlich jedes denkbare Dokument ebenfalls von gedächtnislosen Erwachsenen verfertigt worden war.
Im übrigen blieb Samuel der eigene Name vorerst gleichgültig, wenn er auch zu schätzen wusste, dass er nicht, wie sein bester Freund, Paul Klein hieß, der sich anbot für Spottverse wie *Der Paul, der Paul/die blöde Sau* oder *Klein, Klein/Scheiß am Bein*, oder auch Egon Beyer: *Großes B, kleine Eier*. Auf Samuel hatte niemand einen Reim sich machen können, und als einmal jemand sein Weinen mit einem doofen *Sammy muss zur Mammi* zu kommentieren wagte, hatte er diese Schmähung sogleich in Wort und Tat mit einem, zuge-

geben, uneleganten *Sammylein, Sammylein tritt dir in den Arsch hinein* aus der Welt geschafft.

Zu *Liebe* fiel den anderen in diesem frühen Stadium ohnehin nichts ein – was sich freilich im Gymnasium in der allerersten Sportstunde änderte, als der Lehrer Samuel bei der Vorstellung fragte: Bist du Jude, Liebe?

Nein, hatte Samuel geantwortet, worauf der Lehrer stirnrunzelnd entgegnete: Bist du sicher?

Tatsächlich unsicher geworden, hatte Samuel zuhause davon berichtet und damit seinen Vater veranlasst, nicht allein wütend auszurufen: Geht das schon wieder los!, sondern auch zum Telefonhörer zu greifen und diesen Lehrer harsch zurechtzuweisen, mit der Folge, dass Samuel zwei Jahre lang in der Schule mit dem Mann einen Kleinkrieg zu führen hatte.

Im dritten Jahr dann hatte dieser Lehrer die Klasse bei ihrem ersten einwöchigen Aufenthalt in ein Landschulheim in der Eifel begleitet und dort am ersten Abend (wie an allen folgenden Abenden) sämtliche 32 frierenden Jungs nach dem Duschen nackt auf Bänke steigen lassen, um sie, wie er sagte, nach Fußpilz zu untersuchen. Bei Samuel angekommen, hatte er laut gerufen: Du bist *doch* Jude, du bist ja beschnitten! und Samuel hatte erstaunt auf seine Füße geschaut, ohne dort irgendwelche Spuren von Schnitten zu entdecken.

Nachhause zurückgekehrt, hatte er seinen Eltern auch von diesem kleinen Vorkommnis erzählt, woraufhin sein Vater ihm 1. erklärte, was Beschneidung sei, 2. versicherte, dass er, Samuel, keineswegs beschnitten sei, sondern lediglich von Geburt an eine etwas verkürzte Harnröhre besäße, was bei seinem Penis allerdings zu einem vergleichbaren Ergebnis geführt habe, und 3. in den folgenden Tagen dafür sorgte, dass dieser Lehrer aus dem Schuldienst entfernt wurde.

Samuel hatte aus diesen Ereignissen geschlossen, dass er, wenn er auch nicht, wie der Sportlehrer vermutet hatte, Jude war, dies doch offenkundig kraft seines Namens hätte sein können, wäre nur die richtige Beschneidung hinzugekommen. Und eine jüdische Identität wäre ihm durchaus willkommen gewesen, seit er mit 7 Jahren in einem Dokumentarfilm über ein KZ[17] (vielleicht Resnais' *Nacht und Nebel*) einige Sekunden lang ein jüdisches Mädchen gesehen hatte, abgemagert und zerlumpt neben einem Berg von Leichen stehend, aber von solcher Schönheit, dass sie nie wieder aus seinem Gedächtnis verschwand. Womöglich hatten ihre dichten Brauen, ihre dunklen Augen und die zarten Härchen an den Schläfen sein späteres Frauenbild entscheidend mitgeprägt. Jedenfalls hatte der Siebenjährige, indem er sie und ihre verborgene Anmut inmitten des schmutzigsten Todes entdeckt hatte, sie beide unlösbar miteinander verbunden, folglich würde er sie, sobald er die Mittel dazu besäße, lediglich noch in der Welt auffinden müssen, um sie zu heiraten, was gewiss leichter fiele, wenn er selbst Jude wäre.

Dass er es nicht war, hatte er im weiteren, eher nüchternen Verlauf seines Lebens dank seines Namens noch einige Male richtigstellen müssen, insbesondere gegenüber Behörden und bei Vorstellungsgesprächen. Und Ende der 1970er Jahre, er arbeitete damals in einem linken antiautoritären Kinderladen, hatte gar eine Mutter (Grundschullehrerin), ebenso alt wie er, während sie in der Küche Geschirr abwuschen, wissen wollen: Sag mal, Samuel, bist du eigentlich Jude? Ihr simultaner Blick jedoch hatte die unzweideutige Frage gestellt, wie sich wohl ein beschnittener Schwanz in ihrer arischen Möse anfühlen mochte. Und da sie sehr attraktiv war, er sie andererseits als kompromisslose Radikalfeministin kennengelernt hatte, die alle Männer, mit Ausnahme Angehöriger von „Randgruppen" (Schwarze, Exilchilenen, Juden, Krüppel) zum Kotzen fand, hatte er melancholisch bejaht; und seine Nacht bekommen; und sich, in Erinnerung an das schöne jüdische Mädchen, das er nie, nie finden würde, geschämt.

Dabei hatten die Dinge zehn Jahre zuvor eine vielversprechende Wendung genommen. Am Abend des 25. Juni 1967 hatte Samuel auf den von seinem Vater ausrangierten schwarzen James-Bond-Koffer, der seine Schultasche

---

[17] Wahrscheinlich im Rahmen einer Veranstaltung der KPD, mit der Abel damals sympathisierte. Er hatte dem kleinen Samuel eine Menge und schonungslos vom Krieg, von den Nazis und den Konzentrationslagern erzählt und ihn jede Fernsehsendung über diese Zeit sehen lassen und ihn bisweilen eben auch mitgenommen zu entsprechenden Filmvorführungen – du musst es nicht verstehen, hatte er erläutert, Aber sehen.

war, leichthin mit rotem Lack in Pop-Schrift die Botschaft gemalt: *Alles was du brauchst ist Liebe* – die Eindeutschung des Beatles-Titels *All You Need Is Love*, dessen Live-Performance er eine Stunde zuvor in der ersten weltweit ausgestrahlten Fernsehsendung miterlebt hatte. Am nächsten Morgen in der Klasse hatte sich herausgestellt, dass, abgesehen von den Messdienern und den Perry-Rhodan-Fans, jeder die Sendung gesehen und die Botschaft verstanden hatte: sie alle sehnten sich nach LIEBE, und nicht mehr allein in dem privaten Sinn, den schon zahllose Schlager zuvor besungen hatten, sondern nach LIEBE als revolutionärem Prinzip. Nicht zufällig hatten die Beatles den Song mit einem Zitat der Marseillaise beginnen und, im kollektiven Schlussteil, mit einem ironischen Selbstzitat (She loves you, yeah, yeah, yeah) ausklingen lassen. Bereits eine Woche später, bei einem Auftritt in einem protestantischen Jugendheim, hatte Samuels Beatband den Titel in ihrem Repertoire. Ein idealistischer langhaariger Christ hatte den Abend mit einer kurzen Ansprache eröffnet, die, verweisend auf *All You Need Is Love*, in die zuversichtliche Interpretation mündete: die erste Phase der Jugendrevolution, die Befreiung privater Liebesbeziehungen vom bürgerlichen und kirchlichen Joch, sei beendet und die Befreiung auch der kollektiven politischen, gesellschaftlichen und ideologischen Beziehungen nunmehr eingeleitet. Gegen Krieg: Liebe. Gegen Ausbeutung: Liebe. Gegen Unterdrückung: Liebe. Gegen Herrschaft: Liebe. Gegen Entfremdung: Liebe. Gegen das Establishment: Liebe. Worauf das jugendliche Publikum, animiert durch den 20köpfigen Fan-Club, der zu jedem Auftritt von Samuels Band (auch als Schutzschild gegen mögliche Attacken von Rockern) anreiste, minutenlang Liebes Namen skandiert hatte, so dass er sich, solange er auf der Bühne stand, tatsächlich, eine Art Miniatur-Dalai-Lama, als Inkarnation des universellen Bekenntnisses sah.

Später dann, nachdem (natürlich) die Messdiener und die Perry-Rhodan-Fans wieder die normative Macht des Faktischen an sich gerissen hatten, war es Liebe lange ähnlich ergangen wie jenem H. H. in Hesses Erzählung *Morgenlandfahrt*: voll Zorn und Gram überzeugt, dass der holde Bund seiner Jugend durch die Schuld und Unzuverlässigkeit anderer zerbrochen sei, musste er nach vielen Jahren feststellen, dass bloß er selbst aus Furcht und Schwäche abtrünnig geworden war.

Zwar zählten Begriffe wie „hold", „Bund" und „abtrünnig" nicht eben zu Liebes aktivem Wortschatz, angesichts des offenkundigen Scheiterns von *flower power* konnte er sie aber durchaus auf die eigenen Empfindungen anwenden. Es wunderte ihn nicht, dass Hesses Texte seit den späten 1960er Jahren zunächst in den USA, dann in Europa eine enorme Renaissance erfuhren. Denn Hesse hatte, fand Liebe, bis ins hohe Alter hinein stets jugendliche Szenarien beschrieben, jene noch lautere, noch reine menschliche Verfassung vor der korrumpierenden Unterwerfung unter den vermeintlich unausweichlichen Lauf der Dinge, oder auch den Kampf zwischen beiden. Schon diese Fragestellung indes diskreditierte ihn bei jenen, die sich forsch der falschverstandenen fortschrittsgläubigen Moderne unterwarfen, als naiven spätromantischen Idealisten mit kitschigem, antiquiertem Stil. Liebe hingegen empfand zwischen Hesse und der Moderne keinen Widerspruch, im Gegenteil, machte doch aus seiner Sicht gerade die enge Funktionalisierung des Einzelnen im Rahmen der hyperkategorisierten modernen Gesellschaft Hesses (von den Kategorisierern belächelte) Fragestellung umso zwingender. Oft genug hatte selbst er, Liebe, obschon gegen Manipulation weitgehend immunisiert, am eigenen Leib erfahren, wie groß der Druck und die Verlockung sein konnten, einfach einzutauchen ins anonyme Meer der todbringenden Nützlichkeit und Brauchbarkeit, um das, was man einmal (noch lauter, noch rein, noch unkorrumpiert) wusste, wieder zu vergessen.

Ohne dass irgendein Hahn dreimal hätte krähen müssen, hatte er seine beschissene florale Hippie-Attitüde, wie Utah Anders sie später verhöhnen sollte, bei vielen Gelegenheiten schamhaft zu verleugnen versucht – vergeblich indes, denn zwar hatte er die naive Botschaft auf seinem James-Bond-Koffer opportunistisch mit einer nicht minder naiven übermalen können („Power to the people"), sein kompromittierender Name jedoch, der ihn gleichsam als Mitglied einer antiquierten Sekte stigmatisierte, ließ sich nicht löschen. Und wann immer er sich in den folgenden Jahren irgendwo namentlich vorgestellt hatte („Liebe"), war es ihm erschienen als flüstere er ein geheimes Losungswort, das ein anderer Eingeweihter mit der passenden Parole („Friede und Glück") zu vervollständigen habe. Allerdings war eben nur Utah (obschon erst in den 1960er Jahren geboren), auf seine Vorgabe eingegangen, 1991, und während der drei Jahre, in denen sie dann eine Art Paar waren, blieb die Parole LOVE, PEACE & HAPPINESS die ironische Standard-Abschiedsformel zwischen ihnen. Andererseits war es so, dass Utah die 68er („Weltverbesserer"), und unter ihnen speziell die Hippies („Kindsköpfe"), durchaus verabscheute. Als Schauspielerin, Tänzerin und Choreographin nämlich traf sie allenthalben auf die etablierten (vor allem männlichen) Weltverbesserer, die nicht allein die Bühnenästhetik dominierten, sondern praktisch alle wichtigen Posten in Schauspiel, Musiktheater und Tanz besetzt hielten und dabei, so Utahs (wie Liebes) Einschätzung, weder die Welt noch die Bühnen verbesserten, sondern lediglich ihre Profilneurosen und ihre Konten ungehemmt aufblähten.

Dergleichen konnte sie Liebe, der ohnehin stets betonte, bestenfalls ein 67er zu sein (summer of love), nicht vorwerfen, an ihm jedoch (wie an allen Hippies) fand sie wiederum gerade den Mangel an Profilierungsehrgeiz abstoßend, diese Verweigerung des Kämpfens um höhere Ziele und Perspektiven, dieses Vergeuden von Begabungen und Energien, die er und seinesgleichen schlicht dem banalen Lustgewinn – insbesondere der Liebe – opferten. Diese Haltung, so hatte sie ihm bei ihrer Trennung vorgehalten, raube ihr einfach die Freiheit, und sie habe nicht vor, sich wie er bedingungslos dem kindischen Diktat einer wolkigen Liebe zu unterwerfen, als gäbe es nichts anderes, wichtigeres auf der Welt.

Frei wofür? hatte er verständnislos von ihr wissen wollen, und kopfschüttelnd, als sei es das Selbstverständlichste, hatte sie geantwortet: Für meine Arbeit natürlich! Als Liebe darauf erwiderte, dass dies doch wohl, sei sie sich dessen klar?, die typische Antwort eines Mannes, respektive eines deutschen Mannes sei, keines nützlichen Idioten der Geschichte vielleicht, aber doch die eines ebenso nützlichen Heroen, und dass folglich er mit seiner Rolle des grenzenlos Liebenden in ihrem Spiel doch geradezu den idealen weiblichen Widerpart liefere, hatte sie ihm voller Verachtung um die Ohren gehauen, dass sie kein waschlappiges weiches Weibchen an ihrer Seite wünsche, sondern ...

... einen stahlharten, blauäugigen Killer, war ihr Liebe boshaft ins Wort gefallen und hatte noch, unnötigerweise, hinzugefügt, dass er, da sie offenbar keine Liebesbeziehung, sondern eine Art schwuler soldatischer Arbeitsgemeinschaft mit Sex wünsche, in der Tat die falsche Person an ihrer Seite sei. Denn da habe sie recht: zwar sähe er ein, dass man dummerweise das eine oder andere für seinen Lebensunterhalt tun müsse, und sie könne ihm wohl kaum vorwerfen, dass er die zu diesem Zweck erforderliche Arbeit unzureichend erledige, aber wirklich ernst zu nehmen vermöge er all diese hohle Geschäftigkeit, auch die in den Gefilden der höheren Künste herrschende, tatsächlich nicht. Es erstaune ihn vielmehr, dass Utah offensichtlich ausgerechnet jenen Teil von ihm wichtig nähme, den er für seinen beliebigsten und verzichtbarsten halte. Denn dies sei doch gerade das Dilemma all dieser emsigen, ernsthaften Karrieristen, die, mit ihrer Arbeit identisch, die eigene Person und ihre Funktion für absolut unersetzlich hielten, obschon sie lustigerweise gerade dort jederzeit absolut austauschbar seien, wie nach jedem Todesfall, jedem Rücktritt, jeder Pensionierung anschaulich zu bemerken sei. Und dieser Sachverhalt, er bedauere es, beträfe ebenso die goldenen Heroen der Kultur, ja, und damit leider auch sie, Utah, und ihre Arbeit, denn, Verzeihung, wenn nun sie diese Rolle bei jener Inszenierung nicht spiele oder die Choreographie jenes Tanzes nicht übernähme, würde der Welt gewiss nichts fehlen, sowenig irgendjemand Picasso oder Goethe oder Pina Bausch im Kulturfahrplan vermissen würde, wenn sie ihr Leben anonym als Schreiner, Jurist oder Sekretärin gefristet hätten. Unsäglich fehlen hingegen, für immer unersetzbar und unaustauschbar, wenn sie ihn nun verließe, würde sie, Utah, ihm, der sie doch nicht wegen ihrer beruflichen Qualitäten und ihrer theatergeschichtlichen Bestimmung liebe, über die sie sich selbst ebenso manisch definiere wie irgendein hohler Verbandsfunktionär. Nein, jenes pathetische, sinnsetzende Mysterium der Arbeit, das sie so zwanghaft anbete, halte er, und da sei er tatsächlich ein beschissener Hippie, für nicht mehr als ein törichtes, gleichwohl notwendiges Spiel, und, okay, er sei bereit, es gewissenhaft bis zu einem gewissen Grad mitzuspielen, seinethalben auch das Kunst- und Kulturspiel, immerhin seien hier die Brötchen auf angenehmere und interessantere Weise zu verdienen als mit den meisten anderen Berufen, aber wirklich ernst nehmen, und dessen schäme er sich keineswegs, könne er nur die Liebe und vielleicht noch ihren Gesetzgeber, den Tod.

Ja, ja, hatte Utah, ihre Tasche und Jacke greifend, erschöpft abgewunken, Nomen est omen, du bist Liebe, und ich bin einfach anders. Zufrieden? Zufrieden?

Er hatte darauf nichts zu entgegnen gewusst, und die Anekdote vom Apachenkrieger Huschender Pfeil, dem besten Bogenschützen seines Stammes, war ihm erst später eingefallen, und sie hätte auch nichts mehr geändert. Seine Stammesbrüder jedenfalls hatten Huschenden Pfeil gedrängt, auf Feuerwaffen umzusteigen, da die weißen Killer ihre höheren Ziele allzu effektiv verfolgten. Nach einigem Nachdenken hatte er gebeten, ihm *wirkliche* Gründe zu nennen, die ihn veranlassen könnten, seinen Bogen, seine Medizin und seinen Namen abzulegen. Da hatten alle geschwiegen.

13 (Inventur)

Die Flasche Rotwein auf dem Kühlschrank, Bardolino 1990, das ist ein ganz guter Wein, hatte Utah Liebe, dem kulinarischen Banausen, vor acht, neun Jahren versichert, bei einem Einkauf in dem italienischen Großmarkt in der Heliosstraße, aber es war nicht mehr dazu gekommen, dass sie ihn gemeinsam tranken, und da er kein Weintrinker war und seit der Trennung von Utah ihn auch kein Weintrinker mehr besucht hatte, gab es also diese Flasche, verstaubt, noch immer, mit Utahs Fingerabdrücken darauf, wie er romantisch spekulierte.

In Liebes Adressbuch die Anschriften und Telefonnummern von 10 oder 12 Personen, die mit Utah in sein Leben gekommen waren, Verwandte und Freunde von ihr, bei denen er sie, im Notfall, hätte erreichen können, einige hatten sie auch gelegentlich gemeinsam besucht, anderen waren sie zufällig begegnet, bei Parties, bei Geburtstagen, im Theater, bei Ausstellungen. Umgekehrt hatte auch er einen Schweif von Namen in ihre Beziehung mitgebracht, und für die Dauer ihres Zusammenseins war ein besonderer Kreis von Lokalitäten und Personal entstanden, in dem sie sich bewegten, aber die beiden Schweife hatten sich nie miteinander verflochten, und mit ihrer Trennung entschwanden auch Utahs Freunde und Verwandte, nicht aus seinem Adressbuch, wohl aber aus seinem Leben, als hätte nie eine Begegnung stattgefunden.

Utahs Winter-Schlafanzug – ein verwaschener, formloser Zweiteiler aus rosa Frottee, gestopft, geflickt, mit einem aufgenähten Herzen. Utah hatte ihn nicht oft getragen, wenn sie bei Liebe war, und wenn sie ihn getragen hatte, hatte sie ihn selten eine ganze Nacht hindurch getragen, weil er ihn ihr, sobald sie im Bett war, meist bald wieder ausgezogen hatte. Manchmal hatte sie ihn morgens zum Frühstück wieder angezogen, wenn sie ihm nicht nackt, nur im Morgenmantel, gegenüber sitzen mochte.

Es war kein Zufall, dass dieser Schlafanzug noch bei ihm war, er hatte ihn, als er nach der Trennung Utahs Sachen zusammenpackte, um sie ihr zu bringen, keineswegs übersehen, sondern vorsätzlich aussortiert, nicht aus Fetischismus, denn er verband mit diesem Kleidungsstück keinen Sex, eher die helle Frühstücks-Seite ihrer Beziehung, und ein wenig war auch Utahs spezieller Morgen-Duft trotz Waschens noch in diesem antiquierten Kleidungsstück verborgen.

Hinzu kam, dass Liebe noch eine ganze Weile lang, zwei Jahre vielleicht, gehofft hatte, dass sie zu ihm zurückkehrte, und sie sollte dann, so der abstruse Gedankengang, wenigstens ihren Schlafanzug bei ihm haben, obschon er wusste, dass, wenn sie tatsächlich zu ihm käme, die Existenz oder Nichtexistenz eines Schlafanzugs völlig belanglos sein würde.

Pflicht-Fetischismus indes war, dass er auch eine ihrer Unterhosen behalten hatte, eine halbe Handvoll Stoff, schwarz-weiß quergestreift, aber diese Wahl war viel eher als die des Schlafanzugs eine rationale, Liebe hatte sich vorgenommen, auch eines ihrer intimeren Kleidungsstücke zu behalten, er hoffte, dass dieser Slip, der diejenigen ihrer Körperteile berührt hatte, die ihm in besonderer Weise die Sinne nicht geraubt, sondern geweckt hatten, dass er diesen Slip also sehr wohl zum Masturbieren würde gebrauchen können – was sich, als er es, ebenso pflichtgemäß, alsbald erprobte, als Irrtum erwies: Utah war in der substanzlosen Erinnerung seiner Hände, seines Bauchs, seines Munds, seines Glieds, seines Gehirns jederzeit anwesend und abrufbar, nicht aber in diesem funktionalisierten Kleidungsstück.

Das Diaphragma in dem flachen blauen Plastikbehälter hatte Liebe ihr nicht zurückgegeben, weil er es durchaus als seines empfand und die Vorstellung, ein anderer Mann könne es mit seinem Samen bespritzen, als unerträglich.

2 Akten-Ordner mit Unterlagen und Dokumenten von Utahs Arbeit in der Tanzcompagnie und im Theater (Plakate, Programmzettel, Notizen, Bewerbungsmaterialien).

Utahs Geschenke: ein weiblicher Ton-Torso mit hübschen Brüsten, ein paar Steine von einem japanischen Strand, ein Kalender, den sie Liebe zu einem Weihnachtsfest geschenkt hatte, ein selbstgemachtes winziges Buch mit sieben kurzen Texten aus dem ersten gemeinsamen Jahr (zu seinem 40. Geburtstag), eine runde silberne Schmuckdose, darin: 1 Stahlkugel und eine Kette mit dreieckigem Anhänger, 2 Weingläser, 1 Likörglas, 3 Teller (vom Flohmarkt), mehrere Paar Essstäbchen, 2 Suppenschalen, 1 Kimono, ein paar Audio-Kassetten, ein Rollbild eines buddhistischen Priesters, Bücher ...
Ein brauner Teddy mit rotem Jäckchen und traurig-naseweisem Gesicht, Harry, den Utah Liebe gleich zu Anfang ihrer Geschichte mitgebracht hatte, als ihren Stellvertreter für Zeiten ihrer Abwesenheit. Solange ihre Geschichte lebte, war auch Harry in gewisser Weise sehr lebendig, Utah richtete ihm Grüße aus, wenn sie anrief oder schrieb, und erkundigte sich fürsorglich nach seinem Befinden. Liebe wiederum ließ ihr durch Harry Botschaften zukommen, die er ihr selbst nicht übermitteln konnte. Schließlich war Harry so beseelt, dass Liebe ihn sogar mitnahm, wenn er verreiste. Er war tatsächlich Utahs Stellvertreter geworden, und nach ihrer Trennung entpersönlichte er sich ganz folgerichtig nach und nach wieder und war schließlich nicht mehr als ein Erinnerungsstück.
Eine Nachttischlampe, weiteres Flohmarkt-Fundstück, 50er-Jahre-Design, Liebe hatte sie auf den kleinen Schreibtisch gestellt, den er für Utah besorgt

hatte, damit sie auch bei ihm einen Arbeitsplatz habe und sich zuhause fühle; ein Wunsch, der sich nicht erfüllte.

Utahs Briefe: in 5 Archivkartons plus 1 Schuhkarton, der die Briefe nach der Trennung enthielt, und erst nach ihrem allerletzten Brief, ein halbes Jahr zurück, hatte Liebe die Kartons vom stets griffbereiten Küchenschrank auf die höchsten Bretter des entlegensten Regals in seinem Arbeitszimmer geschafft (ohne Leiter nicht erreichbar), und erst nach diesem allerletzten Brief hatte er auch seine Zeichnungen Utahs von der Wand gehängt, aus den Rahmen genommen und in Plastikhüllen in seinen Ordner mit Zeichnungen geheftet, ausgenommen jene eine Skizze (Filzstift), die Utahs Gesicht im Halbprofil zeigte, den Kopf gestützt, nachdenklich, melancholisch, mit viel Schatten und harten Kontrasten. Sie hatte er rechts von seinem Schreibtisch aufgehängt, so dass er sie, wenn er schrieb, nicht ständig sah, aber doch mit einem Blick streifen konnte, wenn er es denn wünschte.

Was Utahs Briefe anging, wunderte Liebe sich, dass sich in der relativ kurzen Zeit ihres Zusammenseins (knapp 5 Jahre) soviele angesammelt hatten. Ein Grund dafür war natürlich, dass sie nie zusammengelebt hatten, ihre Beziehung war eine der gegenseitigen Besuche gewesen, 2 oder 3 Nächte in der Woche, manche verbunden mit einem halben oder ganzen gemeinsam verbrachten Tag (vorher/nachher), das allerdings höchstens an den Wochenenden, denn Liebe hatte damals einen Büro-Job, 8 bis 18 Uhr von Montag bis Freitag, und Utah musste entweder zu Theater- oder Tanzproben oder zu ihrem Training; nur ein einziges Mal hatten sie fast eine ganze Woche miteinander gelebt: bei einem Kurzurlaub in Holland, und von dieser Woche gab es auch tatsächlich keine Briefe .
Die beiden getrennten Haushalte allein erklärten allerdings nicht diese kumulierte Briefflut (den 5 Kartons mit Utahs Briefen müssten Liebes ja noch hinzugefügt werden, und deren Anzahl überstieg die Utahs gewiss noch, da er der weitschweifigere und, meist, auch der verliebtere gewesen war). Schließlich lagen ihre beide Wohnungen in der gleichen Stadt, nur 20 Minuten voneinander entfernt, und außerdem gab es Telefon, und tatsächlich hatten sie,

neben den Begegnungen und den Briefen, auch noch zahllose Telefonate miteinander geführt.

Eher war es wohl so gewesen, dass er Utah gewissermaßen in diese permanente Korrespondenz gedrängt hatte, denn eigentlich äußerte sie sich nur selten und ungern schriftlich, sie mochte nicht das Fix und Fertige der geschriebenen Worte, fühlte sich durch sie eingeengt, festgelegt und zu Missverständnis verurteilt. So hatte sie sich einen eher vagen Stil angeeignet, mit viel Sprachwitz, Wortspielen, gewagten Konstruktionen, nur angedeuteten Gedanken und Gefühlen, alles so knapp und gedrängt wie irgend möglich formuliert, oft nur in Stichworten, die viele Deutungen zuließen, die er manchmal nur mühsam entschlüsseln konnte.

Er hielt sie für eine wirkliche Lyrikerin, und gleich ihr erster Brief hatte ihn begeistert, gerade weil ihr Stil seinem eigenen, analytisch-rationalen so sehr zuwiderlief und ihn im folgenden selbst manchmal dazu anregte, die strenge lineare Logik zu verlassen und eine Art Sprachphantasie zu entwickeln. In Krisenzeiten allerdings, wenn Liebe daran interessiert war, Missstimmigkeiten zwischen ihnen zu klären, erschien ihm das Spielerische und Uneindeutige ihrer Äußerungen manchmal wie ein formalisierter, ausweichender Mystizismus, der ihm auf die Nerven ging; doch wenn er sie dann zu größerer Klarheit zu bewegen suchte, verstummte sie; sie wollte sich nicht seinen Regeln unterwerfen. (bezeichnend: sie schrieb mit der Hand, Liebe mit der Maschine)

Ein Großteil ihrer umfangreichen Korrespondenz war derart krisenbedingt und folgte einem Ablauf, in dem Liebe Erklärungen (seines Verhaltens, seiner Stimmung etc.) abgab oder aber von Utah Erklärungen (ihres Verhaltens, ihrer Stimmung etc.) erbat oder forderte. Er ertrug es nicht, wenn zwischen ihnen Dinge unausgesprochen und ungeklärt blieben, was zwangsläufig geschah, da sie nicht zusammenlebten und ihre Begegnungen nicht selten unter Zeitdruck stattfanden. Er empfand ungelöste Missverständnisse und Verletztheiten als potentielle Bedrohungen ihrer Verbindung, ebenso die Unkenntnis dessen, was mit jedem von ihnen geschah, wenn sie nicht zusammen waren. Also lieferte er nicht allein fortwährend Erklärung und Bericht, sondern drängte auch Utah, ihm zu erklären und zu berichten – ein Ansinnen, das ihr als institutionalisiertes Misstrauen erschien. Liebe hielt dagegen gerade einen solch permanenten Austausch auf allen Ebenen (also auch auf der brieflichen) für einen unzweifelhaften Vertrauensbeweis und eine naheliegende Form großer Intimität und Liebe.

Tatsächlich bemerkte er erst später, dass er von Beginn ihrer Beziehung an bemüht war, eine *große* Geschichte daraus zu machen, genauer: Utah dahin zu bringen, dass es auch für sie eine große Geschichte würde, offenbar bezweifelte er, dass sie es ohne sein Nachhelfen sei, und hier lag einer der Gründe, weshalb er sie in diese atemlose Korrespondenz zu nötigen versuchte: die unbewusste Furcht, dass sie, wenn er sie nur losließe, auf der Stelle verschwände.

Noch später erst brachte er die 6 Kartons mit Utahs Briefen in Verbindung mit jenen anderen, im Keller verstauten Kartons, in denen andere Briefe aus Zeiten anderer Liebschaften verrotteten.

Einmal hatte ihn Utah danach gefragt: Hast du die Briefe der anderen Frauen ebenso archiviert?, und als Liebe einerseits bejahte und andererseits relativierte: Ich habe aber nie jemanden so geliebt wie dich! war Utah dennoch verletzt gewesen, aber auch er fühlte sich missverstanden, schließlich hatte auch Utah in ihrer Wohnung die Dokumente früherer Liebesgeschichten aufbewahrt, und lediglich ihr Archiviersystem, so schien ihm, war ein anderes, sie benutzte Schubläden und Holzkisten.

Aber es gab auch eine helle Seite der Korrespondenz: Briefe und Zettel voll unzweifelhafter, unerklärter Lust und Liebe, einem Überfluss an Glück entströmend, voll tatsächlich intimer und schamloser Würde, mit leichter und noch bettwarmer Hand hingekritzelt, wenn einer von ihnen morgens vor dem anderen zur Arbeit musste.

Fotografien von Utah: 15. Davon hatte Liebe selbst 8 oder 9 gemacht, während der erwähnten Woche in Holland, drei zeigten sie nackt durch das Apartment laufen, mit bösem Gesicht und unwirscher Gebärde, eben weil er sie nackt fotografierte, sie fühlte sich missbraucht von seiner Gier, sie zu sehen, ihr mit Blicken zu folgen, darum waren die meisten Fotos, die er gern von ihr gemacht hätte, nie zustandegekommen, sein Interesse an jedem

Detail ihres Körpers fand sie nur beim Sex statthaft, während er sich, auch als Maler, Voyeur und Masturbator, allzu gern Bilder (Zeichnungen, Fotos, Videos) von dem gemacht hätte, was er beim Sex an ihr entdeckte und sah – ein Interesse, durch das Utah sich zu einem bloßen Objekt reduziert fand.

Die wenigen Schnappschüsse mit der bekleideten Utah (am Strand, am Küchentisch, am Schreibtisch) belebten in Liebes Erinnerung eher die jeweilige Situation als Utahs Erscheinung, die in seinem Gedächtnis präsenter war als in jedem Abbild. Denn wenn er an sie dachte, suchte er in sich keine Erinnerung *Utah im roten Kleid* oder *Utah im kleinen Schwarzen* oder *Utah im Hosenanzug* oder *Utah mit Punk-Frisur*, *Utah mit Pferdeschwanz* oder *Utah geschminkt/ungeschminkt*.

Vielmehr, es gab sie durchaus, diese Foto-Erinnerungen, Tausende davon, aber sie waren merkwürdig flach, leer, nicht mit Utah gefüllt, enthielten sie nicht, nicht einmal eine Spur von ihr. Und das hatte nichts zu tun mit den seither verstrichenen Jahren, die etwa die plastischen, lebendigen Eindrücke eingeebnet hätten, sondern damit, dass für Liebe Utahs tatsächliche Erscheinung (die Summe ihrer sinnlichen und intellektuellen Präsenz) nie an ihre jeweilige Ausstattung mit Kleidung, Frisur, Schminke, Schmuck gebunden gewesen war. Im Gegenteil: In welcher Form auch immer sie ihr Äußeres hergerichtet hatte (und im Verlauf ihres Zusammenseins hatte Liebe eine Vielzahl der unterschiedlichsten Formen kennengelernt), es war ihr nie gelungen, sich dahinter zu verbergen. Immer hatte sie selbst gleichsam durch diese Schale hindurchgeschimmert, die auf diese Weise belanglos und transparent wurde, so dass Utah in Liebes Vorstellung letztlich immer entblößt und nackt war, wörtlich wie metaphorisch.

Auf Video: Liebes Aufnahmen von Tanz- und Theaterstücken, in denen Utah mitwirkte, Bilder, die er nicht mehr trennen konnte von dem unsichtbaren Hintergrund der permanenten Katastrophen zwischen ihnen, in die die Bühnenarbeit gebettet war.

Andere Spuren Utahs gab es in seiner Wohnung nicht mehr.

Dabei hatten sich im Laufe der gemeinsamen Jahre sehr viele Dinge, die Utah brauchte, bei ihm angesammelt, Kleidung, Kosmetika, Bücher, Medikamente, Schmuck, und da er auch seine Lebensumstände eher nach Maßstäben der Funktionalität arrangiert hatte, hatten ihn Fülle und Chaos, die sich mit Utah einstellten, nicht allein beglückt, sondern veranlasst, die Einrichtung seiner Wohnung auch nach Gesichtspunkten der Schönheit neu zu gestalten, und vor allem: Platz für Utah zu schaffen. Den sie rasch und mühelos füllte, so dass seine Wohnung am Ende tatsächlich den Eindruck vermittelte als würde sie von einem Paar bewohnt.

Als Liebe dann, an jenem Oktoberabend 1994, Utahs sämtliche Sachen (mit Ausnahme der genannten) in 3 Umzugskartons und 2 Reisetaschen gepackt hatte, wirkten die Räume und Schränke und Regale wie ausgeraubt.

Dass er schon einige Wochen zuvor, als die Trennung noch undenkbar schien, eine Liste von Utahs Inventar angelegt hatte, in der Absicht, diese undenkbare Trennung einmal beschreiben zu wollen, ausgehend von den miteinander verbundenen und schließlich wieder getrennten SACHEN, änderte an der absurden Sachlichkeit dieses Abends nichts.

Er schaffte die Kartons und Taschen in seinen Wagen, fuhr zu Utahs Wohnung, ärgerte sich, dass er erst ein paar Straßen entfernt einen Parkplatz fand, schleppte in vier Gängen die viel zu schweren Behältnisse zur Haustür und die beiden Stockwerke hoch, sie hatten vereinbart, dass Utah nicht zuhause sein würde, dennoch hoffte er auf ihre Anwesenheit, aber sie war nicht da, schwitzend schloss er auf, die Wohnung war kalt und dunkel, er stapelte die Kisten und Taschen in Utahs Zimmer, löste Utahs Schlüssel vom Schlüsselring und legte sie auf ihren Schreibtisch, dort lagen die Schlüssel seiner Wohnung, er nahm sie an sich, blickte sich noch einmal kurz in den Zimmern um, ging hinaus, zog die Wohnungstür ins Schloss und verließ das Haus.

Als er in die Straße bog, in der sein Auto stand, sah er einen alten Mann im Rinnstein liegen, jammernd und schwer atmend, zwei junge Frauen kümmerten sich um ihn, Liebe fragte, ob er helfen könne, die eine Frau fuhr ihn an: Meinst du, zwei Frauen schaffen das nicht?, die andere erklärte besänftigend: Wir haben schon einen Krankenwagen gerufen.

Er fuhr zum Badminton-Center, Gott hatte für 20 Uhr einen Court gebucht, sie war schon da, sie spielten, duschten, tranken anschließend ein Bier und sprachen über das Groteske bei Canetti, er fuhr sie noch nachhause, dann zu seiner Wohnung. Die Räume und Schränke und Regale, als er das Licht einschaltete, wirkten wie ausgeraubt.

14
Diese Trennung hatte Liebe, wie jede zuvor, als eine Art Todesfall erlebt, an dem er die Schuld trug. Irinas Fluch. Denn wesentlicher als die ideologischen Differenzen zwischen Utah und ihm war zuguterletzt doch ein leibhaftigeres Geschehen gewesen: Utah hatte sich in eine Schauspielkollegin verliebt und unverzüglich die körperliche Beziehung zu Liebe eingestellt bzw., in Irinas Terminologie, dekretiert: Fort aus meinem Bett! (nicht ohne das generöse Alternativ-Angebot: wir können doch Freunde bleiben). Das bedeutete: wieder einmal hatte er versagt.
Und wenn Tod, so Liebe, eine Sphäre war, zu der ein Lebender keinerlei Zugang besaß, dann befand sich Utah nun (wie bereits Sabrina, Isis, Sigrid und Agathe) in einer speziellen Variante des Jenseits, die ihm verschlossen war. Oder umgekehrt. Ihm blieb in dieser Lage konsequenterweise nur, auf dieses Ableben unverzüglich mit seinem eigenen zu reagieren, wenn er denn seine Schuld angemessen begleichen wollte – jene Schuld, die darin bestand, dass er Utahs, Sabrinas, Isis', Sigrids, Agathes (und Irinas) Bedürfnissen und Wünschen nicht genügt hatte.
Und tatsächlich hatte er bald Hand an sich gelegt, genauer: an einen japanischen Mönch, der sich an seiner Statt, in unerbittlicher Konsequenz, im Jahre 628 entleibte[18] – der vorerst letzte in einer Reihe von Stellvertretern, die Liebe sich seit 20 Jahren ausgedacht und zu Papier gebracht hatte, um zweierlei zu erreichen: trotz des jeweiligen Liebestods weiterleben zu können und dennoch seine jeweilige Affäre zu einem würdigen Abschluss zu bringen. Denn wenn er schon die Liebe als unumschränkte und einzige Herrscherin

---
[18] Siehe „Die Legende vom Steingarten", **Geschichten**

über sein Leben betrachtete[19], dann konnte er schwerlich ein anderes Ende einer Liebesgeschichte akzeptieren als jenes, welches der Tod setzte. Jeder vorzeitige Abschluss entwertete in seinen Augen noch nachträglich das Liebesgeschehen, machte er doch die beteiligten Personen beliebig austauschbar. Jene Schauspielerin etwa, der Utah nun (mit den gleichen Händen, Worten, Brüsten, Bewegungen, Lippen, Gerüchen, die auch er kannte) beiwohnte, ersetzte ihn, Liebe, so wie sie selbst in absehbarer Zeit durch eine dritte Person ersetzt werden würde und ihrerseits wiederum Utah durch eine andere Figur ersetzen würde.

Für Utah freilich, das wusste Liebe aus vielen Gesprächen, hatte diese konsumptive Vorstellung garnichts Beängstigendes, entsprach im Gegenteil ihrem Bild von Freiheit: Sie hoffte auf das befreiende Umschlagen von Quantität in Qualität – eine Hoffnung, die Liebe, eingedenk der befristeten Lebensspannen, für eine überaus theatralische, spätromantische Illusion hielt. Daneben auch für unpraktikabel. Zwar konnte auch er, hochrechnend, ohne Mühe davon ausgehen, dass es auf dieser Welt mindestens 1 Million Frauen gab, die er lieben könnte. Doch selbst ein vollbeschäftigter Pornodarsteller, so hatte er gelesen, kam in seinem Berufsleben auf allenfalls 3000 Bettpartnerinnen, und bereits Casanova hatte sich mit knapp 700 begnügen müssen (und war dennoch vereinsamt und unfrei gestorben). Was aber rechtfertigte dann eine solch beliebige Auswahl, wenn sie von vornherein 997 Tausend nicht minder qualifizierte Objekte aus Zeit-, Raum- und finanziellen Gründen ausschloss? Und worin zum Teufel, fragte Liebe sich, lag hier die Freiheit, wenn nicht in den trügerischen Verheißungen, die zur Ausstattung jeder schönen Warenwelt gehörten? Konsumieren macht frei, so die Heils-Botschaft, wers glaubt, wird selig. Liebe indes (wiewohl ein uneingeschränkter Anbeter einer einzelnen Möse) bereitete die Vorstellung von 700 oder gar 3000 oder mehr zu bewältigender Vulvae ähnlich intensive Lustgefühle wie die Erwartung jener ca. 100.000 Arbeitsstunden, die er in seinen verbleibenden Jahren noch würde absolvieren müssen, um seine Brötchen zu verdienen. Beides schien ihm nur

---

[19] Love, reign o'er me, hatte Roger Daltrey auf *Quadrophenia* gesungen.

maschinell zu schaffen. Und die Freiheit einer Maschine hatte er bislang nicht ergründen können. Außer sie läge gerade darin, das eigene Treiben nicht verantworten zu müssen, vielmehr unbekümmert getrieben zu werden. Ein Spiel. Ein Schauspiel. Oder, noch schlimmer, das instinktive Suchen nach dem besten genetischen Material zur optimalen Erhaltung der Art. Die Freiheit einer Gottesanbeterin, eines Hais, eines Karnickels. Nichts gegen Gottesanbeterinnen, Haie, Karnickel, dachte Liebe, nur: was hatte das mit Freiheit zu tun? Oder gar mit Liebe?

Er jedenfalls hielt Monogamie (Treue) für eine wesentliche Kulturleistung, die zwei Personen von der Tyrannei des Killer-Wettbewerbs der Gene erlöse und ihnen einen Freiraum eröffne, der erst etwas so Menschliches wie Liebe möglich mache. Und es erschien ihm zu billig, diese Errungenschaft mit dem Verweis auf den Kerker der christlichen Ehe, die Liebe und Lust so schändlich deformiere, zu diffamieren.

Offensichtlich bist der eigentliche Romantiker von uns beiden du, hatte Utah einmal gespöttelt, zu einer Zeit, als sie über ihre unterschiedlichen Liebes- und Lebensvorstellungen, die durch ihre aktuelle Verbindung vorerst außer Kraft gesetzt oder vielleicht erfüllt und vereinbar schienen, noch offen hatten sprechen können, Du glaubst tatsächlich an die große Liebe!
Natürlich, hatte er entgegnet.
Und das bin ich? hatte sie wissen wollen.
Ja, hatte er bestätigt.
Wieso? hatte sie gefragt.
Weil ich dich entdeckt habe, hatte er erklärt.
Wie das kleine jüdische Mädchen im KZ?
Ja.
Es könnte aber auch eine ganz andere Frau als ich sein? hatte sie nachgehakt.
Sicher, hatte er zugegeben, Es gab ja andere.
Viele?
Nein, nicht viele. Sehr wenige.
Und allesamt große Lieben?
Zwei.

Wer?
Sabrina und Isis.
Und jetzt bin ich dran?
Jetzt bist du dran, grinste er.
Aber sind das nicht zwei zu viel, fragte sie, Wenn du schon an die große Liebe glaubst ...?
Du hast recht, gestand er, Das ist ein Problem. Hätte mich Sabrina mit Zwölf nicht verlassen, hätte es Isis nie gegeben ...
Und hätte Isis dich mit 20 nicht verlassen ...
... würde es dich nicht geben.
Also ist dein Ideal ein wenig befleckt, spottete sie.
Ich habe einen Trick der Selbstreinigung, offenbarte er, Auf jede meiner gescheiterten großen Liebschaften folgte jeweils eine lange Zeit der Askese.
Die was bewirkte?
Sie löschte meine körperlichen Erinnerungen.
An Sabrina und Isis?
Ja.
Wozu?
Um zum Beispiel dich nicht mit Isis oder sie mit dir zu betrügen ...
Das ist lächerlich! rief sie, Die Geschichte mit Isis liegt 18 Jahre zurück!
Ja, nickte er bekümmert, Es dauert jedesmal länger ...
Die Wiedergewinnung deiner Unschuld?
Ja, sagte er, Auch darum wäre es schön, wenn du bei mir bliebst, immerhin bin ich schon 42.
So ist das also! empörte sie sich, Du hast Angst, die Zeit für eine weitere große Liebe könnte knapp werden, wenn ich dich verlasse ...!
In der Tat, bestätigte er.
Recht ernüchternd, befand Utah.
Siehst du, hatte Liebe erwidert, Du bist die Romantikerin.
Und du ein elender monogamer Spießer! fuhr sie ihn an, Und wie alle Spießer verbrämst du den wirklichen Grund deiner Haltung mit einer abstrusen Ideologie!
Und was ist der wirkliche Grund? fragte er.

Angst natürlich! lächelte sie siegesgewiss, Angst vor Abenteuern! Du liebst eben das Gefängnis!
Und du die Freiheit ..., spottete er.
So ist es, bekräftigte sie heroisch und fügte nach einer Weile hinzu: Und Frauen!
Ich weiß, hatte er gemurmelt, Keine guten Karten ...
Nein, hatte Utah geflüstert, während ihr Mund an seinem Ohr knabberte und ihre Hand unter seinem Hemd verschwand, Hättest du dir denn nicht, verdammt nochmal, eine ganz normale hübsche kleine blonde Frau aussuchen können ...?

15
Nein, denn Liebe favorisierte – wie die Rückschau bestätigte – dunkelhaarige, androgyne, schlanke und, vor allem, schwierige Frauen, auch wenn er eingedenk jener, mit denen er verbunden gewesen war oder die ihn nur von Ferne, auf der Straße, in Filmen, im Fernsehen, auf Fotografien interessierten, die Idee eines Typus, der ihn gleichsam unentrinnbar fessele, abwegig fand – abgesehen vielleicht davon, dass Attraktivität für ihn unlösbar geknüpft war an eine gewisse unklare Form des Gezeichnetseins. Denn alle, die er begehrte oder verehrte, trugen in ihrem Äußeren oder Inneren Narben und Schatten von Wunden, die ihnen ihr Vorleben zugefügt hatte. Menschen hingegen, die heil, hell, glatt und rund erschienen, weil ihr Leben (tatsächlich oder vermeintlich) spurlos an ihnen vorüber gegangen war, zogen ihn nicht an. Vielleicht gerieten darum in sein Blickfeld kaum je blonde und beleibte Frauen – sie schienen ihm per se einer heileren, weniger abgründigen Lebenssphäre zugehörig. Dagegen vermutete er die Gezeichneten der Tief- und Abgründigkeit dessen näher, was ihm Realität war, und nur dort konnte er ihnen begegnen.
Allerdings ging seine Obsession für sie nicht so weit, dass er in besonderer Weise Krüppeln oder heillos Versehrten zugetan war, nein, die Verwundung, die ihn anzog, durfte nicht den Eindruck des Scheiterns vermitteln, immerhin wollte Liebe ja in seiner wirklichen oder fiktiven Verbindung mit einer Gezeichneten nicht untergehen. Im Gegenteil: sie beide sollten an ihr genesen,

denn auch er, Liebe, war verletzt. Der Verwundung musste demnach eine Kraft beigesellt sein, die ein Scheitern verhinderte. Und genau diese Kombination aus Gezeichnetsein und Kraft machte in seinen Augen die, die ihn interessierten, schön.

Diese Präferenz galt auch für Liebe's fiktive Liebschaften, die Objekte betrafen, die er seine Öffentlichen Frauen nannte, insofern es sich bei ihnen einerseits um Frauen handelte, von denen er sich nur ein durch Film, Fernsehen und Zeitschriften vermitteltes Bild machen konnte (Schauspielerinnen, Sportlerinnen, Literatinnen usf.) – oder aber um Frauen, die er, vielleicht nur ein einziges Mal, im Vorübergehen sah, im öffentlichen Raum, auf der Straße, in Geschäften, bei der Zugfahrt, in einer Gaststätte.

Diese fiktiven Beziehungen waren tatsächlich Liebschaften (und nicht bloße Onanier-Vorlagen, die es auch gab), denn Liebe wählte auch hier nur jene Objekte, die seiner angedeuteten Vorstellung von Schönheit entsprachen – wenngleich er sich natürlich bewusst war, dass diese Vorstellung, auf synthetischen Bildern beruhend, gewiss irrig war und die jeweils angebetete öffentliche Frau sich in ihrer, Liebe nicht zugänglichen Wirklichkeit vermutlich sehr von jener unterschied, die er für eine Weile in ihr sah und verehrte.

Andererseits fand er den Unterschied zu realen Figuren keineswegs prinzipiell: auch in leibhaftigen Beziehungen machte sich in der Regel jeder vom anderen versuchsweise ein Bild, das er glaubte und anbetete, und im besten Fall lag man mit diesem Bild einigermaßen richtig, im schlimmsten indes nahm man dem anderen übel, dass er ein Versprechen nicht hielt, das er nie gegeben hatte.

Die erste (und in gewisser Weise noch untypische) von Liebe's Öffentlichen Frauen war 1958 die junge Schauspielerin Heidi Brühl, die in den 3 Immenhof-Filmen das Mädchen Dalli spielte. Dalli lebte mit ihren beiden älteren Schwestern unter der Obhut der Großmutter (ein männer- und elternloser Nachkriegs-Haushalt[20]) auf einem ausgedehnten Schleswig-Holsteinschen

---

[20] Die Generation der Eltern war durch das 3. Reich diskreditiert, so dass man die Zukunft (Kinder) lieber mit der Vorvergangenheit (Großeltern) verknüpfte – auch im politischen Raum: Adenauer und Heuss.

Landgut inmitten von Tieren (vor allem Ponys) und einer Schar Bauernkinder, mit denen sie in der wunderschönen Landschaft (Wald, Wiesen, See) harmlose Abenteuer erlebte. Der 6jährige Liebe identifizierte umgehend die Kunstfigur mit ihrer Darstellerin und beide sogleich mit seiner besten Freundin Sabrina Rosroth, denn alle drei waren blond, dünn und pfiffig, und so liebte Liebe Sabrina, wenn er in den Schulferien in dem Dorf war, in dem sie (und auch seine Großmutter) lebte, und Heidi-Dalli in den Zeiten dazwischen.

Begünstigend für diese Affäre war natürlich, dass beide Geschichten (die reale wie die fiktive) auf dem Land spielten (das in den 1950er Jahren noch kein völlig domestizierter Stadtrand war), in einer vermeintlich noch heilen Kinderwelt, in die das Unheil nur erst marginal hineinragte (als Gerichtsvollzieher, Geldknappheit und bäuerliche Hofschlachtung), ein treffendes Bild also der frühen Adenauer-Ära – ernstlich gezeichnet war da für Liebe noch niemand …

… was bereits 4 Jahre später nicht mehr zutraf (denn unterdessen hatte Liebe den Tod, den Großen Zeichner, entdeckt), und so war Marie Versini, als Ntscho-tschi in Winnetou I, schon ein ganz typischer Fall, sie hatte, wie Liebe fand, eine dunkle, zerrissne Seite, die ihr Gesicht und ihren Körper sehr schön und real machte, so dass ihn ihr Film-Tod (wie zuvor jener im Buch) ungemein berührte, zumal sie nur darum starb, weil Old Shatterhand-Barker in seiner süffisanten Spießigkeit darauf bestand, dass sie eine westlich-christliche Erziehung zu absolvieren habe, ehe sie würdig sei, seine Gattin zu werden; ein (wie Liebe später interpretierte) übler Trick Karl Mays, um die schwule Beziehung zwischen Shatterhand und Winnetou zu vertuschen. Liebe jedenfalls wäre mit Ntscho-tschi (und Marie Versini) in ihrem Dorf am Rio Pecos geblieben, für immer.

Andere Öffentliche Frauen Liebe's wurden im folgenden (u.a.): Anna Karina, Audrey Hepburn, Lauren Bacall, Rita Tushingham, Esther Ofarim, Geraldine Chaplin, Charlotte Rampling, Jane Birkin, Verena Buss, Irene Papas, Marie Laforet, Patti Smith, Frida Kahlo, Nathalie Baye, Angela Molina, Patricia Millardet, Martina Navratilova, Annie Lennox, Pina Bausch, Sandrine Bonnaire, Sinead O´Connor, Madeleine Stowe, Geraldine Somerville, Libuse Monikova, Fanny Gaïda, Sibylle Berg, Kristin Scott-Thomas …

Mit jeder von ihnen lebte Liebe eine Weile mehr oder minder intensiv zusammen, von Ferne, in den langen Zeiten zwischen seinen raren realen Liebschaften. Nicht unähnlich den tatsächlichen Beziehungen, durchlief sein Verhältnis zu einer Öffentlichen Frau in gewisser Weise alle gängigen Stadien einer Affäre: eine Figur, ein Gesicht ergriff ihn, sein Bild der Betroffenen war ein emotionaler Entwurf, den er im folgenden durch das Beschaffen aller zugänglichen Informationen vertiefte, bestätigte, korrigierte, bis er das Objekt seiner Zuneigung so gut kannte wie ihm möglich war; von nun an gehörte es zum festen Personal seiner Geschichte, und wenn sich auch schließlich seine emotionale und/oder erotische Bindung an diese Person verflüchtigte, so verfolgte Liebe doch auch nach einer solchen Trennung ihren weiteren Lebensweg mit großer Anteilnahme, wie man sie nur jemandem gegenüber empfindet, dem man einmal sehr nahe war. Der Krebstod Audrey Hepburns etwa machte ihn sehr traurig, ebenso, dass Esther Ofarim in den 1980er Jahren vor Kummer (oder Glück) rund wurde und ihr Profil sowie ihre Musik verlor, während ihn die Würde und Gelassenheit, mit der Jane Birkin alterte und im Altern schöner wurde, ermutigte. Oder er freute sich, dass sich Sandrine Bonnaire mit William Hurt, den er schätzte, zusammentat, während er Martina Navratilovas Schock teilte, als ihre ehemalige Lebensgefährtin vor Gericht indiskret und rücksichtslos eine stattliche Abfindung von ihr einklagte.

Tatsächlichen Kontakt zum jeweiligen Objekt seiner Begierde und Ergriffenheit herzustellen, etwa durch Briefe, Anrufe oder (immerhin mögliche) Nachstellungen, hätte Liebe für taktlos, kindisch und verwerflich gehalten, blieb er doch nüchtern genug, zu wissen, dass es sich bei diesen Liebschaften um (seine) Fiktionen handelte, die zum Gutteil auf (seinen) Projektionen beruhten, die er auf den manipulierten und zensierten Informationen der Medien errichtete. Zum Gutteil, doch nicht nur. Denn allen medialen Manipulationen und Unzulänglichkeiten zum Trotz lag ihnen immer doch eine reale Gestalt, ein wirkliches Gesicht zugrunde, die man sehen und entschlüsseln konnte. Sowenig Liebe also etwa die Rollen, die die Schauspielerinnen unter seinen Öffentlichen Frauen spielten, mit ihnen selbst verwechselte, sowenig glaubte er, dass sie nichts weiter als nur Rollen seien. Auch eine Schauspielerin vermochte nichts anderes zu spielen als in ihr war, also blieb sie auch in ihrer Rolle als sie selbst präsent und bot damit, wie jedes leibhaftige Gegenüber, Material für erlaubte Mutmaßungen, die Liebe's Phantasie entzündeten.

Die mediale Darbietung einer Person lieferte darüberhinaus in ihrer grenzenlosen Indiskretion in weitaus kürzerer Zeit weitaus mehr Informationen als dies in realen Begegnungen möglich war. Der junge Liebe erblickte etwa Charlotte Ramplings nackten Leib bereits nach einer Stunde Film (in *Der Nachtportier*), während er für die gleiche Erfahrung z.b. bei Agathe Imgrund 6 Monate brauchte, bei Utah gar 5 Jahre.

Hinzu kam, dass die gleichsam substanzlosen Dokumente gewissermaßen die Zeit aufhoben, Lauren Bacall würde, trotz ihres realen Verfallens, immer auch jene junge, spröd-kokette Frau bleiben, die in den 40er Jahren Humphrey Bogart den Kopf verdrehte, und konnte darum, noch 50 Jahre später, auch Liebe den Kopf verdrehen. Und Frida Kahlo, obschon längst unidentifizierbar in der Erde Mexikos aufgelöst, blieb auf Fotografien und den wenigen Filmdokumenten eine ungeheuerliche Frau, die Liebe von Herzen lieben und verehren konnte – ohne puristisch auf ein durch heuchlerische Sachverständige von der wirklichen, einmaligen Person losgelöstes Werk (das er schätzte) auszuweichen.

Die Beziehungen zu seinen Straßenfrauen (der anderen Gruppe seiner öffentlichen Lustobjekte), waren einfacher und direkter, ging es Liebe hier doch in erster Linie um erotische Abenteuer. Das hatte seinen einfachen Grund darin, dass er sich von einer schönen Gezeichneten, die beispielsweise in der Straßenbahn 10 Minuten lang neben ihm stand (dann stieg er aus), kein anderes als ein ausschließlich körperliches Bild machen konnte. Er würde sie nicht wiedersehen, es gab (anders als bei den Medien-Frauen) keine Chance, irgendetwas über sie in Erfahrung zu bringen, also war das Geschehen auf ein Moment kürzester physischer Präsenz reduziert, aus dem er ein erotisches Bild schöpfte, das ihn eine Weile beschäftigte und ergötzte.

Der öffentliche Raum des Geschehens – die Straße, der Supermarkt, das Restaurant, das Theater-Foyer – war für ein solches Ereignis unabdingbare Voraussetzung, denn er ermöglichte eine Art sublimierter Prostitution: wer ihn betrat, zeigte sich Unbekannten und sah sie zugleich, ohne weitergehende Verpflichtungen und Risiken einzugehen. Eine junge Frau, die in Minirock, Netzstrümpfen, Stiefeln und bauchfreier Bluse durch die Einkaufspassage schritt, wusste nicht nur, dass man sie ansah, sie wünschte es auch, denn sie hatte zuhause, im geschützten Innenraum, beim Ankleiden und Schminken, die Entscheidung getroffen, draußen ihre körperlichen Vorzüge den Blicken Fremder zu präsentieren. Und Liebe hätte es als sehr unhöflich empfunden, auf ein solches Signal nicht zu reagieren. Also schaute er hin, nichts weiter; denn alles weitere (etwa ihr Auftreten als Angebot zum Beischlaf zu interpretieren), wäre tatsächlich ein Missbrauch gewesen. Eine Frau, die ihren Körper zur Schau stellte, war nicht zwangsläufig eine Nutte, die ein Geschäft anzubahnen wünschte, aber für das Nuttige an dieser Zurschaustellung war Liebe überaus empfänglich; er bewunderte den Mut, den solch direkte, unverschleierte Darbietung erforderte (während ihn professionelle Mediennutten wie Claudia Schiffer oder Naomi Campbell kalt ließen).

Zudem war dieser öffentliche erotische Raum eine Bühne, auf der auch sozial und ökonomisch benachteiligte Frauen auftreten und brillieren konnten. Dass sie sich anders kleideten, bewegten und artikulierten als Akademikerinnen, Künstlerinnen, Unternehmerinnen und Manager-Gattinnen (geschmackloser, billiger, ordinärer, wie jene urteilten), tat ihrer erotischen Aura in Liebes Augen keinen Abbruch, im Gegenteil, ihre Erotik erschien ihm gar unmittelbarer und ehrlicher; auch fremder, denn er hatte noch nie mit einer solchen Frau geschlafen, die weder Kafka, Wittgenstein und das Djin Ping Meh gelesen hatte noch das sozio-ökonomisch-politisch-kulturelle System der BRD durchschaute.

Merkwürdig genug, hielten sich intellektuell Orientierte, weil sie die einschlägige Literatur gelesen hatten, häufig auch für sexuell befreiter und findiger als ihre Brüder und Schwestern aus der Unterschicht. Liebe teilte diese Einschätzung nicht, er hatte im Fernsehen eine Reportage über einen sogenannten Swinger-Club gesehen, dessen Besucher erstaunlicherweise allesamt dem Bildungsproletariat entstammten; in einem (zugegeben) ekelhaften und ge-

schmacklosen Ambiente gingen diese einfachen Leute sexuellen Vergnügungen nach, an denen teilzuhaben Liebe schlicht jeder Mut gefehlt hätte.
Dumm fickt gut, zitierte dazu eine treffsichere Bekannte eine überlieferte Volksweisheit, und wenn Liebe auch den Begriff „dumm" politisch korrekt eben durch „bildungsbenachteiligt" ersetzt hätte, so schien ihm dennoch die Möglichkeit, dass der Kern der Aussage zuträfe, nicht abwegig, sowenig wie ihr verheerender Umkehrschluss.
Fickte also beispielsweise er, Liebe (bewandert in so vielen Gebieten der kulturellen Landkarte), schlecht?
Keine seiner realen Geliebten hatte ihm dies je so gesagt, aber alle hatten ihn immerhin verlassen, und wenn sich auch für all diese Trennungen eine Vielzahl von Ursachen und Gründen benennen ließ, so verengten sie sich doch bisweilen in seinem eigenen Kopf zu dem einen vernichtenden Argument: er war kein genügend guter Liebhaber gewesen.
Diesem Urteil, Liebe wusste es, lag natürlich eine äußerst heikle Implikation zugrunde, die Annahme nämlich, dass Frauen derart simpel (weil animalisch) strukturiert seien, dass ihnen jeder charakterliche, psychische und gar körperliche Makel eines Mannes belanglos sei, sofern er nur über eine gewaltige genitale Apparatur und überwältigende sexuelle Kondition verfüge.

Ein Bekannter Liebe's, hierzulande ein strahlend selbstbewusster sogenannter Frauenheld, kritischer, tiefgründiger Künstler dazu, kehrte zerknirscht und gebeugt von einem Kurzurlaub aus New York zurück und resümierte erschöpft: Die wollen alle einen Neger (also einen riesigen schwarzen Schwanz)! Wobei er mit „die" weiße Frauen, auch Europäerinnen, meinte, derer er sich bis dahin sicher wähnte. In den folgenden 6 Monaten schuf er aus seiner resignierten Einsicht einen Bilderzyklus, betitelt KULTUR & NATUR, worin raffinierte Abstraktionen unaufhaltsam von naiven Fruchtbarkeitssymbolen verschlungen wurden – angelehnt (was Liebe bemerkte) an Joni Mitchells Cover ihrer LP *The Hissing of Summer Lawns*, das den Dschungel des Central Park den tönernen (kopfigen) Moloch New York unterwandern ließ.
Nachdem er diese neuen Arbeiten in einer vielbeachteten Ausstellung der Öffentlichkeit übergeben hatte, flog er zunächst einmal für 4 Wochen nach

Bangkok. Dort würde er (mitsamt seines Glieds) größer sein als beinahe alle. Ein global player.
Die Frage jedenfalls, ob Liebe gut fickte oder nicht, blieb vorerst offen, zumal eine negative Antwort vermutlich keine Konsequenzen gehabt hätte: zurück zur Natur führte kein ihm bekannter Weg. Er hatte, ebenfalls via Fernsehen, erfahren, dass es auch Swinger-Clubs für Akademiker und Intellektuelle gab, nur hießen sie anders, etwa „Schule für tantrische Vollendung", aber auch dort ging es letztlich um das Eine, wenngleich erweitert um eine durchaus spirituelle, ja kosmische Dimension, die denen, die nicht gut genug fickten, ganzheitliche Befreiung verhieß, den Coitus mit Gott. Die großzügigen Räumlichkeiten waren, im Gegensatz zum erwähnten Swinger-Club, gediegen ausgestattet, die Musik wie die angebotenen Speisen und Drinks erlesen. Die zerknirscht und zugleich prinzipiell devot hereinwandelnden Damen und Herren der gebildeten Ober- und Mittelschicht unterschieden sich indes nackt, ihrer geschmackvoll teuren Garderobe entblößt, in ihren offensichtlichen physischen Gebrechen und Unzulänglichkeiten in nichts von den billigeren Swingern. Der tatsächliche Unterschied: die Gebildeten, unter Führung des geschäftstüchtigen Meisters, lernten angestrengt noch immer, noch immer Kinder, Schüler, Mitläufer – während ihre swingenden Proleten-Kollegen sich wenigstens amüsierten. Gezeichnet, so Liebes Eindruck, weder die einen noch die anderen.

Gezeichnet hingegen jene bemerkenswerte Frau, die, als er eines nachmittags, den Einkaufswagen schiebend, den Supermarkt betrat, gerade vor ihm die Sperre durchschritt. Liebe folgte ihr zwangsläufig auf dem Fuße, sein Blick sogleich an ihre Gestalt gezogen, schon durch das enge, signalrote Kleid, das sie trug, knielkurz, mit halbem Arm, die Beine strumpflos, schlank, sehr braun, die Füße in halbhohen Schuhen im Rot des Kleids, kein Schmuck, nur am rechten der anmutig muskulösen Arme eine Uhr, ein gerader, flaumbedeckter Nacken, darüber dickes, dunkelbraunes Haar, sorgfältig zusammengesteckt.
In der Obst- und Gemüseabteilung verlor Liebe sie aus den Augen, begegnete ihr dann aber wieder am Milchregal, erneut hinter ihr, erst bei den Toiletten-Artikeln sah er sie zum ersten Mal von vorne und erschrak beinah, weil ihr

Gesicht älter war als der Eindruck ihrer Figur, es war ein zerstörtes, wenngleich schönes Gesicht, das sah er ebenfalls, stark geschminkt, ohne etwas zu verbergen, vielmehr die Augen, den Mund, die Wangen, selbst die Falten und Narben einer 45jährigen selbstbewusst betonend, und während Liebe sie gebannt anstarrte, bemerkte auch sie ihn zum erstenmal und schaute ihm, einen Moment lang, direkt in die Augen, wandte sich dann aber einem kleinen Mädchen zu, das neben dem Einkaufswagen stand, ihre Tochter oder Enkelin offensichtlich, die Liebe übersehen hatte.

Als er schließlich seine Karre zur Kasse schob, stand sie vor ihm in der Reihe, ein älterer Mann legte soeben seine Einkäufe aufs Band. Ohne das sporadische Gespräch mit ihrer Tochter zu unterbrechen, die in den Süßigkeitsauslagen wühlte, drehte sie sich plötzlich Liebe zu, der einen halben Meter hinter ihr stand, sah ihm wieder geradewegs in die Augen, zwei, drei Sekunden lang, Liebe hielt dem Blick stand und bemerkte zugleich, dass das rote Kleid vorne durch eine lange Knopfreihe geschlossen war, die diagonal von der rechten Schulter bis zum linken Knie lief, die oberen 4 Knöpfe waren geöffnet, so dass das Kleid sich genau zwischen den Brüsten, an denen es fest anlag, wie ein Kragen zum Dekolleté auffaltete, Liebe konnte nur eine Ahnung des Brustansatzes wahrnehmen, doch jetzt, als wäre ihr die Einschränkung seines Blicks bewusst geworden, ging sie, sich ein wenig nach vorne beugend, in die Hocke, suchte im untersten Fach des Regals ein Feuerzeug, der Ausschnitt ihres Kleids stülpte sich auf, darunter war sie nackt, und Liebe, ohne sich bewegen zu müssen, sah 5 Sekunden lang auf ihre runde, kleine, junge, braune rechte Brust herab, deren aufgerichtete Spitze innen den roten Stoff berührte, ein Schauer durchfuhr ihn, und die Frau, während sie sich wieder erhob, streifte mit einem kühlen Blick seinen Unterleib, und tatsächlich hatte er eine Erektion, aber da stand sie schon wieder aufrecht, zog das Kleid zurecht, schaute noch einmal kurz in seine Augen, ehe sie sich endgültig von ihm wegdrehte und rasch und bestimmt das Ausräumen des Wagens und die Bezahlung erledigte, um dann, ihre Tochter an der Hand, schnell den Supermarkt zu verlassen.

16

Gott hingegen, Dorothea Gott, war keine Gezeichnete – was Liebe durchaus bedauerte, wäre ihm doch hypothetisch ihrer beider Verbindung (auch sie lebte allein) ungemein praktisch erschienen. Aber Gotts bewegte Geschichte hatte sie keineswegs zerrissen oder verdüstert. Sie hatte sich vielmehr, auch körperlich, eine schatten- und geheimnislose Reinheit bewahrt, die keine Abgründe entstehen ließ, die wiederum Liebe hätten reizen können, in sie einzudringen. Es gelang ihm nicht, sie zu begehren, weil sie ihrerseits jener unterschwelligen Begierde entbehrte, derer er, wie er wusste, bedurfte, um gefesselt zu werden – umso ärgerlicher, als sie eine attraktive Frau war. Während eines Badminton-Matchs hatte er einmal, während sie sich bückte, um einen Schuh fester zu schnüren, im Ausschnitt ihres T-Shirts ihre Brüste gesehen, schöne Brüste, schweißnass mit zarten rosabraunen Spitzen, und die jähe Wärme in seinem Bauch hatte ihn schon glauben lassen, jetzt habe Gott ihn endlich doch berührt, bis er bemerkt hatte, dass nicht ihre Brüste der Grund waren, sondern seine Erinnerung an die Brüste von Agathe Imgrund, deren kalkulierte Zweideutigkeit ihn Anfang der 80er Jahre für eine Weile sehr angezogen hatte. Sie hatte prinzipiell zu große, ärmellose Unterhemden getragen, sehr wohl wissend, dass sie bei bestimmten Bewegungen ihrer Arme oder ihres Oberkörpers den Blick auf die eine oder die andere ihrer wohlgeformten Brüste freigaben. Noch mehr hatte Liebe ihre analoge Angewohnheit geschätzt, auch zu weite oder ausgeleierte Slips zu tragen. Es konnte geschehen, dass sie sich, im Rock, Liebe gegenüber auf einen Sessel hockte, im Schneidersitz, sich eine Zeitung schnappte und auf ihren Knien zu lesen begann, während aus dem Saum ihres Höschens zumindest ein Schamlippenläppchen lugte, von dem sie wusste, dass Liebes Mund alsbald daran kleben würde.

Aufwändigere Szenarien indes waren weniger erfolgreich. Eines Abends hatte Agathe Liebe in schwarzem Leder-Minirock, Strapsen, schwarzen Strümpfen, durchsichtiger Bluse, geschminkt, frisiert und parfümiert zu einem sorgfältig bereiteten Essen empfangen, das aus aphrodisierenden Zutaten bestand (Austern, Spargel, Ingwer etc.). Die Wohnung war mit zahllosen Kerzen beleuchtet, irgendein Räucherwerk betäubte, Schmuse-Musik drang verhalten aus den Lautsprechern.

Liebe, der direkt von der Arbeit kam (damals ein schmuddeliger Job bei einem Raumausstatter) hatte sich interessiert erkundigt: Erwartest du jemanden? Woraufhin Agathe achselzuckend die Musik abgestellt, die Kerzen gelöscht, die Neonleuchte angeschaltet und ihre Pumps ordentlich in ihr Schuhfach zurückgestellt hatte.

Dich kann man nicht einmal verführen! hatte sie kopfschüttelnd konstatiert, woran auch nichts änderte, dass Liebe, als Agathe nun auf eine Leiter stieg, um die Kerzen auf dem Hängeschrank zu löschen, bemerkte, dass sie diesmal ein im Schritt offenes rotes Höschen trug.

Doch, hatte er irritiert geantwortet, Aber du hättest mich informieren sollen, dann hätte auch ich mich vorbereiten können.

Als er sich nach dem zweifelhaften Essen ein Bad eingelassen hatte, war Agathe unerwartet zu ihm in die Wanne gestiegen – eine der beiden Situationen, in denen sich Agathes Verlangen einen Weg ohne Berechnung gebahnt hatte. Der anderen hatte Liebe seine einzige Erfahrung mit Telefonsex zu danken. Agathe, über Weihnachten bei ihrer Familie, hatte ihn am Abend des zweiten Feiertags angerufen. Ich würde jetzt gern mit dir schlafen, hatte sie geflüstert.

Wo bist du gerade? hatte Liebe gefragt.

Ich sitze auf meinem Bett.

Was hast du an?

Mein Chanel-Kostüm, hatte sie geantwortet, Die Verwandtschaft ist heute hier.

Zieh mal deinen Slip aus, hatte er angeordnet.

Sie hatten dann eine gute halbe Stunde lang vermeintlich gemeinsam masturbiert, jeden Handgriff, jede Gefühlsregung, jede Phantasie einander mitteilend, und das zwangsläufig offener und detaillierter als bei jeder realen Begegnung zuvor. Am faszinierendsten daran, so im Anschluss ihr gemeinsames Resümee, war die Unnachprüfbarkeit dessen, was der andere vorgab, zu tun und zu empfinden. Mochte auch Agathe ihren Mitteilungen nach nackt auf dem zerwühlten Bett liegen, die eine Hand ihre rechte Brustwarze, die andere ihre Klitoris bearbeitend, und er, Liebe, 150 km entfernt analog lustvoll agieren, so war es doch ebenso möglich, dass all dies nur in ihren Worten stattfand, während sie beide, nach wie vor korrekt gekleidet, einfach dasaßen und miteinander telefonierten.

Allerdings hatte Agathes arrangierte Zweideutigkeit für Liebe allen Zauber verloren, als er einsah, dass sie gar nicht ihm galt, sondern jedem Mann, der zufällig in ihrer Nähe war. Auf diese Weise, aber das durchschaute er erst später, versuchte sie, den bestmöglichen Produzenten ihrer künftigen Kinder ausfindig zu machen.

Diese Strategie hatte für das sexuelle Geschehen zur Folge, dass Agathe nicht eigentlich bumste, sondern sich bumsen und bedienen ließ. Mit der inszenierten Lockung und Verheißung betrachtete sie ihren Teil als erledigt, den Rest hatte ihr irgendein Mann gut zu besorgen. Eine klassische Rollenverteilung, der Liebe nur kurzfristig gewachsen war. In nachhaltiger Erinnerung sollte ihm ihre letzte gemeinsame Nacht bleiben. Er hatte sich, mit dem, zugegeben, wenig originellen Seufzer „Gott, das war schön!" in die Kissen zurückfallen lassen, nachdem Agathe innerhalb der letzten 2 1/2 Stunden 3 Mal, er selbst 2 Mal „gekommen" war.

Während sie sich, wie stets nach getaner Arbeit, eines ihrer Unterhemden überstreifte, hatte sie sanft lächelnd erwidert: Na ja, Fliegen ist anders. Gestern hatte ich 5 Orgasmen.

Gestern? hatte Liebe benommen wiederholt, Gestern waren wir doch garnicht zusammen ...

Eben, hatte sie verständnisvoll genickt, war aufgestanden und in die Küche geschlurft, um sich ein Butterbrot zu schmieren. Plötzlich bimmelte die Türklingel. Agathe rief aus der Küche: Wie spät ist es denn?

Gleich Zwölf, sagte Liebe.

Oh Gott! hörte er sie fluchen, während sie zur Tür lief, den Öffner drückte und ihn anwies: Du musst jetzt verschwinden, zieh dich an!

Was ist los? fragte er erstaunt, doch zugleich ihre Anweisung befolgend und in seine Kleider schlüpfend, sogar das Bettzeug glattziehend.

Als er sich die Schuhe zuband, öffnete Agathe gerade die Wohnungstür, um einen jungen Riesen hereinzulassen, der sie sogleich fest in die Arme schloss

und seine rechte Hand in ihrem noch immer nackten Hintern verschwinden ließ. He, einen Augenblick, gluckste Agathe und wies den Neuankömmling mit einer Kopfbewegung auf Liebe hin, der irritiert vor dem Bett stand, als wolle er es verteidigen.
Hallo, polterte der Riese auf Liebe los, reichte ihm die Hand und eröffnete grinsend: Ich bin Mike.
Schön, sagte Liebe, der, statt die Hand zu ergreifen, seine Jacke vom Stuhl zog und, über die eigene Klarheit erstaunt, entgegnete: Ich war das Vorspiel. Zeige- und Mittelfinger der rechten Hand zum Victory-Zeichen erhoben, war er dann aus der fremden Wohnung gehastet[21].

17
Mit Recht hatte Utah später wissen wollen, was denn um himmelswillen ausgerechnet Agathe (diese blöde Funz! wie sie zu Liebes Erstaunen, nachdem sie ein Foto gesehen hatte, hellsichtig wütete) zu einer Gezeichneten gemacht habe.
Sie war garkeine, hatte Liebe zugeben müssen.
Und warum dennoch sie? hatte Utah gefragt.
Goethes wegen, hatte Liebe gestottert und ihr erklären müssen, dass ihn damals, es war wohl 1983, in Richard Friedenthals Goethe-Biographie die nicht ganz geklärte Affäre zwischen Goethe und der Schauspielerin Corona Schroeter sehr berührt habe, vor allem die Meinung des Biographen, es wäre eine beruhigende Vorstellung, wenn der Dichter in seinem Leben zumindest einmal eine körperliche Affäre mit einer anerkannten Schönheit gehabt habe.
Verstehe ich richtig, hatte Utah messerscharf geschlossen, Du wolltest diese Funz, weil sie schön war?
Weil jeder sie schön fand, musste Liebe beschämt eingestehen, Alle waren scharf auf sie.
Ach, wetterte Utah, Und du wolltest der Sieger sein!

---

[21] ... und hatte am nächsten Morgen beim Kölner Gesundheitsamt seinen ersten AIDS-Test gemacht.

Ja, gab Liebe zu, Nach all den Niederlagen ...
Und? bohrte Utah weiter, War es leicht, sie rumzukriegen?
Keineswegs, grinste Liebe, Langwierig. Äußerst langwierig.
Wieso grinst du?
Weil sie in gewisser Weise tatsächlich so etwas wie Corona Schroeter war.
Agathe war absolut überzeugt von ihrer eigenen Attraktivität ...
Wo war dann das Problem?
Sie wollte in mir durchaus nicht Goethe sehen, vermute ich, grinste Liebe weiter.
Wie unverschämt! spottete Utah.
Ja, sagte Liebe, Eines Nachts, ich war einfältigerweise wieder vollauf zufrieden mit unserer sexuellen Leistung, meinte sie mit betörender Freundlichkeit: Es ist schon merkwürdig, findest du nicht, dass ausgerechnet ich immer an hässliche Männer gerate ...
Das hat sie gesagt?! rief Utah, Hässlich?
Ja, nickte Liebe, Sie war immer dann besonders ehrlich, wenn ich den Eindruck hatte, dass wir uns besonders nah waren.
Aber was zum Teufel wollte sie dann von dir?
Ich weiß es nicht, gab Liebe zu, Wahrscheinlich fand sie es irgendwann bloß einfacher, meinem hartnäckigen Werben endlich nachzugeben als ihm weiter zu widerstehen.
Das wäre begreiflich, grinste nun Utah, vielleicht eingedenk jener langen fünf Jahre, die Liebe, bar jeder realistischen Hoffnung, aufgewendet hatte, um sie zu gewinnen.
Hast denn du sie geliebt? wollte sie wissen.
Nein, sagte Liebe, Ich wollte sie nur haben.
Und? bohrte sie weiter, Gibt es da irgendwas Besonderes an solch einem pretty face?
Dass sie für diese Frage das Präsens gewählt hatte, signalisierte Liebe, dass es nun auch um sie, Utah, ging. Darum bemühte er sich um eine korrekte Antwort: Man liest Verheißungen hinein, sagte er, So als hätte eine sehr schöne Frau nicht nur einen besonders schönen Körper, sondern einen gänzlich anderen.

Und? Hatte sie?
Nein. Natürlich nicht ...
Und was macht einen unvollkommenen, hässlichen Mann dabei an, verflucht nochmal?
Märchenkram, sagte Liebe, Die Berührung mit einer Überirdischen soll den Prinzen, für den sich jeder hält, vom garstigen Frosch, der er scheint, erlösen.
Seid ihr tatsächlich solche Kinder? staunte Utah.
Ich wars.
Und bei dir ..., begann Utah,
... und bei mir ging es gerade umgekehrt, übernahm Liebe, Agathe machte aus dem Prinzen, für den ich mich gehalten hatte, die Kröte.
... die nicht gut genug fickt! ergänzte Utah.
So ist es, sagte Liebe.
Und sie war die letzte Frau vor mir? fragte sie.
Ja. Die letzte von Bedeutung.
Utah sah ihn ernst an. Ahnst du, erkundigte sie sich, Welche Schlüsse ich aus dieser Geschichte ziehen könnte?
Ja, sagte er, Und ich bitte dich sehr, es nicht zu tun.
Und warum nicht?
Weil du dich irrst, sagte er.
Bist du dir da sicher? zweifelte sie, griff nach einer Zigarette, lehnte sich im Sessel zurück und sah ihn an.

Liebe wusste natürlich, dass Utah einen permanenten, erbitterten, vergeblichen Kampf gegen ihre Kleidung, ihre Frisuren, ihre Schminktechnik und, bisweilen, gegen ihren Körper führte, um sie dazu zu nötigen, ihr zu jener Attraktivität und Schönheit zu verhelfen, die sie an anderen Frauen bewunderte. Seine ebenso permanente Versicherung, dass sie dies doch längst und stets sei: schön und attraktiv, und das in weitaus größerem Maß als jede andere Frau, die er kannte, überzeugte sie keineswegs, sei doch seine Meinung, wenn überhaupt aufrichtig, von der Blindheit seiner Liebe diktiert und damit völlig unglaubwürdig, worauf er zwar (zum wiederholten Male) entgegnen konnte, dass ihn seine Liebe im Gegenteil gerade überaus hellsichtig mache, er habe sie eben schlicht, wie Abraham Sarah, in ihrer wahren Gestalt erkannt (worauf sie, semantisch korrekt, fragte, ob sie nun einen Schwangerschaftstest machen müsse), und daran könne sie auch mit diesen Bergen von Blusen, Hosen, Kleidern, Pullovern nichts ändern, die sie um sich türme ..., aber auf ihre sehr praktische Frage: Soll ich denn nun heute Abend diese elegante braune Samt-Hose mit dieser gelben Seiden-Bluse anziehen oder aber die alte Jeans mit dem verschlissenen T-Shirt? konnte er nur indifferent mit den Achseln zucken, was Utahs kummervolle Gereiztheit nur noch verstärkte, so dass er schließlich eine willkürliche Entscheidung traf: In dieser braunen Hose siehst du wirklich besonders hübsch aus!, eine unbedachte Stellungnahme, denn Utah schloss daraus, dass er sie, aha, in ihrer alten Jeans also hässlich fände, noch hässlicher als sie ohnehin schon sei, und nicht nur das: Wenn er diese braune Samthose so sehr bevorzuge, bestätige das ihren Verdacht, dass auch er sie eigentlich nur in ein doofes, frauliches Püppchen verwandeln wolle, aber da müsse er sich schon jemand anderen suchen, da könnte sie ja gleich in einen kurzen Rock schlüpfen und jedem Mann auf der Straße ihren Arsch präsentieren, gewiss zu seinem, Liebes, perversen Vergnügen, denn er hatte ihr einmal, in einer ähnlichen Situation, gesagt, dass ihr auch ihr einziger Mini-Rock (den sie selbst gekauft hatte) großartig stünde, habe sie doch, wie wenige, die angemessen schönen Beine dafür, und nein, sie müsse sich die Beine nicht enthaaren, gerade diese Haare fände er sehr reizvoll (vielleicht als verheißungsvolle Antizipation der Schamhaare), Spinnst du! fuhr sie auf, Ich will einfach etwas anziehen und nicht auf den Strich gehen!, Okay, sagte Liebe, Dann bleib doch bei der Jeans und dem T-Shirt, du weißt doch, dass es mir gefällt, aber nun war Utahs Geduld am Ende, Das glaube ich dir gern, dass es dir gefällt, tobte sie, Wenn ich als Schlampe herumlaufe, dann hast du keine Konkurrenz mehr zu fürchten, was?, und fluchend pfefferte sie das Kleidungsstück, das sie gerade in der Hand hielt, zu Boden, stürmte, den Tränen nah, hinaus in ihr Zimmer, die Tür knallte hinter ihr zu, und Liebe, bedauernd, dass er ihr nicht beistehen konnte, verstand, dass sie nun eine halbe Stunde mit sich allein sein musste, danach würde man sehen, ob sich für das Problem eine Lösung fände oder ob sie diesen Abend getrennt zubringen würden.

18

Die zweite, heiklere Frage indes: Ob er Utah womöglich auch darum gewählt habe, weil es ihr, als Lesbe, vielleicht gleichgültig sei, ob er gut fickte oder nicht, konnte er nicht beantworten. Er wusste nur, dass er nicht zu jenen Männern zählte, die in der Lage waren, jedes Loch in der Welt, zu welchem Objekt auch immer es gehörte, jederzeit potent und gründlich zu penetrieren, sowenig er Frauen befriedigend zu versorgen vermochte, deren Lust sich in erster Linie der Dauer und Härte des Gestoßenwerdens verdankte.

Denn obschon auch (und gerade) sein Leben unablässig um Liebe kreiste (Love, reign o'er me), so galt doch sein Interesse dabei eher der Totalität des jeweiligen Objekts. Ihr wünschte er mit der eigenen zu begegnen – darum erschien ihm die Beschränkung auf diese oder jene sexuelle Praxis oder gar auf zwei überforderte Geschlechtsorgane als eine abwegige Einschränkung des wechselseitigen Genusses, die ihn erkalten ließ. Hinzu kam seine Erfahrung, dass solche Reduzierung sein Glied unter einen derartigen Erfolgsdruck stellte, dass es sich mit Recht jegliche Leistung versagte – während es, eingebettet in die komplexe Ganzheit einer Begegnung, aufblühte. Schon aus diesem Grund war Liebe für One-Night-Stands und Bordellbesuche (gegen die er moralisch nichts einzuwenden hatte) ungeeignet, denn da solche Situationen stets unter dem Druck des Gelingens standen (welchen Sinn hätten sie sonst gehabt?), scheiterte er folgerichtig in ihnen: er war da keiner verlässlichen Erektion fähig.

Sobald nämlich der sexuelle Genuss, hatte er einmal Gott gegenüber doziert, allein abhängig würde von einem optimal arbeitenden Schwanz, dann reduziere sich dieser Schwanz zu einer einsamen isolierten Waffe im Kampf gegen alle potentiellen Mitstreiter und der sexuelle Genuss angesichts der stets drohenden Niederlage zu einem brachialen Egotrip des Siegens. Dass dabei auch vom individuellen Gegenüber zwangsläufig nicht mehr als ein funktionales anonymes Loch übrig blieb, verstand sich von selbst[22].

---

[22] Agathes Verlangen nach 7 oder 12 Orgasmen wäre mit Leichtigkeit zu erfüllen gewesen, hätte sie nur etwas *darüberhinaus* gewünscht.

Liebe hatte diese Erfahrung am eigenen Leib gemacht, mit Sigrid, 1977. Sie waren damals gerade erst zusammengezogen, dennoch suchte sie bereits unentwegt Affären, vorzugsweise mit kräftigen Handwerkern, die an der Renovierung des Nachbarhauses teilhatten, reine Fick-Geschichten, die nichts bedeuteten, wie sie erläuterte, eine Art Selbsterfahrungs-Training, das ihrer Liebe zu ihm keinen Abbruch täte, weshalb sie selbstverständlich den lang geplanten Urlaub auch zusammen antraten, Holland, eine Insel, ein abgelegenes kleines Haus am Meer, keine Handwerker in der Nähe. Liebe aber hatte sich vorgenommen, sie zu strafen, und sie nicht angerührt, 4 Tage lang, bis sie ihn schließlich anbettelte, sie zu bumsen, bitte, bitte, machs mir ordentlich, und er hatte gedacht, und ob, ich machs dir ordentlich, ich werde dich fertigmachen, du wirst schon sehen, und tatsächlich war es ihm wider Erwarten geglückt, sie ohne jede Gefühlsregung (er hätte währenddessen Zeitung lesen oder fernsehen können) anderthalb Stunden lang nach allen Regeln der Kunst durchzubumsen, wund zu bumsen, kaum je hatte er bis dahin eine solch eiserne, beständige Erektion gehabt, die es ihm erlaubte, Sigrid nüchtern zu einer konturlosen glühenden Masse in einer Zimmerecke zusammenzuficken, so dass sie schließlich stöhnte: Gott, willst du mich töten, Lieber, willst du mich töten ..., um sogleich, als er irritiert einhielt, laut aufzuschreien: Ja, töte mich, töte mich, bitte, bitte, töte mich doch! – und erst jetzt wurde ihm klar, welche Schmierenkomödie sie beide spielten, denn ihre Frage und ihren Aufschrei hatte sie irgendeinem Buch entliehen, das sie in den letzten Tagen gelesen hatte, vielleicht Felix Krull, und er, Liebe, war tatsächlich so weit gekommen, so weit von sich weggekommen, dass er sie in einem vorsätzlichen Revancheakt wie ein beliebiges seelenloses Stück Fleisch vögelte. Seine Erektion zerfiel auf der Stelle, fiel ohne Erguss aus Sigrid heraus, die nichts begriff, den Kopf hin- und herwarf und noch immer zuckend wimmerte und um mehr bettelte und mit beiden Händen ihre geschwollenen Schamlippen auseinanderriss und ihm ihren wunden, nassen Schoß entgegenstreckte, so dass er sie, mit Übelkeit kämpfend, anbrüllte: Machs dir doch selbst, verdammt nochmal, machs dir selbst, was sie, wie einem Befehl gehorchend, auch sogleich rauh und wild auszuführen begann, und Liebe, fassungslos, hatte ins Bad rennen müssen, die Kotze war ihm hochgekommen, seine Kot-

ze, denn seine Übelkeit galt nicht Sigrid, sondern ihm selbst, der fähig war, einer Frau, der er immerhin zugeneigt war, derart mitzuspielen ...
Allerdings hatte sein hochherziges moralisches Erbrechen die wesentliche und überaus irritierende Botschaft des Geschehens keineswegs tilgen können: hatte doch sein Körper die konventionelle Rolle des gefühllosen, machistischen Frauen-Abstechers sogleich mit einer Ausnahme-Erektion belohnt, dank derer Sigrid, selbst nach Abrechnung Felix Krulls, erstmals auch mit ihm, Liebe, in einen nahezu ekstatischen Lustzustand geraten war.
Siehst du, hatte sie am nächsten Morgen folgerichtig kommentiert, Es geht doch!
Was? hatte er gefragt.
Das Bumsen, sagte sie, Du kannst bumsen wie es sich gehört.
Ich will nicht bumsen wie es sich gehört! hatte er aufbegehrt.
Wieso? staunte sie, Hats keinen Spaß gemacht?
Spaß? staunte er zurück.
Bei dem Ständer, den du hattest, musst du es doch auch genossen haben?
(eine gute Frage)
Ja, musste er zugeben, Aber es hatte eine andere Quelle als sonst ...
Was denn?
Es war nicht Liebe.
Was sonst?
Hass, erkannte er.
Auf mich?
Auf dich. Und die Arschlöcher, die du mir vorziehst.
Sie streichelte über sein Haar: Ich brauche niemand anderen.
Du meinst, wenn ich dich so bumse wie gestern ...?
Ja.
Ist dir klar, was du da sagst?
Was denn?
Du machst deine Treue von meiner sexuellen Leistung abhängig!
Willst du mich denn nicht glücklich machen?
Natürlich will ich das. Aber ich will es aus Liebe tun.
Was ist der Unterschied? lächelte sie.

Heißt das, dir ist es gleich?
Absolut, sagte sie, Letztlich.
Wer dich bumst?
Ich glaub ja ... Ich will mich nur verlieren ... auflösen ...
Sterben?
Ja. Nicht wirklich, aber fast. Als Ego ..., nur irgendeine Frau sein ..., nein, nicht mal das, nur irgendein heißes Loch, im Gebüsch, in der Erde ...
Mit irgendeinem beliebigen Mann?
Ja ... Nein, kein beliebiger ... Der, der es am besten macht ...
Du meinst seinen Schwanz?
Ja. Eigentlich ja. Ja. Nur seinen Schwanz. Einen Riesenschwanz ... einen Python, einen Baumstamm, ein Stück Lava ...
Sie hatte die Augen geschlossen und Liebe wusste, dass sie sich in diesem Augenblick vorstellte, wovon sie gesprochen hatte. Was er hingegen nicht wusste (und auch nie in Erfahrung bringen würde), war, ob sie, vielleicht angeregt durch ihre hysterische Frauengruppe, lediglich die angelesene Populärversion eines vorgeblichen weiblichen Mysteriums wiedergegeben oder aber andeutend Einblick gewährt hatte in ein tatsächlich existentes weibliches Mysterium, an dem sie Anteil hatte (Gebärfähigkeit, Fruchtbarkeit, Mutter Erde usw.).
Zugleich erkannte er, dass Typen wie er, die, auf ihre Kulturprothesen gestützt, ihr klägliches Ich nicht aufgeben wollten, sondern im Gegenteil überhaupt einmal eines zu entwickeln wünschten, in dieser mystischen Sphäre, in der nicht Unikate verschiedenen Geschlechts einander liebten, sondern Naturkräfte einander aufzulösen trachteten, Fremdlinge waren, die bestenfalls als Narren, Magier oder Priester taugten, nicht aber als *Männer*. Wirkliche Männer nämlich traten als gnadenlose Krieger auf, als gesichtslose, bedenkenlose, kopflose Heroen, denen zu erliegen jeder wahren Frau offensichtlich das allerhöchste Vergnügen bereitete, jenes unvergleichliche Vergnügen, von einer unwiderstehlichen physischen Macht übermannt, ausgelöscht, getötet zu werden.
Wenigstens war es das, was Liebe in der Nacht zuvor tatsächlich genossen hatte: Macht. Jene Macht nämlich, die er dank eiserner Erektion über Sigrid

gewonnen hatte, und die ihm zugleich einen zweifelsfreien Sieg über die vereinigte Kreishandwerkschaft verschaffte, deren sozial benachteiligte Mitglieder, wenngleich die Dummen, bis dato für Sigrid die besseren Ficker gewesen waren.

Und womöglich hatte Sigrid mit ihrer Felix-Krull-Paraphrase (Töte mich, töte mich!) weniger den eigenen Wunsch als den seinen getroffen, denn in jener Stunde war er, entgegen seiner nüchternen Selbsteinschätzung, nichts weiter als irgendein anonymer, hohlköpfiger, ganz aus dem undurchschauten Bauch heraus agierender Krieger aus einer fernen (oder wieder nahen) Zeit vor aller Kultur gewesen, der stellvertretend für alle düsteren Krieger in der Person Sigrids alle Frauen dafür bestrafen wollte, dass sie mit ihrer puren Existenz die geschlossene Identität des Kriegers fortlaufend in Frage stellten.

Komm, Lieber, hatte Sigrid, deren rechte Hand seit geraumer Zeit in ihrem Schoß wühlte, seine Überlegungen unterbrochen, Nimm mich!

In einem unbeherrschbaren Anflug bodenlos verzweifelter Heiterkeit war Liebe zu seiner eigenen Überraschung mit einem kräftigen Satz auf einen Stuhl gesprungen, hatte sich, hoch aufgerichtet, mit beiden Fäusten auf die Brust geschlagen, den Sack gekratzt, unter den Achselhöhlen geschnuppert, war heruntergesprungen, zu Sigrid gehoppelt, die er mit beiden Händen rauh von ihrem Stuhl und auf den Boden gezerrt hatte, wo er sie auf den Bauch legte, dann ihre Beine in eine kniende Stellung schob, so dass sie ihm ihren Hintern entgegenstreckte, von dem er nun den in der Spalte eingeklemmten Slip herunterriss. Die ganze einladende Herrlichkeit vor Augen, rosig, gefaltet, umhaart, feucht, offen, zögerte er einen Moment, ehe er ihr dann mit der flachen Hand einen kräftigen Schlag auf den Hintern gab und mit der Information, dass er sogleich dieses Haus und Holland verlassen würde, aus dem Zimmer ging.

19

Dennoch, Liebe sah es ein, war es allzu maliziös gewesen, Agathe (stellvertretend auch für Sigrid) 1985 zum Abschied einen (im Fachhandel erhältlichen)

Doppelvibrator zuzusenden (für die simultane vaginale und anale Beglückung), fleischfarben, aus naturechtem Kunststoff, nie zu erweichen, schnurlos batteriebetrieben, stufenlos schaltbar, unbegrenzt ausdauernd, mit integriertem Ausstoß künstlichen Ejakulats (5 mal, 9 mal, 30 mal). Der hübsch verpackten Sendung hatte er den Tipp beigefügt, sie möge doch einmal, als Wirtschaftshistorikerin soeben zum Begriff der Entfremdung bei Marx promovierend, über den Zusammenhang zwischen archaischem Sexualverhalten und dem Fundament des Kapitalismus (der Institutionalisierung von Konkurrenz als Leistungsstimulans) nachdenken.

Er selbst jedenfalls hielt beide Phänomene für nahezu identische vorkulturelle, vorzivilisatorische Atavismen. Die bedauernswerten Vor- und Frühmenschen freilich hatten keine Wahl gehabt: unentrinnbar von ihren vorcodierten Instinkten getrieben, hatten sie sich sowohl der existentiellen Nahrungskonkurrenz mit anderen Tieren wie gruppenintern der nicht minder existentiellen Gen-Konkurrenz zu Kollegen ausgesetzt gesehen. Der stärkere war der erfolgreichere, hier wie dort setzte er sich durch und verbürgte die Ausbreitung und Entwicklung der Art. Komplexe Bindungen via Zuneigung oder gar Liebe spielten keine Rolle, denn nur die natürlichen Zyklen ließen den dumpfen Australopitheken seine jeweilige Ladung in eine x-beliebige der sechs oder sieben Australopithekinnen seines 10-köpfigen Rudels schießen, die ihrerseits dumpf und ergeben ihren biologischen Auftrag erfüllten.
Allerdings schien Liebe dieser engrammatische Eroberungsbefehl unterdessen (nach fünf Millionen Jahren) doch weit mehr als erfüllt: mit der Verbreitung der Art *homo* hatten allenfalls Ratten, Insekten und Mikroorganismen mithalten können, die freilich im Ausbau ihrer globalen Infrastrukturen erkennbar zurückhaltender und ökologisch verträglicher vorgegangen waren.

Dass sich dennoch bei zahlreichen hominiden Zeitgenossen, deren Kleinhirn offenbar kaum über den Status des Australopitheken hinausgekommen war, ebenso wie in der totalitärsten (weil alternativlosen) aller Weltordnungen die animalische Konkurrenzstruktur ungeschmälert hatte erhalten können, führte seiner Meinung nach zu jener bezeichnenden Gleichzeitigkeit des Ungleichzeitigen, mit der sich zum Teil der irre Zustand der Welt erklären ließ[23].

Liebe erinnerte sich an ein sonntägliches Frühstück mit Utah. Sie waren im Ehrenfelder Bürgerzentrum, das ein breites und preisgünstiges Büfett anbot, in einen 3.-Welt-Aktionstag mit indigenen Speisen, Kunsthandwerk, Infoständen und Folklore-Darbietungen geraten. Liebe hatte den sanften Hauch bunter, menschenfreundlicher Exotik durchaus genossen, bis vier alternative Deutsche mit sechs oder acht Kindern im Schlepp an den Tisch traten und eine Spende erbaten, um empfängnisverhütende Mittel in die übervölkerte 3. Welt zu schaffen.

Kondome oder so, hatte einer (Von-der-Lippe-Bart, Hawaii-Hemd, Birkenstock, Button, Bierbauch) qualifiziert erläutert und ein schmuddeliges Flugblatt überreicht, Titel: Unser globales Dorf platzt aus allen Nähten! Untertitel: Solidarität mit den Armen dieser Welt.

Ein Pulverfass! beeilte sich ein anderer (Rupert-Neudeck-Bart, Birkenstock, Button, Brille) mit ernster Miene zu erklären, Ich war vor Ort, Asien, Afrika, Südamerika. Soviel Elend. Soviele Menschen. Da dürfen wir nicht wegsehen!

Das sind Ihre Kinder? hatte Liebe mit Blick auf die 4- bis 11-Jährigen gefragt, die gelangweilt und mürrisch dabeistanden.

Ja, hatte eine schlampige Mittdreißigerin stolz geantwortet, Die Kleinen sind allerdings zuhause geblieben, bei der Oma.

Utah hatte eine Braue hochgezogen, und Liebe wusste, dass sie kampfbereit sei.

Dann interessiert mich allerdings, hatte er begonnen, Warum Sie nicht selbst Kondome benutzt oder nicht wenigstens abgetrieben haben?

Wie bitte? fragte die Frau zurück, Was hat das denn mit uns zu tun? Es geht um die Dritte Welt. Wir haben hier doch das Problem überhaupt nicht ...

---

[23] Man war ja schon froh, hatte Liebe einmal Gott geklagt, ab und an einem Pekinensis zu begegnen! Und er hielt auch die unter Anthropologen, Paläontologen und Vorgeschichtlern nach wie vor umstrittene Frage, ob denn bereits der Neanderthaler der Sprache mächtig war, längst für beantwortet – immerhin artikulierten ja auch die Herren Stoiber, Merz, Henkell, Hundt usf. *Worte*.

Im Gegenteil, hatte sich die andere Frau (eine käsige Asketin) eingeschaltet, Hier geht ja die Geburtenrate eher zurück!
Und das wolltet ihr mit eurem Wurf wettmachen? meldete sich Utah.
Entschuldige, brüskierte sich die Schlampe, Man wird doch hierzulande wohl noch Kinder kriegen dürfen!
Ich verstehe, tat Utah naiv, Nur die Inder sollten es lassen ...
Es sind einfach zu viele, beschwichtigte Rupert Neudeck (vor Ort), Das Land kann sie nicht alle ernähren.
Und womöglich kommen sie gar her, was? hakte Utah nach.
Eben, bestätigte die Asketin, aber ...
... Deutschland ist ein kleines Land, vervollständigte die Schlampe.
Das ist wahr, stimmte Liebe zu, Doch wenn beispielsweise Sie Ihre Kinder garnicht gemacht hätten, hätten hier ein paar Kinder aus Indien ganz gut Platz finden können.
Also Moment mal, fuhr nun Von-der-Lippe dazwischen, Es geht doch nicht um Zahlen!
Sondern? fragte Utah interessiert.
Hier ist Deutschland, verdammt nochmal! sagte er laut, Und da drüben ist Indien, und das eine hat mit dem anderen nichts zu tun!
Und ich dachte, erwiderte Liebe, Wir lebten alle im globalen Dorf, ein jeder für den anderen verantwortlich ...
Eben, griff Rupert Neudeck auf, Schweißperlen auf der Stirn, Aber da müssen wir doch auch von den Indern einen konstruktiven Beitrag erwarten dürfen!
Gerade von den Indern, pflichtete Utah eifrig bei, Diese unkontrollierte Sinnlichkeit hat mich immer schon geängstigt ...
Ohnehin merkwürdig, sinnierte Liebe, Dass gerade die ärmsten Leute so gern ficken!
Mama, rief ein kleiner Junge zwischen den Erwachsenenbeinen hervor, Was ist ficken?
Ficken ..., stammelte die Schlampe, Ficken ..., Aber da fuhr sie Von-der-Lippe an: Halt den Mund! Merkst du nicht, dass die uns auf den Arm nehmen!
Keineswegs, beteuerte Liebe, Ich würde nur gern wissen, was Ihr weißer deutscher Samen mit dem globalen Dorf zu tun hat.

Willst du eins in die Fresse? zischte der Mann und rückte an den Tisch heran.
Guck mal! rief da Utah erstaunt Liebe zu und zeigte auf den Unterleib des Ergrimmten, Der hat einen Ständer! Der knallt dir wirklich eine!
Bestürzt blickten alle, der Betroffene eingeschlossen, auf seine Hose, als der kleine Junge sich erneut zu Wort meldete: Papa, wo ist denn dein Ständer?
Schluss jetzt! schritt nun Rupert Neudeck energisch ein, Wir gehen!, doch im tumultuarischen Aufbruch mochte es die Asketin nicht unterlassen, Utah schnippisch zu raten: Versuchs doch selbst mal mit ner Schwangerschaft!
Du blöde Kuh! rief Utah ihr scharf hinterher, Du sammelst hier doch Geld für Kondome!

Aber es war noch nicht vorüber. Vom Nebentisch meldete sich nun ein älterer Herr mit Baskenmütze: Wünschen Sie beide denn, dass Deutschland vom Globus verschwindet?
Ich wüsste nicht, warum man es verhindern sollte, wenn man es denn könnte, sagte Liebe grob, hoffend, so ein weiteres Gespräch zu verhindern.
Weil man es liebt! entrüstete sich aber der Mann.
Ach, sagte Liebe, Sie lieben Deutschland?
Selbstverständlich!
Und Ihre Frau lieben Sie auch? erkundigte sich Utah, Und Ihre Kinder und Ihren Hund?
Es gibt auch eine ideelle Liebe! beharrte der Alte unbeirrt.
Und dafür finden Sie keinen geeigneteren Gegenstand als ausgerechnet einen Staat? staunte Utah.
Es geht nicht um den Staat! belehrte der alte Herr.
Sondern? fragte Liebe, Ums Blut vielleicht?
Das musste ja kommen!, trumpfte der Mann auf.
Was? wunderte sich nun Utah.
Das 3. Reich!
Erstaunlich, dass Sie es selbst bemerken! sagte Liebe.
Das ist ja nichts Neues, kam die Antwort, Hierzulande ist man ja gleich ein Nazi, wenn man seine Heimat liebt!
Wundert Sie das? fragte Liebe.

Allerdings, sagte der Alte, Der Franzose liebt sein Land ja auch, oder der Engländer, selbst der Türke! Warum dürfen wir nicht Deutschland lieben?
Sie dürfen ja, gestattete Liebe, Aber wer ist wir?
Wir Deutsche natürlich, ging es im Kreis.
Wir sind auch Deutsche, stellte Utah klar.
Tatsächlich? tat der Mann erstaunt.
Hören Sie, sagte Liebe scharf, Ihre Generation hat schon einmal genau definiert, wer oder was deutsch ist! Wenn Sie daraus schon nichts gelernt haben, können Sie dann nicht einfach die Klappe halten?
Verzeihen Sie, schaltete sich die ältere Dame ein, die neben dem Patrioten saß und ihm nun aus einem Kännchen Kaffee nachgoss, Aber Sie sollten wissen, dass wir 1986 unsere Heimat, Siebenbürgen, verlassen mussten ...
Tut mir leid, sagte Utah.
Nein, nein, schüttelte die alte Dame den Kopf, Es geht uns gut hier, nur ist es nicht leicht, sich zurechtzufinden ...
Das geht uns nicht anders, sagte Liebe.
Das glaube ich doch, junger Mann, sagte die Dame freundlich, Sie sind mit all dem groß geworden und wissen, wohin Sie gehören ...
Ganz gewiss nicht, sagte Utah.
Das sollten Sie aber, schaltete sich der alte Herr wieder ein, Man braucht doch eine Identität!
Sicher, pflichtete Liebe bei, Aber meinen Sie ernstlich, dass Sie die in der Nation oder in der Rasse finden?
Aber wo sonst? fragte der Mann bitter, Im Internet? Im Fernsehen? Im Shareholder-Value? In der multikulturellen Gesellschaft?... Sollen wir denn alle Amerikaner werden?
Liebe, belustigt, entsann sich, dass Männer dieses Alters, wenngleich keine Donauschwaben, aber gebannt von ihren Karrieren, die sie bedingungslos die Dreieinigkeit von Law, Order und Money hatten anbeten lassen, ihm und seinesgleichen, als sie in den 1960ern und dann in den 80ern gegen den US-Imperialismus auf die Straße gegangen waren, hämisch geraten hatten: Haut doch ab nach drüben! Offenkundig hatten sie, dachte Liebe nun, die deutschnationale Einheitsfront gegen rassische, kulturelle und ökonomische Über-

fremdung nie wirklich verlassen, sondern lediglich mit einem dünnen fadenscheinigen demokratischen Kostüm getarnt, das bei jedem kräftigeren Windstoß den reaktionären deutschen Wehrwolfsleib entblößte.

20
Freilich machte diese Sicht, wie Liebe erkennen musste, erforderlich, von einigen liebgewonnenen Vorstellungen Abschied zu nehmen. Beispielsweise hatte er, in der ehrbaren Tradition der Kritik an Springers BILD aus 1968, lange angenommen, die mit der Protektion Helmut Kohls der BRD aufgezwungenen privaten Fernseh- und Rundfunksender mit ihren überaus erfolgreichen Werbebegleitprogrammen für Schwachsinnige, Infantile, Triebtäter und Schläger, seien ein entmündigendes Herrschaftsinstrument, das die Massen, im Dienst der autoritären und paternalistischen CDU-Ideologie, vorsätzlich verblöde und domestiziere. Und so wenig Liebe auch von dieser Deutung der Intention des anachronistischen Altkanzlers abrücken musste, so entsetzt begriff er schließlich den bei weitem verheerenderen Sachverhalt: dass es nämlich gerade umgekehrt war: nur weil ein Großteil seiner Landsleute bereits (bzw. nach wie vor) infantil, schwachsinnig, sexualgestört, verblödet, domestiziert und entmündigt war und folgerichtig nach entsprechender Trash-Food gierte, verfing das geld- und machtgeile Kalkül der politischen und ökonomischen Gesellschaftsprogrammierer so überaus glatt.
Denn in jener Welt, von deren Existenz Liebe bis dahin auszugehen beliebt hatte, hätte ja ein einfacher Knopfdruck genügt, die politisch-mediale Conquista zu desavouieren: Stellt euch vor, Sat1 sendet und keiner schaut zu.
Doch diese Welt gab es nicht.
In Wahrheit hatten offenkundig das vergleichsweise anspruchsvolle humanistische öffentlich-rechtliche Fernsehen (und die *richtige* Literatur und die *richtige* Kunst und die *richtige* Musik und die *richtige* Presse ...), mit denen er groß geworden war, bereitwillige Blinde wie ihn lediglich in dem trügerischen Glauben gewiegt, dass selbstverständlich auch die Mehrzahl der deutschen Zuschauer (und Leser und Hörer) anspruchsvoll und human sei. Dabei, so sah er nun, hatten sie bloß, von einer winzigen Meinungsmacherclique entmün-

digt, jahrzehntelang keine andere Programmwahl gehabt. Denn sobald sie sie hatten, offenbarten sie sich sogleich als jene anspruchslosen, systemstützenden Spießer, deren dumpfe kindische Seelen sich seit jeher nach nichts anderem als Sex, Gewalt, Geld, Waren, Fun, Unsterblichkeit und Körperertüchtigung sehnten – eine Konditionierung, die man ihnen nicht einmal zum Vorwurf machen konnte (wohl aber dem Bildungssystem), die allerdings sehr wohl den naiven linken Glauben an die unaufhaltsame Emanzipierung des Menschengeschlechts konterkarierte, der sich dabei nebenher als mindestens gleichrangig spießig entlarvte. Denn manchmal, so gestand Liebe Gott gegenüber, zieht man offenbar vor, nicht zu glauben, was man weiß, um nur ja sein Weltbild nicht korrigieren zu müssen. Und sei etwas Spießigeres denkbar?
Er erinnerte an die Machtergreifung Kohls 1982 und an deren breite Bestätigung durch die Wähler im Jahr darauf. Schon damals habe er, fassungslos, in einer Betrachtung für eine kleine Literaturzeitschrift verzweifelt einen Filmtitel Kluges zitiert: Die Artisten in der Zirkuskuppel: ratlos[24], und dennoch lange nicht zur Kenntnis nehmen wollen, dass Kohl (den keine demokratischen, intellektuellen oder moralischen Qualitäten, sondern nur sein Machtgespür für ein politisches Amt empfahlen) die niederen Instinkte, die er populistisch bediente, keineswegs schuf, sondern nur gewissenlos traf und nutzte – indem er opportunistisch Geister rief, die er, Liebe, bis dahin für von der Geschichte endgültig beerdigt gehalten habe: Nationalismus, Rassismus, Chauvinismus, Egoismus.
Kohl als reaktionärer Tabubrecher? hatte Gott gegrinst.
Ja, hatte Liebe genickt, ja. Ein Entmythologisierer linker Illusionistik. Denn allzu viele von uns hatten sich in den 70er Jahren allzu bequem in der sozialliberalen Republik eingerichtet. In der Annahme, uns auf dem unaufhaltsamen Marsch ins gelobte Land zu befinden, leisteten wir uns gar den leichtfertigen Luxus, Helmut Schmidt als Gegner zu bekämpfen – nicht mit Gott, wohl aber mit einem imaginierten Volk auf unserer Seite, das zwar die wenigsten von uns kannten, aber gewiss, so die Illusion, gleichsam automatisch durch unseren eignen Marsch zu den lichten Höhen des Weltgeists ebenfalls emanzipa-

---

[24] Siehe „Wende", **Geschichten**

torisch erhoben würde – schließlich musste die Utopie in einem legitimen moralischen Fundament verankert sein. Dass auch ein Austilgen und Zurücknehmen des Erreichten möglich war, schien ganz undenkbar. Kohl bewies dann allerdings das Gegenteil. Er outete das tatsächliche Volk ...
... und verwendete es, ergänzte Gott.
Sicher, sagte Liebe, Mit dem Appell an niedere Instinkte und Ressentiments kann man Wahlen gewinnen, auch tote reaktionäre Mythen scheinbeleben, nur gewiss keine konstruktive Politik machen.
Das heißt, die Utopie lebt noch? lächelte Gott.
Selbstverständlich! strahlte Liebe, Völlig illusionslos. Love, peace and happiness! Was denn sonst, wenn man die Dinge nicht wieder den Killern überlassen will?

21
Auch darum hatte er Sigrid 1978 (und 1985, wortgleich, Agathe) mannhaft erklärt: Tut mir leid, ich bin nicht für den Dschungel gemacht! Wobei die Entschuldigung eine Lüge war, denn er hatte weniger seine allgemeine Wildnisuntauglichkeit bedauert als deren spezielle Konsequenz, die eine Fortsetzung des gemeinsamen Wegs unwahrscheinlich machte. Diese Ahnung stimmte ihn traurig, da er sich nur schwer von vertrauten Körpern lösen konnte.
Aber schon der zentrale Begriff war falsch, sah er später, es ging nicht um den Dschungel, sondern eben um ein Schlachtfeld, auch wenn Agathe (dank ihres Drogenkonsums und ihrer besseren intellektuellen Ausbildung stets eine Spur tiefgründiger als Sigrid und zudem auf der Höhe des postmodernen Diskurses) ihn lächelnd belehrt hatte: Der Schein der rationalistischen Moderne trügt: Wir sind im Dschungel, nach wie vor! Diese historische Kulturlandschaft, in der du dich so nett eingerichtet hast, ist nur eine dünne Schale über dem Chaos!
Und Sigrid, mit den Worten ihres aktuellen therapeutischen Gurus, der via Synthese von Urschrei, Tantra und ökologischem Gemüseanbau an nichts geringerem als der Rettung der Welt arbeitete, hatte sieben Jahre zuvor

schlichter, praktischer und bekümmerter ergänzt: Aber du bist tot, wenn du dich auf die Seite des Kopfs gegen den Bauch stellst! Also hatte Liebe sich für eine Weile, um das Ende zu verzögern, folgsam auf die Seite des Bauchs geschlagen und sich ein halbes Jahr lang zwei Mal wöchentlich von jenem Guru in Wort und Tat in die Mysterien der weiblichen Reproduktionsmaschinerie einführen lassen, denn um sie ging es letztlich, auch für den Mann, denn wo bitteschön kam er her?: aus einer Mutter! Und dorthin musste er wieder zurück, denn dort hatte alles Übel begonnen, das ihn zu diesem monströsen Krüppel gemacht habe, dessen plattem Rationalismus die entsprechend kaputte, todgeweihte Gesellschaft erst zu danken sei! Zurück also, die Geschichte auslöschen, um noch einmal von vorn zu beginnen, diesmal jedoch authentisch, unbefleckt, schmerzfrei und kopflos, endlich in Einklang mit den ewigen Zyklen des Kosmos. Alle aktuellen Schwierigkeiten nämlich, so hatte Liebe gelernt, die er (wie jeder) etwa mit seiner Partnerin, mit seinen Eltern, mit der Gesellschaft und dem Staat habe, seien in Wahrheit keine realen aktuellen Schwierigkeiten, sondern irreale historische, die die Gegenwart, das reine Hier und Jetzt, okkupierten und entstellten. Die Lösung: zwei Mal wöchentlich per konzentrierter Bauchatmung einen tüchtigen Sauerstoffrausch herbeiführen, der gestattete, sämtliche Stationen der eigenen Geschichte, vor allem frühkindliche, emotional nie bewältigt, erneut aufzusuchen, um sie ein weiteres Mal zu durchleben, doch diesmal zu meistern und damit endgültig loszuwerden – einfach das historische (kranke) Fühlen aus dem Bauch herauslassen, herausschreien, herausweinen[25], im Idealfall inklusive des eigenen Geburtserlebnisses: die ultimative Krönung der Befreiung, weil der ultimative Beginn allen Elends!
Freilich war diese fundamentale Heilung, diese autonome Selbsterschaffung ein langwieriger Prozess, und bedauernd hatte der Guru nach kurzer Analyse von Liebes Befindlichkeit eine Behandlungsdauer von immerhin fünf Jahren angesetzt – was Liebe angesichts des Ausmaßes seiner Zerstörtheit zunächst mit einem gewissen Stolz erfüllte, bis Sigrid unter Tränen gestand, dass für ihre Heilung lediglich zwei Jahre anberaumt waren.

---

[25] 5 Jahre nach John Lennons *Mother*

Das Problem, diese differierenden Prognosen terminlich abzustimmen, hatte sich dann aber, ganz aus dem Bauch heraus, in unerwarteter Weise gelöst, denn Sigrid hatte einfach eines Tages Nickie, einen ehemaligen Berufsboxer (Dschungelbewohner), der sie bei ihrem Kampfsporttraining mächtig beeindruckt hatte, in ihrer beider Bett untergebracht (Liebe zog ins Nebenzimmer und dachte wieder an die historische Irina). Und ein paar Wochen darauf hatte Wulf, ein Untermieter, eines Nachts das Bauernhaus, das sie nach den Hollandferien bezogen hatten, über ihren Köpfen angezündet, einfach weil er, seit zehn Jahren wegen einer manischen Depression unter Medikation stehend, auf Anraten von Sigrids Guru seine Tabletten abgesetzt hatte, um sich (wenn er denn tatsächlich er selbst sein wollte) endlich der repressiven Schulpsychiatrie zu entziehen. Woraufhin er freilich Dunkelheit und Stille der Nächte sowenig wie das Schlafen der anderen Hausbewohner mehr ertrug. Darum das kleine Feuer auf dem Dachboden. Nachdem er es gelegt hatte, war er zu einer Bekannten in die Stadt gefahren, Dach und Obergeschoss waren ausgebrannt, Sigrid, Nickie und Liebe von der Feuerwehr rechtzeitig geweckt worden, aber das gemeinsame Leben, das war ihnen klar, war vorüber. In der folgenden Nacht dann war Liebe, durch Schreie aus dem Schlaf gerissen, in Wulfs Zimmer geeilt und hatte den nackten muskelbepackten Nickie dabei angetroffen, den nackten fetten Wulf, den Brandstifter, den potentiellen Mörder totzuschlagen, coldblooded, professionell, wie Liebe an dem unförmigen blutenden Fleischkloß, der der Untermieter war, feststellte. Beinahe hätte Liebe, selbst berührt von Barbarenideologie, dem starken Bedürfnis nachgegeben, die beiden einfach dem Dschungel, der ihr Glaube war, zu überlassen, Wulf dem Tod, Nickie dem Gefängnis, ehe er dann doch, sich seiner Kopfmittel entsinnend, den Boxer aus dem Zimmer hatte hinausreden und in das Bett von Sigrid geleiten können, die mit glänzenden Augen das Blut an seinen Händen musterte.

Trotzdem hatte Liebe, mittlerweile in Köln, sie drei Monate später, als sie zu ihm zurückkam, keineswegs abgewiesen (er trennte sich schwer von vertrauten Körpern). Sie hatten vielmehr sogleich die gemeinsame Auswanderung nach Griechenland in die Wege geleitet (ein neues Leben), und im August war Liebe, nachdem das letzte Geld in Sigrids Flugticket für September investiert war, mit dem gesamten Hausrat vorausgefahren und hatte in Piräus sowohl eine Wohnung als auch Arbeit für sie beide gefunden. Sigrid wollte in Deutschland noch einen Englischcrashkurs absolvieren, um sich in Griechenland verständigen zu können. In einem Brief hatte sie ihm dann kurz vor der geplanten Ankunft mitgeteilt, sie habe sich in ihren Englischlehrer verliebt, da könne man halt nichts machen. PS: Ich brauche aber dringend meine Sachen zurück. Würdest du bitte dafür sorgen?[26]

22

Das Fatale an solchen Leuten sei, so hatte Gott amüsiert Liebes Bericht kommentiert, dass sie aus einer an sich richtigen, wenngleich banalen Einsicht die abwegigsten Schlüsse zögen. Immerhin wüsste jede Hausfrau (und jeder Gärtner) seit Menschengedenken, was auch moderne Physiker und Chemiker allmählich zur Kenntnis nähmen: dass nämlich jede menschliche Ordnung äußerst labil sei und allzeit Gefahr laufe, in den stabilsten aller Zustände, den des Chaos, zurückzugleiten. Trotzdem kenne sie keine fähige Haushälterin, die darum die Dinge fortan sich selbst überlasse – und das nicht etwa, um das innere Chaos durch eine pedantische äußere Ordnung zu vertuschen, sondern um es in konstruktiver Weise überhaupt lebbar zu machen.
Ein Plädoyer für das Bürgertum? hatte Liebe gespöttelt.
Für den Citoyen, kam ihre Antwort, nicht für den Bourgeois. Denn es sei verblendet, im Namen der natürlichen Freiheit jede Ordnung gerade in ihren fanatischsten Vollstreckern zu diskreditieren oder umgekehrt im Namen der unverzichtbaren Ordnung alle Freiheit in ihren fanatischsten Chaoten. Dabei bleibe die vielschichtige menschliche Wirklichkeit nur auf der Strecke.
Aber wie wird man ihr gerecht? hatte Liebe wissen wollen. Vielleicht indem man die Dinge vorsätzlich in der Schwebe lässt, hatte Gott sinniert, In einem, zugegeben mühseligen, doch fruchtbaren provisorischen Zustand, der beide, Chaos und Ordnung, angemessen berücksichtigt! Nur so entstünde, das we-

---

[26] Erst 2 Jahre später hatte Liebe mit verschiedenen Jobs genug Geld verdient, um in die BRD zurückkehren zu können – siehe **Schotts Mitteilungen von einem unbewohnten Planeten**.

nigstens ihre Erfahrung, lebbare Freiheit, während sich jeder, der sich ausschließlich der einen oder der anderen Seite, dem Kopf oder dem Bauch, verschreibe, in einen finsteren totalitären Kerker sperre!
Ein Votum für die Erhellung?
Selbstverständlich! sagte Gott, Vor allem freilich für die Erhellung des Bauchs. Denn entgegen dem schwärmerischen alternativen Zeitgeist sähe sie die Ursachen der allermeisten Probleme der Moderne eher in einem Manko der Vernunft, nicht der Irrationalität oder der Emotionen. Oder hast du, fragte sie, den Eindruck, in Auschwitz, in Hiroshima, in der Überbevölkerung, in der Verteilung des Wohlstands, in der Zerstörung der Umwelt, im Rassismus, im Nationalismus, im Sexismus, in der kulturellen und gesellschaftlichen Infantilisierung oder etwa in der CDU offenbare sich nun ausgerechnet ein Defizit an irrationaler Verdunklung?
Selbstredend eine rhetorische Frage, und Liebe, von der Gewalt der Assoziationen bedrängt, hatte nur erschöpft den Kopf geschüttelt, was aber Gott, in Rage, nicht hinderte, vehement in ihren Überlegungen fortzufahren, denn, und da spräche sie auch als gelernte Theologin, von einem Erwachsenen verlange sie, gefälligst mit der Unlösbarkeit des großen Rätsels unter den Füßen zu leben und dennoch zugleich die Dinge, die auf dem gemeinsamem Boden stattfänden, vernünftig zu regeln!

Das muss man einfach aushalten!, sagte sie und erzählte von einem früheren Geliebten, Marco, der nach einem LSD-Trip überzeugt war, Gott – den alten, zwinkerte Gott – gesehen zu haben. Fortan habe er all jene, die eine ähnliche Erfahrung nicht teilten oder die seine bezweifelten, zunächst belächelt, dann verachtet, ebenso natürlich die profanen Dinge, die deren Leben ausmachten, während seines sich nun um das Wesentliche drehte, um die Wiederholung der Erfahrung, eine Weile noch via Drogen, dann aus Kostengründen über fernöstliche Exerzitien bewerkstelligt, die zum gleichen gewünschten Ziel führten: zu Gott eben. Finanziert wurde seine Unternehmung schließlich von ein paar Jüngern, die er dank seiner autoritären Einsilbigkeit gewonnen hatte, nach der wiederum sie süchtig gierten.
Aber was zum Teufel, raffte sich Liebe auf, hatte er *gesehen*?

Einen Ausweg aus seiner irdischen Misere, die u.a. aus einem engherzigen Elternhaus, einer infantilen Geltungssucht, einer Neigung zur Fettleibigkeit, einem absurden Machismo und einer paralysierenden Angst vor wirklicher Begegnung mit anderen bestand.
Nicht Gott? spottete Liebe.
Gewiss nicht, lächelte sie, Einer der lautersten deutschen Mystiker, Meister Eckhardt, beileibe kein Atheist, hat sein Gott-Erleben am Ende kongenial nur mit dem Begriff „Nichts" beschreiben können. Alles andere ist Babysitten.
Und der bestirnte Himmel über uns?
Nach wie vor das Rätsel, sagte Gott, Ungelöst, unlösbar, Kierkegaards schweigendes All.
Erschreckt es dich wie ihn? wollte Liebe wissen.
Im Gegenteil, erläuterte Gott, Erschreckend wäre, wenn die Lösung tatsächlich so provinziell irdisch wäre wie das schamanistische, das christliche, das jüdische, das islamische, das buddhistische, das hinduistische, das esoterische oder das naturwissenschaftliche Modell nahelegen. So bleibt es wenigstens offen.
Für das Provisorium?
Genau, bekräftigte Gott, Eine angemessene Landschaft für Menschen. Oder?

23
Erneut eine rhetorische Frage – und Liebe hatte sogleich an die wohlgemuten Sieger des Kalten Kriegs denken müssen, die seit 1989 gerade die Beseitigung sämtlicher bis dahin wirksamer Provisorien jubilierend zu feiern beliebten: der Teilung Berlins, der Teilung Deutschlands, der Teilung Europas, der Teilung der Welt – aus ihrer Sicht in der Tat Gründe zum Feiern, hatte doch die künstliche ideologische Mauer (der Eiserne Vorhang) die gleichsam natürliche Ausbreitung des sublimierten kapitalistischen Dschungels allzulange verhindert. Sie feierten die erlösende Eröffnung des globalen Marktes, nichts weiter. Denn das Reich des Bösen hatte sich ja nicht etwa durch seine diktatorische, polizeistaatliche Verfasstheit oder seine Missachtung der Menschenrechte oder seine miefige Kitsch-Kultur diskreditiert, nein, widernatürlich, kriminell, ja,

satanisch war seine verblendete Weigerung gewesen, die gottgegebenen Gesetze des freien Wirtschaftens anzuerkennen. Damit hatte es, verflucht nochmal, 70 Jahre lang die messianische Ankunft der Menschheit im Reich ihrer wahren Bestimmung blockiert! Und wenn das kein Grund war, es wegzufegen ...!
Aber indem nun der geschichtliche Auftrag so zufriedenstellend erfüllt war, sei nebenher auch die Geschichte selbst, wie man aufatmend dekretierte, an ihr gefälliges Ende gelangt. Denn wohin, bitteschön, sollte die Menschheit jetzt noch wollen, wo sie doch, befreit von allen trügerischen Alternativen, endlich ihr Ziel erreicht hatte: als *ein* Volk (one mankind) in *einem* Reich (one world) *einem* Führer (one Superpower) dankbar und bedenkenlos zu folgen[27]. Der lange missionarische Treck westwärts, den Globus umrundend, war glücklich zu seinem Ausgangspunkt zurückgekehrt, der Kreis geschlossen, die historische Zeit aufgehoben und die ewige Frage nach einer besseren Zukunft ein für allemal beantwortet. Punkt.
Liebe begrüßte durchaus den Zusammenbruch der kommunistischen Regimes. Freilich war er überzeugt, dass mit diesen auch die kapitalistischen, als die andere Seite der gleichen Münze, der industriellen Massengesellschaft nämlich, historisch hätten abtreten müssen, zugunsten einer tatsächlich freien, gerechten, solidarischen Globalgesellschaft. Aber den Kreuzrittern des Wettbewerbs (auch dem der Systeme) ging es selbstredend nicht um die Verbesserung der Lebensbedingungen ihrer Artgenossen, sondern um den ideologischen Sieg, von dem sie sich umso nachhaltigere Vorteile versprachen, je dauerhafter er die bestehenden Verhältnisse festschrieb. Darum ihr wahnwitziger Jubel über sämtliche überwundenen Provisorien und die definitive Ankunft in einer letztgültig entgrenzten Gegenwart, in der sie sich auf immer hemmungslos würden austoben können.
Selbst eine kritische europäische Kulturzeitschrift (Lettre International) hatte ihre Leser 1998 mit der Ausschreibung eines Preises gelockt, die entscheidende Frage der Epoche umgehend zu beantworten: *Die Zukunft von der Ver-*

---

[27] Dass der genial-dreiste Bill Gates die Welt auch noch *einem* Betriebssystem unterwerfen wollte, lag nur nahe.

gangenheit befreien – die Vergangenheit von der Zukunft befreien? Dass ein solcher Vorschlag im neuen, vereinten Deutschland jederzeit als willkommener Jungbrunnen begrüßt würde, der mal wieder von der moralischen Altlast des 3. Reichs reinwasche, hätte Liebe nicht verwundert. Dass dann aber ausgerechnet ein Schriftsteller süffisant dafür plädierte, endlich Schlussstriche unter die dunklen Kapitel der deutschen Geschichte zu ziehen, würde ihn gewiss erstaunt haben (schließlich bestand der Sinn eines Autors darin, Geschichte zu erzählen), wäre dieser Schriftsteller nicht eben Martin Walser gewesen.

Liebe jedenfalls, in Geldnot, hatte sich zunächst an dem Wettbewerb beteiligen wollen (auch in Solidarität mit entsprechenden historischen Bemühungen Rousseaus und Schopenhauers), dann aber davon Abstand genommen, weil ihm die Antwort, die er umgehend fand, allzu kurz erschien, um sein Geldproblem zu lösen: *Antwort: Nein.*

Begründung: Da es die eine (Zukunft/Vergangenheit) nicht ohne die andere gibt, kann man keine von der anderen befreien, ohne damit beide zu annullieren.

Beispiel: Heute war gestern Morgen und wird morgen Gestern sein.

Schluss: Ohne Gestern und Morgen kein Heute.

Anmerkungen: Einziger dauerhafter menschlicher Zustand, der von Vergangenheit und Zukunft befreit: Der Tod.

Einzige bekannte Welt, in der die genannten Bedingungen unerheblich sind: die menschenleere Wildnis.

24

Gegen wen spielt ihr denn heute? hatte Liebe, ein Fußball-Länderspiel im Kopf, seinen Nachbarn Fred Bauknecht, der aus seinem Wohnzimmerfenster gerade ordentlich eine schwarz-rot-goldene Flagge wehen ließ, am Mittag des 3. Oktober 1990 gefragt, als er ihn beim Fensterputzen aus den Augenwinkeln erspähte.

Wieso Spiel? hatte der verdutzt zurückgefragt.

Italien oder Holland ...? hatte Liebe geraten.

Nix Italien oder Holland! hatte sich Bauknecht empört, Heute ist Vereinigungstag!
Das ist nicht wahr! hatte Liebe zwinkernd gestaunt, Ist Lisa tatsächlich zu dir zurückgekommen?
Wie bitte? hatte Bauknecht entgeistert erwidert, Was hat das denn mit Lisa zu tun?
Was? hatte nun Liebe wissen wollen.
Was!? hatte Bauknecht verärgert wiederholt, Die deutsche Einheit natürlich!, heute wird gefeiert! Hast du das verschlafen?
Nein, nein, hatte Liebe gebrummt und sich wieder seinen Scheiben zugewandt.
Aber? hatte nun Bauknecht auf Klärung bestanden.
Was aber?
Ja, berührt dich denn garnichts mehr?! hatte Bauknecht gefragt.
Das ganz bestimmt nicht, hatte Liebe nach kurzem Nachdenken geantwortet.
Klar, hatte Bauknecht (24) aufgetrumpft, Ihr Linken seid ja dagegen!
Darf man das nicht? hatte Liebe sich erkundigt.
Doch, doch, hatte der Nachbar gönnerhaft gestattet, Aber ihr werdets auch noch lernen ...
Liebe, statt mit James Dean *Und was ist, wenn ich es garnicht lernen will?* zu antworten, hatte bloß gefragt: Was?
Dass man verdammt leicht überrollt wird, wenn man zu den ewig Gestrigen gehört! klärte Bauknecht auf.
Liebe, der die Geschehnisse seit dem Herbst 89 sehr genau verfolgt hatte, wollte einen Augenblick lang wütend klarstellen: Mein Junge, du wirst dich noch wundern, in welchem Gestern du mit deinem vereinten Deutschland landen wirst!, zog es dann aber doch, von der Vergeblichkeit der Mühe überzeugt, vor, weiter das Fenster zu putzen.
Bauknecht, seine Flagge letztgültig drapierend, verabschiedete sich endlich mit der gestrengen Mahnung: Denk dran: Wer zu spät kommt, den bestraft das Leben!, worauf sein Kopf aus der Öffentlichkeit verschwand ... – ... um allerdings sogleich mit der Frage wieder aufzutauchen: Heißt das, du gehst heute Abend nicht raus feiern?

Natürlich, hatte Liebe gesagt.
Kannst du dann vielleicht noch mal einen Blick auf meine Arbeit werfen? bettelte Bauknecht.
Seit 6 Wochen warf Liebe Blicke auf Bauknechts germanistische Magisterarbeit, korrigierte, formulierte, strukturierte. Sicher, antwortete er.
Danke, Bauknecht zögerte, brachte es dann aber doch heraus: Lisa kommt nicht wieder zu mir zurück, was?
Ich glaub nicht, Fred, schüttelte Liebe den Kopf.
Okay, sagte Bauknecht, Bis gleich.

Zehn Jahre später war Bauknecht längst nicht mehr Liebes Nachbar, wohl aber häufiger sein Kunde, denn er war nach der Promotion als sogenannter Editing Manager in einem Kölner Verlag untergekommen und versorgte Liebe seither regelmäßig mit Lektorats- und Korrektoratsaufträgen. Diese freiberufliche Tätigkeit kam Liebe insofern entgegen, als er sie, unbehelligt von den Einschränkungen eines angestellten Arbeitsplatzes, zuhause erledigen konnte; außerdem lernte er so die Herstellung von Büchern aus einer anderen, materielleren Perspektive als der des Autors und Lesers kennen und zugleich die einschneidenden Veränderungen des Verlagswesens im Zuge von Globalisierung und Digitalisierung.

Der Verlag, in dem Bauknecht arbeitete, publizierte in erster Linie gut gemachte Bilderbücher für Erwachsene aus den Gebieten Kochen, Reisen, Hobby, Fachbuch, Kinder, Kultur, Lifestyle (in Branchenkreisen *The Big Seven* genannt, sprich todsichere Treffer), zu drei Vierteln Lizenzausgaben aus dem Englischen, alles in hohen, mehrsprachig vertriebenen Auflagen. Innerhalb von nur 5 Jahren hatte sich das neugegründete Unternehmen unter den 10 umsatzstärksten deutschen Verlagen platziert. Der smarte autoritäre Verleger, Ende 30, gelernter Vertriebsmann, der mit seinen Angestellten über das freundschaftliche Du kommunizierte, hatte sein Erfolgsrezept in einem Interview der Lokalzeitung einmal auf die prägnante Formel *Cover, Subject, Price* gebracht und stolz ergänzt, dass sein Haus alle Dinge umgehe, die sich negativ auf den Preis auswirkten – allerdings unerwähnt gelassen, dass dazu (abgesehen vom Drucken und Binden der Bücher in Billiglohnländern) vor allem die Bezahlung der freien Mitarbeiter vom Schlage Liebes beitrug. Denn tatsächlich hatten Globalisierung, De-Regulierung und die elektronischen Medien Verlage wie diesen in die Lage versetzt, das konventionelle Personal (Lektoren, Redakteure etc.) drastisch zu verkleinern und durch fachlich unbelastete (und weder von Betriebsräten noch Lohntarifen geschützte) Buch-Manager zu ersetzen, die die Herstellung der Titel (bis zur Druckvorlage) freiberuflichen Producern übertrugen, die ihrerseits für jedes Projekt freiberufliche Setzer, Übersetzer, Lektoren und Korrektoren engagierten. All diese wahrhaft Befreiten, in keiner Weise gegenüber den Verlagen organisiert, buhlten zwangsläufig in ständiger Konkurrenz zueinander um die Aufträge solch fitter, schlanker, globaler Unternehmen, die genüsslich die Preise für die in Auftrag gegebenen Dienstleistungen diktieren, sprich kontinuierlich senken konnten.

Bauknechts Verbleib in seiner Position als Abteilungsleiter zum Beispiel war auch davon abhängig, dass er das knappe Budget, das ihm für die Herstellung der von ihm betreuten zahlreichen Titel zugewiesen war, tunlichst nicht ausschöpfte, sondern durch das Heranziehen der billigsten Freiberufler merklich unterschritt.

Liebe's anfängliche Hoffnung, dass ihm die Qualität der Textarbeit, die er lieferte, einen gewissen Spielraum beim Aushandeln der Verträge einräumen würde, hatte Bauknecht rasch mit dem Hinweis erledigt, Liebe solle bitte nicht vergessen, dass es Lektoren „wie Sand am Meer" gäbe – zum anderen hatte Liebe selbst entdeckt, dass im Sinne des Verlags ein guter Text war, was die Leerräume zwischen den Fotografien und Abbildungen möglichst bis zum Rand, gleichsam selbst nicht mehr als ein Bild, füllte. Weitere Bedingungen waren absolute Dudentreue sowie ein Seminaristen-Einheitsstil, der sich der universitären, geisteswissenschaftlichen Herkunft der Editing Manager verdankte.

Anlässlich des Erscheinens eines voluminösen Bandes über die Jagd in Europa, an dem Liebe mitgearbeitet hatte, war er von Bauknecht zu einer kleinen Feier in ein teures Kölner Restaurant mitgenommen worden. Der anwesende Verleger, jungenhaft, hyperaktiv, eine lange Havanna zwischen den Fingern und erlesenen Rotwein vor sich, begrüßte Liebe mit den warmen Worten „Jetzt gehörst du also auch zur Familie", um dann in einer kleinen Ansprache zu dem Schluss zu kommen, dass er auf dieses Buch besonders stolz sei, weil es seine kämpferische Sicht der Dinge nur bestätige: Nichts gegen die urzeitlichen Sammler, die Ahnen unserer Hausfrauen, rief er mit Verve – aber das Jagen sei doch eine bei weitem fundamentalere und, Entschuldigung die Damen, männlichere Sache! Im freien Spiel der Kräfte gewänne halt der Bessere! Alles andere sei Kinderkram!

Abgesehen davon, dass er die Rolle des Wilds bei der waffenbestückten Jagd kaum für eine freie und spielerische zu halten vermochte, dachte Liebe: Da hat er tatsächlich den Kapitalismus auf den Punkt gebracht. Und auch Bauknecht, angetrunken, als sie anschließend gemeinsam in der Straßenbahn saßen, hatte betroffen gegrübelt: Der trifft echt immer wieder den Punkt ...

Liebe hatte Bauknechts bewundernden Tonfall bemerkt und nachgehakt: Wie bitte?

Der ist so alt wie ich! hatte Bauknecht gejammert.

Und?

Was der alles geschafft hat ...!

Geld, hatte Liebe geantwortet, Nichts weiter.

Nichts weiter? höhnte Bauknecht, Der ist frei, Liebe, das ist doch das entscheidende ...

Ja, hatte Liebe genickt, Ein eitler Despot, der dich duzt. Großartig! Ist das dein Lebenstraum?

Hör auf mit diesem Moralscheiß, hatte Bauknecht müde abgewinkt und seine Stirn an die schmutzige Scheibe gelehnt, Es geht um Erfolg. Alles andere ist Kinderkram ...

Auf dem Heimweg durch die menschenleere Venloerstraße entsann sich Liebe einer Passage in besagtem Jagdbuch: in einem Abschnitt über die Evolution des Tierreichs war davon die Rede gewesen, dass die opportunistischsten Arten auch die erfolgreichsten waren. Ein Gesetz.

Was zum Teufel aber, so überlegte Liebe, war Erfolg? Im biologischen Sinne offenbar das möglichst lange Überleben einer Art, das, unter der Perspektive des Kampfes, umso sicherer schien, je mehr sie sämtliche konkurrierenden Arten dominierte. Fressen oder gefressen werden. Eine Besonderheit der Gattung *homo*, dass sie diese Strategie auch auf die eigenen Reihen anwandte: Jenes Individuum galt als das erfolgreichste, das möglichst viele Artgenossen real oder metaphorisch ausstach: die Konkurrenten um einen Job, ein Amt, eine Rolle, einen Partner, eine Weltanschauung, ein Renommee. Und auch wo kein Blut floss, war der Sieger auf diese oder jene Weise stets ein Killer, denn mit seinem Erfolg schaltete er den Mitbewerber aus, machte ihn zunichte und sich selbst an seiner Stelle breit. Wem ein solches Erfolgserlebnis an der einen Front versagt blieb, der suchte es sich halt an einer anderen.

Wie Bauknecht. Seit Lisa ihn vor 10 Jahren zugunsten eines anderen verlassen hatte, sah er sich unfairerweise an der Weitergabe seiner Gene gehindert. Stellvertretend dafür hatte er sich durch ungetrübten Opportunismus nicht allein eine gutdotierte Stelle verschafft, die ihm eine gewisse Machtposition über Untergebene und freie Mitarbeiter einräumte, sondern sich vor allem eine (ebenso opportunistische) Ideologie angeeignet, die ihm früher oder später gewiss auch wieder die geeignete unterwürfige Frau zuführen würde, die den Fortbestand seiner Killer-Gene garantierte.

Und eben das, setzte Liebe Bauknecht am folgenden Tag in einer E-Mail auseinander, ist der Kapitalismus: er überträgt, sich selbst gleichsam natürlich legitimierend, das biologische Modell auf die menschlichen Beziehungen, basierend auf den Dogmen:

1.: Leben ist Kampf (und jedes Mittel recht),
2.: Es ist legitim, dass sich der Stärkere (bzw. Opportunistischste) durchsetzt,
3.: Alle Bemühungen um Frieden, Gerechtigkeit, Fairness sind wider die Natur und beschneiden die menschliche Freiheit.

Hast du es endlich kapiert? hatte Bauknecht zurückgemailt.
Schon länger, so Liebes Antwort, Die Frage ist nur, ob du es kapierst.
Frage Bauknecht: Was?
Antwort Liebe: Dass du einer Diktatur das Wort redest.
Bauknecht: Wie bitte? Es geht um Freiheit!
Liebe: Steht dir frei, zu essen, zu trinken, zu sterben?
Bauknecht: Was soll das?
Liebe: Das ist Natur. Kein Entrinnen!
Bauknecht: Quatsch! Wir sind keine Tiere!

Liebe: Eben.
Bauknecht: Und?
Liebe: In unseren Händen wird Natur zur Barbarei. Dein Kapitalismus!
Bauknecht: Und dein Sozialismus?
Liebe: Kunst. Oder Kultur. Politische Kultur. Wir schaffen uns unsere Verhältnisse und Werte selbst, darin liegt unsere Freiheit.
Bauknecht: Die Freiheit des Irrtums!
Liebe: Die Freiheit des Provisoriums.
Bauknecht: Und die Risiken?
Liebe: Hältst du dich auf dem Schlachtfeld für sicherer?
Bauknecht: Hängt von meiner Stärke ab.
Liebe: Macht man dir weis!
Bauknecht: Nein, erlebe ich tagtäglich.
Liebe: Der Verleger?
Bauknecht: Sicher.
Liebe: Der steht für nichts.
Bauknecht: Doch. Für Erfolg.
Liebe: Für Haben.
Bauknecht: Mehr will ich auch nicht!
Liebe: Was denn: Geld? Anerkennung? Frauen?
Bauknecht: Du etwa nicht?
Liebe: Nein, nicht als Ziel.
Bauknecht: Du lügst.
Liebe: Wie kommst du darauf?
Bauknecht: Jeder will das!
Liebe: Damit beruhigst du nur dein Gewissen.
Bauknecht: Brauche ich nicht, solange ich Leuten wie dir ein hübsches Einkommen verschaffe!
Liebe: Mein Geld verschaffe ich mir durch meine Arbeit, Freddy!
Bauknecht: Tatsächlich? Heißt das etwa, ich soll mir für unser Australien-Buch einen anderen Lektor suchen?
Liebe: Leck mich!

25

Da er dringend seine Blase hatte entleeren müssen, war Liebe auf seinem Heimweg am Abend zuvor in den STADTGARTEN eingekehrt. Als am benachbarten Urinal ein korpulenter Mann wütend fluchte: Scheiß Prostata!, schaute er grinsend hin.
Wie stehts mit deiner, Liebe? grinste König zurück.
Versuchs mal mit Kleinblütrigem Weidenröschen, riet Liebe, 2 Becher Tee täglich vor dem Essen, jeweils 2 gehäufte Teelöffel 10 Minuten ziehen lassen.
Isst du nur zweimal am Tag? erkundigte sich König gutgelaunt, während sie sich gleichzeitig die Hosen zuknöpften.
Du etwa nicht? fragte Liebe und klopfte seinem früheren Schulgenossen auf den Bauch.
Gewiss doch, nickte der, während sie die Treppe zum Lokal hochstiegen, Darum muss ich jetzt noch eine Kleinigkeit zu mir nehmen. Kommst du mit?
Gern, sagte Liebe, dem König nach den Erlebnissen des fundamentalen Abends beinah wie ein Hippie erschien.
Wie lange ist es her? fragte der.
7 oder 8 Jahre, antwortete Liebe.

Nachdem König sich an der Theke einen Thunfisch-Salat bestellt hatte, führte er Liebe zu einem Tisch, auf dem ein transparenter Apple-Laptop flimmerte.
Bin sofort fertig, sagte er, Nur noch ein Satz.
Liebe bestellte sich ein Wasser und einen Espresso.
Was schreibst du denn? fragte er König, der den Laptop ausschaltete, zuklappte und neben sich auf den Boden stellte.
Ne Tanzkritik für den 3. WDR-Hörfunk, sagte König, während er sich über den Salat hermachte.
Was hast du denn gesehen?
Nix, grinste König, Oder vielmehr: die Proben. Die Premiere findet gerade nebenan statt.
Darum ist es so leer hier, sinnierte Liebe.
Ja, schmatzte König gutgelaunt, Aber ich mach mir nichts aus Tanz.
Und wie fällt deine Kritik aus? schmunzelte Liebe.

Hervorragend, prustete König los, Ich versuche seit Wochen, die Choreographin rumzukriegen.
Wann wird gesendet? fragte Liebe.
Morgen früh, 8 Uhr 30. WDR 3, Mosaik.
Dann müsste es morgen also klappen?
Ja, sagte König, Weitere Asse hab ich nicht zur Verfügung.
Ich werds mir anhören, versprach Liebe.
Sie grinsten rauchend vor sich hin.
Hast du vielleicht noch ein paar andere Hausmittelchen? erkundigte sich König dann, In unserem Alter muss man was für sich tun, fürchte ich!
Das stimmt, nickte Liebe, Zumal Tänzerinnen ziemlich fit sind.
Du sprichst aus Erfahrung?
Ja.
Und was rätst du mir? Die Fünf Tibeter?
Keinesfalls, denn der Erste ähnelt dem wenig bekannten Sechsten, der aber impotent macht.
Darauf werde ich beizeiten zurückkommen. Aber im Ernst ...
Okay, sagte Liebe, Fang den Tag mit einem Esslöffel Olivenöl an, dann der Weidenröschen-Tee, dann ein Glas Wasser, dann eine Banane, dann erst Zigaretten und Kaffee. Nach einer Weile wird deine Verdauung ausgezeichnet funktionieren.
Okay, sagte König, der mitschrieb, Was dann?
Zur Entspannung und zum Klarwerden ein paar leichte Übungen, der sogenannte Gruß an die Sonne. Ist in jedem Yoga-Buch beschrieben.
Dauert das lange? fragte König.
So lange du magst, sagte Liebe, 2 Minuten oder 15. Das Pendant dazu ist der Gruß an den Mond, für den Abend.
Okay. Weiter.
10 Minuten Laufen.
Ich wohne in der Innenstadt, Liebe!
Dann lauf in deiner Wohnung auf der Stelle.
Sehr gut. Noch was?
Kauf dir eine Reckstange, die du in den Türrahmen klemmst.

Wofür das?
Klimmzüge. 10 wären nicht schlecht.
Das reicht wohl, hoffe ich, stellte König fest.
Schon, sagte Liebe, Vorteilhaft wäre allerdings, wenn du ein wenig die Bauchatmung einüben würdest.
Wie geht das?
Zunächst am besten im Liegen. Atme tief in den Bauch ein, halt den Atem lange an und atme dann langsam wieder aus, etwa im Verhältnis 1 : 4 : 2.
Wozu ist das gut?
Zur Entspannung und zur Stärkung deiner Libido. Und wenn du beim Einatmen noch die Schließmuskeln zusammenziehst und beim Ausatmen wieder löst, kräftigst du deine Prostata und beugst Inkontinenz vor.
Und bei Kopfschmerzen?
Aspirin.
Und gegen verstopfte Nebenhöhlen?
Ein Entschleimungsmittel. Gelomyrtol etwa.
Und zur Entspannung?
Johanniskraut. Oder Kawawurzel. Oder einen Joint.
Klasse, Liebe! strahlte König und ging seine Notizen nochmal durch, Ich schließe daraus, dir geht es großartig?
Wenn ich von meiner chronischen Bronchitis, meiner chronischen Magenschleimhautentzündung, meiner vergrößerten Prostata und meiner Migräne einmal absehe, ja ...
Was ist denn hier los? tönte da hinter Liebe eine Stimme, und König, errötend, sprang sofort auf: Zwei 50-Jährige tauschen Rezepte aus! rief er fröhlich – Utah, das ist mein alter Freund Liebe, Liebe, das ist die Choreographin Utah Anders!
Utah kam um den Tisch herum, Liebe stand auf, sie schüttelte unmerklich den Kopf, als er ihr die Hand gab, dann setzte er sich wieder, und Utah, nachdem König ihr einen Stuhl herangezogen hatte, nahm zwischen ihnen Platz. Liebe wurde erst jetzt gewahr, dass das Lokal mittlerweile voller Menschen und Getöse war, die ihm erlaubten, Utah und König einen Moment zu ignorieren. Da standen die beiden schon wieder auf. Die Premierenfeier ist eine Straße

weiter beim Spanier, Liebe, informierte König, seinen rechten Arm um Utahs Hüfte legend, Du bist herzlich eingeladen!
Danke, König, sagte Liebe, der sich ebenfalls erhob, Aber ich hab schon eine Feier hinter mir. Das reicht.
Gut, sagte König und schnappte seinen Laptop und seine Jacke.
Du musst noch bezahlen, erinnerte Utah.
Ich mach das, sagte Liebe.
Danke, sagte König, Bis dann.
Okay, sagte Liebe.
Tschüss, Herr Liebe, sagte Utah.
Tschüss, Frau Anders, sagte Liebe.
Als er die Rechnung endlich beglichen hatte und ins Freie geflohen war, verspürte er kurz den Impuls, zu dem spanischen Restaurant hinüberzulaufen und durch die leuchtenden Fenster hineinzustarren. Dann wurde ihm klar, dass er schon allzu oft die Wohnsitze seiner ehemaligen Geliebten umschlichen hatte, um sich an dem Schmerz zu weiden, von dem Leben hinter den Scheiben ausgeschlossen zu sein. Also gestattete er sich lediglich ein paar Umwege durch Ehrenfeld, um die endgültige Rückkehr in seine verlassene Wohnung zu verzögern. Ausgerechnet König!, haderte er dennoch bei sich. Dabei hatte Utah ihm häufig und selbst nach der Trennung noch, brieflich, tröstend versichert: Du wirst auf immer mein einziger Mann sein! Und bei ihrer letzten Begegnung hatte sie seiner Vorhaltung, dass sie der erstbesten Frau wegen, die ihr über den Weg liefe, ihrer beider Zukunft zerstöre, voller Verachtung entgegengeworfen: Ich brauche keinen Schwanz!
Doch das war eine andere Geschichte.

26 Eine andere Geschichte

```
Für die meisten Zuschauer hatte Liebe sich bereits mit
jener fiktiven Affäre in ein moralisches Abseits begeben,
die seiner Liebschaft mit Utah Anders unmittelbar voraus-
ging. An einem öden Sonntagnachmittag nämlich, zwischen
den Fernsehprogrammen zappend, sah er jählings in Nahauf-
```

nahme eine Tennisspielerin vor sich, die während einer
Matchpause am Spielfeldrand auf einem Stuhl saß und vorn-
über gebeugt an ihrem linken Schnürsenkel nestelte, so
dass er auf ihren blonden Scheitel blickte. Nun lehnte
sie sich zurück und zeigte ein schmales, energisches und
strenges Gesicht mit Linien, die von den Nasenflügeln zu
den Mundwinkeln liefen; ihre Augen waren hinter der un-
scheinbaren Brille nicht deutlich zu erkennen, doch als
die Frau sie abnahm, um sich mit einem Handtuch den
Schweiß abzuwischen, war ihr Gesicht plötzlich unerwartet
sanft, offen und klug, die Miene ohne Pose, ungeschützt,
der Blick verletzt und spöttisch zugleich. Liebe war sogleich gefangen (eine Gezeichnete!), und als die Tennisspielerin nach dem Hinweis des Schiedsrichters auf die
verstrichene Pause die Brille wieder aufsetzte, den
Schläger nahm, aufs Spielfeld zurückkehrte und dort ihr
Match überlegen gewann, fand er ihren muskulösen, sehni-
gen Körper und ihre schnellen kraftvollen Bewegungen
ebenso anziehend wie zuvor ihr Antlitz. Und schon bei
dieser ersten Begegnung sah Liebe diese erotische Kombination zwischen Härte und Anmut auch in ihrem Spiel wirksam: denn obschon zweifelsfrei auf den Sieg aus, schien
sie doch zugleich auf die Schönheit des Spielgeschehens
bedacht und bemüht, ihm auch die Qualitäten der schwäche-
ren Kontrahentin zugute kommen zu lassen. Allerdings deutete Liebe ihre Mimik und Körpersprache dahingehend, dass
sie trotz dieser anspruchsvollen Doppelrolle (Protagonis-
tin und Regisseurin) kaum mit der fairen Sympathie des
Publikums rechnete - und fand erstaunlich, dass sie vor
dieser Einschätzung nicht in die Knie ging noch sie kokett ignorierte. Ihre Haltung erschien Liebe (pathetisch
wie jeder Entflammte) vielmehr als jener alltägliche,
uneitle Heroismus derer, die ehrlich zu leben wünschten.
Grund genug für ihn, Martina Navratilova zu lieben, ungeachtet der Häme einiger Bekannter, die ihn sogleich auf-
klärten, dass sie eine bekennende Lesbe sei (als würde
die abweichende sexuelle Konfession jemandem die Schönheit, Erotik und Würde rauben), eine Lesbe wie aus dem
Bilderbuch übrigens, Frau?, lachhaft!, Muskeln wie ein

Kerl, und dann noch dieses slawische Gesicht! - Einwürfe,
die Liebe diese Bekanntschaften auf der Stelle beenden
ließen, er war ein loyaler Liebhaber und mochte mit Rassisten ohnehin nichts zu tun haben. In der unausrottbaren
Überzeugung, dass Weiblichkeit Schwäche voraussetze, sah
er lediglich ein Problem von Leuten, die sich um ihre
abstruse Rollenidentität sorgten. Die fanden sie übrigens, aufs Tennis bezogen, in idealer Weise durch Navratilovas ewige Gegenspielerin Chris Evert Lloyd verkörpert, die ihre männerbezogene Feminität durch ein stets
stimmiges, geschmackvolles Outfit und einen mädchenhaften
Augenaufschlag unter Beweis stellte, vor allem aber durch
gefällige, schickliche Bewegungsabläufe, die den Eindruck
des Kämpfens (ein Privileg des Mannes) abmilderten - für
Liebe Attribute verdrängter Prostitution, die ihn abstießen. Dagegen genoss er in seiner Vorstellung unbekümmert
den fiktiven Sex mit Martina Navratilova, und das keineswegs mit dem Hintergedanken, sie sei nur eine verhinderte
Heterosexuelle, die durch ihn, einen Mann, genauer: sein
Glied erlöst würde, nein: Sex war zwischen ihnen deshalb
möglich, weil auch sie ihn als Gezeichneten und damit
seine spezifische, geschlechtsunabhängige Schönheit erkannte, was den widrigen Umstand, dass er anatomisch nach
wie vor ein Mann war, glücklich annullierte.

Mit Hilfe dieser Konstruktion gelang es ihm wenig später,
auch die reale Liebschaft mit Utah Anders lange für möglich (d.h. für dauerhaft) zu halten, ja, gar seine persönliche Liebesutopie endlich für realisiert zu sehen -
denn den Umstand, dass sie keinen Schwanz brauchte, empfand er als überaus beglückende und befreiende Entlastung: zum einen von jenem auf sein Glied konzentrierten
Leistungsdruck, unter den ihn bis dahin seine Zugehörigkeit zur konkurrenzbestimmten Männerwelt gestellt hatte,
zum anderen von dem Zwang, seine Ablehnung der biologischen Reproduktion und damit der Familiengründung stets
aufs Neue rechtfertigen zu müssen. Erstmals in seinem
Leben schien ihm der gemeinsame Raum, den eine Liebesbeziehung schuf, konzentriert auf das Wesentliche: die unmittelbare Begegnung der Personen, frei von allem über-

flüssigem Beiwerk, eine Art Zen-Liebe also, auch anatomisch: denn es gab an Utahs asketischem Tänzerinnenleib wie an seinem dürren Eremitenkörper nichts, was die Berührung zwischen ihnen abgefedert oder verfälscht hätte. Vielmehr trafen sie, Atomkernen gleich, pur aufeinander, um sich durch eine unkontrollierbare sinnliche und intellektuelle Kettenreaktion in eine höhere Energieform zu verwandeln (analog John und Yoko) - so wenigstens Liebes Erleben (das Pathos des Entflammten!), das folgerichtig alsbald in eine regelrechte Sucht mündete; denn so maßlos er (der ansonsten Gemäßigte und Kühle) bis dahin nur nach Zigaretten und Kaffee gegiert hatte, so maßlos (nein, vielfach maßloser) gierte er nun nach Utah - was bald zwangsläufig zu ernsten Entzugserscheinungen führte, sobald sie abwesend war. Und das geschah häufig, aus naheliegenden Gründen, verfolgte sie doch durchaus andere Lebenspläne als in einer existentiellen Kernfusion mit ihm von diesem Globus zu verschwinden. Vor allem war sie keineswegs bereit, ihre erotischen Ambitionen zugunsten einer Liebschaft hintan zu stellen, die nur für ihn die (romantische) Erfüllung bedeutete. Denn selbstverständlich wuchs ihm durch seinen bereitwilligen Verzicht auf die Männerrolle (der ihm leichtfiel) noch längst nicht jener Frauenkörper, den Utah nach wie vor mit Recht begehrte - Ja, ich liebe dich, hatte sie ihm gleich zu Beginn versichert, Aber meine Nummer Eins wirst du nie sein. Also take it or leave it, babe. Damit kann ich leben, hatte er beteuert, aber im weiteren Verlauf der Geschichte dieses Übereinkommen auf vielerlei Weise unterlaufen, vor allem durch sein abstruses Bemühen, in gewisser Weise in die Rolle einer (lesbischen) Frau zu schlüpfen, wohl in der unterschwelligen Annahme, Utah, indem er diese Wandlung vollzöge, damit jedes Recht zu nehmen, ihn zu verlassen[28]. Im Grunde also (doch das ge-

---

[28] Eine Zeit lang spielte er gar mit dem Gedanken, eine Geschlechtsumwandlung vorzunehmen, oder vermutete zuweilen, dass bereits der pure Wunsch, eine Frau zu werden, eine solche Verwandlung würde auslösen können; also hatte er seinen Körper regelmäßig untersucht, um die Entstehung von Brüsten und das Verschwinden seines Glieds nicht zu versäumen. Schließlich wurde ihm aber klar, dass er Utah auch als 50jährige, nicht sonderlich attraktive Frau wohl kaum würde halten können.

wahrte er erst nach der Trennung) blieb, wenigstens in dieser Hinsicht, alles beim alten: so wie er früher mit allen Männern um die Gunst einer Frau konkurriert hatte, sah er sich nun eben in Konkurrenz mit allen Frauen und erneut unter jenem fundamentalem Druck, durch überragende Leistungen ein Scheitern zu verhindern. Er wurde zum zwanghaften Kümmerer um Utahs Befinden, bemüht, fortan jeden Aspekt ihres Lebens fehlerfrei zu regeln, vom frisch gepressten Orangensaft morgens bis zur intensiven Massage ihres verspannten Rücken abends, gekrönt von Pflicht Nr. I: keine Begegnung zwischen ihnen ohne Sex und kein Sex ohne mindestens 1 Orgasmus für Utah (selbstredend unter Hintanstellung bzw. Ignorierung seines Schwanzes – um den er sich kümmerte, sobald sie außer Haus war). Und wie es jeder Maschine ergeht, so stellte sich auch für ihn unmittelbar die Sinnfrage, sobald Utah irgendeine dieser kleineren oder größeren Leistungen zurückwies, ihn also kurzfristig abschaltete. Und wie jede Maschine begegnete er solch existentieller Bedrohung, indem er Utah im Gegenzug unverzüglich ins moralische Unrecht setzte: Okay, ließ er sie dann wissen, Wenn du mich nicht mehr liebst, bitteschön, aber wundere dich nicht, wenn ich zerbreche ...

Aber natürlich zerbrach Liebe keineswegs, als die Trennung eintrat, wieder einmal erledigte dies ein anderer für ihn[29], doch wurde dieser bewährte metaphorische Tod diesmal durch einen überaus realen in einer Weise konterkariert, die Liebe nachhaltig erhellen sollte. Einige Tage, bevor Utah ihn verließ, erfuhr nämlich ein guter Freund, dass er an Lungenkrebs erkrankt sei. Erfahrungsgemäß führten solche Nachrichten, die sich mit fortschreitendem Alter häuften, in Liebes Kreis sogleich zu einem allgemeinen Rückzug vom Betroffenen, da niemand die immense Trauer, die sich bei einer Begegnung einstellte, zu ertragen imstande war. Auch in diesem Fall versicherte ein jeder dem erkrankten Kurt und vor allem seiner Familie (Gattin und Kind) uneingeschränkte Anteilnahme,

---

[29] Siehe „Die Legende vom Steingarten", **Geschichten**

stellte auch, wenn erforderlich, Zahlungen in Aussicht, bat aber zugleich um Verständnis für den nötigen Rückzug. Nur zu Beginn der Erkrankung (solange sie Kurt noch nicht gezeichnet hatte), suchte man ihn ein paarmal auf, doch selbst da, Liebe erlebte es mit, brachen die meisten, da sie ihm, wie sie versicherten, so wahnsinnig nahe standen, angesichts des antizipierten Verlustes früher oder später vor Schmerz zusammen, so dass Kurt sich schließlich genötigt sah, seine Besucher über sein eigenes Ableben hinweg zu trösten - in Liebes Augen eine gespenstische Situation, die ihm aber half, für sich einige Begriffe zu klären: ging es doch diesen Betroffenen (die er gut verstand, insofern er bis zu diesem Moment zu ihnen gehört hatte) ganz offensichtlich nicht um die beschworene Nähe zum Kranken, vielmehr lag ihnen daran, ihn durch das überdimensionierte Aufblähen ihrer eigenen Egos gerade von sich fort und derart in die Enge zu drängen, dass ihr eigenes fiktives Drama über sein reales triumphierte, was ihnen reinen Gewissens gestattete, ihn mit seiner Krankheit getrost allein zu lassen. Sie beraubten ihn schlicht jenes Gewichts, das ihm sein nahender Tod verlieh, um ihr eigenes Leben unbelastet wie gehabt fortführen zu können. Ein Trick. Nicht anders freilich, so begriff Liebe plötzlich voller Scham, hatte er selbst unter dem Deckmantel der Liebe Utah (und vor ihr andere) in eine ähnlich unentrinnbare Situation getrieben, aus der auch für sie letztlich nur der Tod (und zwar der Tod ihrer Liebesgeschichte mit ihm) hinausführte.

Und erst jetzt erkannte Liebe Irinas Fluch in seiner ganzen Tragweite. Auch sie, seine Mutter, hatte ja 40 Jahre zuvor den kleinen Samuel, indem sie ihm ihr Sterben (das Scheitern ihres Lebens) in die Schuhe schob, in eine gleichsam archetypische Enge getrieben, die er fortan, in Umkehrung der Rollen, seinerseits jedesmal herstellte, sobald es ihm gelang, eine Frau, die er liebte, zu gewinnen. Denn nur in solcher Enge (so der Mechanismus) würde er (überlebensgroß) eine genügend gewichtige Rolle spielen können, um sie an sich zu binden und zu verhindern, erneut (wie von Irina) verlassen zu werden und damit ein

weiteres Mal untilgbare Schuld auf sich zu laden. Dass es
sich jedoch, in einer fein gesponnenen Tücke des Schick-
sals, geradewegs umgekehrt verhielt und Liebe das Rad der
ewigen Wiederkehr der stets gleichen unerquicklichen Situation immer wieder selbst in Schwung versetzte, war ihm
bis zu Kurts Sterben durchaus entgangen.

Bis dahin nämlich hatte er sich den erfolglosen Verlauf
seines bisherigen Liebeslebens vor allem damit erklärt,
dass es ihm nie gelungen war, jene Figur zu werden, nach
der die jeweiligen Objekte seiner Begierde offenkundig
verlangten. Schon Sabrina Rosroth, mit der ihn seit seinem 4. Lebensjahr die unbeschwerteste Liebe verband, habe
ihn, als sie beide 12 waren, zugunsten eines 14jährigen
Arschs verlassen, der bereits chice Levis-Jeans trug,
während Liebe noch in kurzen Lederhosen umherlief. Isis
Bukderian wiederum habe 1972 den 20jährigen Liebe, für
den noch immer Sgt. Pepper die maßgeblichen Botschaften
formulierte, gegen einen 25jährigen Schöngeist einge-
tauscht, der bereits Free-Jazz-Platten sammelte, während
Utah von vornherein jenseits seiner Person nach der Frau
ihrer Träume Ausschau gehalten habe, die ihn früher oder
später ohnehin erübrigen würde.

Doch gerade das Beispiel Sabrina Rosroths war aufschluss-
reich, insofern in die Zeit ihrer Verbindung mit ihm der
Tod seiner Mutter fiel; Sabrina hatte als einzige noch
den von Irinas Fluch unbelasteten Samuel gekannt. Und
erst jetzt, beinah 40 Jahre später, begriff Liebe, dass
der Grund für ihre damalige Trennung nicht in Sabrinas
unstatthafter Verwandlung in eine hohle Materialistin
gelegen hatte (die ihrer beider Kinderliebe einem Erwach-
senen-Kleidungsstück opferte!), sondern darin, dass er
schon da nicht mehr in der Lage gewesen war, seine Liebe
zu ihr vor der Obsession für die Schuld gegenüber seiner
Mutter zu retten. War bis dahin diese Liebe ein unbegrenzt weites Abenteuer (vielleicht der Welterkundung)
gewesen, das nur möglich war, weil sie beide jeweils
durch den anderen die eigenen Qualitäten ganz entfalten
konnten (das brachte sie einander nahe), so bemühte sich

Liebe nun, Sabrina, indem er sie in die Enge seiner Obsession einzubinden suchte, an jeder weiteren Bewegung zu hindern. Denn da er selbst, durch Irinas Fluch auf den Fleck gebannt, zu keiner Bewegung mehr imstande war, musste er die Mobilität seiner Freundin ebenso paralysieren, auf dass sie ihm nicht entwische – womit er natürlich gerade dies erreichte, entzog sich doch Sabrina zwangsläufig seinem abstrusen Ansinnen, nicht länger Sabrina zu sein. Darauf nämlich lief es hinaus, verletzte doch die Enge, in die er sie ziehen wollte, gerade jene Bannmeile, innerhalb derer sie, anders als in der Schule oder in ihrer Familie, sie selbst sein konnte. Sie verließ ihn mithin keineswegs darum, weil seine kurzen Lederhosen ihn als zurückgebliebenes Kind stigmatisierten, sondern weil er auf eine weit ärgere Art als jeder beschissene Erwachsene schamlos jene Grenzen ignorierte, die sie definierten. Ich will dir doch nur nahe sein! würde er 30 Jahre später Utah ahnungslos versichern, und sie würde ihm mit Tränen in den Augen entgegnen: Du willst mich ermorden, nichts weiter ...

Und 20 Jahre zuvor hatte bereits Isis Bukderian ihm keineswegs aus musikalischen Gründen den Laufpass gegeben, sondern weil er selbstverständlich auch vor dem Abenteuer dieser großen Liebe in jene ausweglose Enge floh, in der er wider Willen zuhause war. Außerhalb, so sah er es damals, gab es keine passende Rolle für ihn, bzw. jede, die zu spielen er sich bemühte, war die falsche. Isis gegenüber hatte er auch zum ersten Mal die des Kümmerers erprobt, und das nicht zufällig: da er selbst (wer immer das sein mochte) den Anforderungen dieser überaus schönen und tiefgründigen Frau niemals genügen würde, musste er diesen Mangel gewissermaßen mit Dienstleistungen kompensieren, durch die er unentbehrlich würde. Allerdings konnte er zu jener Zeit diesen Part nicht vollends ausschöpfen, sie wohnten beide in verschiedenen Wohnungen, Städten und Ländern, seine Wirkungsmöglichkeiten blieben folglich begrenzt, so dass sich zwischen seinen selbstlosen Einsätzen für Isis immer wieder bodenlose Abgründe auftaten, die ihm die Vergeblichkeit seines Tuns vor Augen führten. Es gelang ihm nicht, seine Nichtigkeit vor den wachen Augen seiner Freundin dauerhaft zu verbergen. Und da ihm das aufschubgewährende Instrument des Beischlafs noch nicht zur Verfügung stand (so sehr er ihn herbeisehnte, so wenig fühlte er sich dieser äußersten und entlarvendsten Nähe, die drohend auf ihn zukam, gewachsen), kam er mit seinem letztendlichen Rückzug Isis nur zuvor.

Immerhin rettete ihn hier vor der (in Irinas Sinn) konsequenten Selbstbeseitigung zum allerersten Mal das Mittel der literarischen Verwandlung. Er war eben Siddhartha, jener Samana aus dem Wald, dem kein dauerhaftes bürgerliches Leben an der Seite der schönen Kamala beschieden war, weil ihn die heroische Suche nach der Wahrheit auf seinem einsamen Weg weitertrieb, um schließlich wie der alte Vasudeva am Ende mit einem Lächeln in die Wälder zurückzukehren – so die beschauliche Variante; die unerbittliche dagegen verfinsterte ihn, naheliegend, zum hoffnungslosen Kleist (oder zu Kafka, Hemingway, Rimbaud, Nietzsche ...), denen in Wahrheit auf Erden nicht zu helfen war – dies wenigstens der Tenor der ersten dringlichen Geschichte, die Liebe in jener Zeit schrieb. Freilich bediente er sich da, indem er sie schrieb, unbemerkt eines überaus wirksamen Mittels der Lebensverlängerung, das eine Koexistenz mit der eigenen Nichtigkeit gestattete. Denn mochte er auch dahinleben wie der arme Lenz, so bewahrte ihn vor dessen Irrewerden an der missratenen Welt sein der 68er-Revolte zu dankendes Desinteresse, sich in ihr überhaupt irgendeinen Platz zu erstreiten. Es ging ihm nicht um Kunst (oder gar Ruhm), sondern um Erkenntnis[30]. „There is room at the top they are telling you still, but first you must learn how to smile as you kill, if you want to be like the folks on the hill", hatte John Lennon gesungen. Und Liebe schrieb: „Das einzige, woraus ein lebenslang Gefangener Kraft schöpfen kann, ist, sich nicht auf die Seite der Kerkermeister zu schlagen. Ich

---

[30] ... oder, in Schillers Jargon, um sentimentalische statt naive Dichtung, auch wenn er wie jener den naiven Goethe um Breite und Offenheit seines Lebens und Schreibens beneidete.

habe mit ihnen nur die Leiblichkeit gemeinsam, ihr kann ich nicht entkommen. Darüber hinaus habe ich nichts mit ihnen gemein, sie können mich nicht einmal kränken, weil das Wertesystem ihrer Beleidigungen nicht das meine ist."[31] Und zum Wertesystem jenes antiautoritären Hippies, der Liebe - ungeachtet seiner schmählichen Versuche, jede seiner Liebesbeziehungen in eine tödliche Falle zu zwingen - nach wie vor war, gehörte die fraglose Überzeugung, dass man Dingen und Menschen nur nahekam, wenn man jene respektvolle Distanz zu ihnen wahrte, die ihnen überhaupt zu sein gestattete - die Voraussetzung jeder Liebe; und jedes Abenteuers, das in die Weite zielte.

In die Weite hatte auch der krebskranke Kurt gezielt, wenngleich in eine, in die ihn niemand begleiten konnte, denn das Zeittor, durch das er in sechs Monaten entschwinden würde, war allein ihm zugedacht und zugänglich. Bis dahin freilich musste sich sein Leben zunächst einmal radikal verengen, auf jenen kleinsten Punkt hin, an dem es in sein Gegenteil umschlagen und in die unpersönliche, raum- und zeitlose Weite integriert würde. In dieser knapp bemessenen Zeitspanne lag allerdings das Problem, das dieses Sterben den meisten Mitlebenden bereitete. Denn da das Ende unabänderlich war, erschien ihnen Kurt (bei Licht besehen) schon so gut wie tot. Auch darum ihr Abwenden. Wie sollte man mit einem Toten kommunizieren? Wo wäre ihr Leben kompatibel mit seinem Tod und umgekehrt sein Tod mit ihrem Leben?, war doch die Basis dieses Lebens gerade die Abwesenheit des Todes (die Illusion der Ewigkeit), das ewige Verschieben auf morgen. Sie planten ihre Urlaube für das kommende Jahr, Kurt würde da schon nicht mehr sein. Seine Tochter würde in 8 Monaten seinen Enkel zur Welt bringen, Kurt würde ihn nie kennenlernen. Sie alle hatten Feste, Umzüge, Theater-, Kino-, Museumsbesuche, Lektüre, Gespräche, Nachrichten ohne Zahl, Fernsehstunden ohne Zahl, Stunden voll Sex vor sich - was daran war für Kurt noch von Belang?

---

[31] Siehe „Kassiber", **Geschichten**

Die Fiktion einer offenen Zukunft ließ sie in ihren vielfältigen Aktivitäten einen Sinn sehen, der ihnen gestattete, sich mit den Gegebenheiten zu arrangieren. Für Kurt aber, indem er diese gemeinsame Perspektive verließ, hatte all dies keinerlei Bedeutung mehr. Und das genügte bereits, um ihr ans ewige Morgen verpflichtetes offenes Dasein vor seiner reduzierten Gegenwart, genauer vor der Gegenwart des Todes, den er stellvertretend darstellte, verblassen zu lassen. Denn in seinem Tod sahen sie, natürlich, den eigenen vorweggenommen, was ihr gesamtes akutes Tun und Lassen jählings wie eine hohle Fiktion erscheinen ließ. Der einzige Weg, diese systemstützende Fiktion (und Funktion) vor der Übermacht des Todes zu retten, lag darin, sich von seinem dahinsiechenden, machtlosen Repräsentanten Kurt zu entfernen – wofür Liebe keine Notwendigkeit sah, hatte ihn doch die irrwitzige Geschäftigkeit des hellen Tages nie wirklich die dunkle Allgegenwart der Nacht vergessen lassen. Okay, hatte er noch Utah versichert, er sei bereit, dieses törichte unumgängliche Spiel gewissenhaft bis zu einem gewissen Grad mitzuspielen, aber wirklich ernst nehmen, und dessen schäme er sich keineswegs, könne er nur die Liebe und vielleicht noch ihren Gesetzgeber, den Tod.

Diese Positionierung erlaubte ihm nun, Kurt durchaus noch als seinesgleichen zu sehen: sie beide, obschon unterwegs zum Tod, lebten noch, und dem noch lebenden Kurt konnte man zwar den in ihm wachsenden Tod nicht nehmen, wohl aber, auf einer banaleren Ebene, das schwindende Leben entlasten, indem man ihn, den durch Krankheit und Therapie entkräfteten, zum Beispiel zu den täglichen Behandlungen begleitete, später dann seine Frau ins finale Krankenhaus, wo man ihn, im letzten Stadium, auch waschen und bei der Notdurft unterstützen konnte, oder man besprach die medizinischen Fragen mit den Eheleuten und übernahm in der Familie einen Teil von Kurts praktischen Aufgaben, kleine Besorgungen und Reparaturen. Und man versorgte am Mittag nach Kurts Tod die zusammengekommenen Freunde und Verwandten mit Getränken und Schnittchen und engagierte für die religionsfreie Totenfeier

einen professionellen Redner, der den von Liebe verfassten Nekrolog ehrlich ergriffen zum Besten gab. Auch hier zwar agierte Liebe als Kümmerer, endlich jedoch aus unzweideutigen Motiven. Denn so nah er zwangsläufig dem siechen Kurt in diesen sechs Monaten kam, vermischte er doch nie die verschiedenen Dramen miteinander. Ungeachtet der jämmerlichen Umstände, unter denen sich Sterben im bundesdeutschen Gesundheitssystem vollzog, hielt er sich dasjenige Kurts vom Leib und drängte ihm umgekehrt das seine (langsamere) nicht auf. Aber am Tag vor seinem Tod hatte Kurt Liebe, als dieser ihn auf den Klostuhl hob, mit einer Andeutung von Schalk und Verzweiflung ins Ohr geflüstert: Man kriegt uns schon klein, was?, und voller Schmerz und Wut hinzugefügt: Vor einem halben Jahr war ich noch ein Mann!, stell dir das vor!, und jetzt bin ich nutzloser als ein Kind, denn von einem Kind erwartet man immerhin in der Zukunft noch Großes! Liebe hatte dazu geschwiegen, doch dann hatte Kurt nachgehakt: Glaubst du denn, die kommen ohne mich zurecht? Er meinte Frau und Tochter, und Liebe schoss bitter durch den Kopf: Natürlich kommen sie ohne dich zurecht, jeder kommt jederzeit ohne jeden zurecht, ich komme ja auch ohne Utah, Sabrina, Isis und sie kommen durchaus ohne mich zurecht!, doch geantwortet hatte er: Sicher, aber es wird für sie nie so sein als wärst du noch dabei. Macht das denn einen Unterschied? hatte Kurt verzweifelt gefragt, Meine albernen Funktionen in diesem Leben kann doch jeder andere mit Leichtigkeit übernehmen!
Es geht aber nicht um irgendwelche Funktionen! hatte Liebe überzeugt erwidert.
Sondern? hatte Kurt wissen wollen.

27

Liebes Ehrgeiz, Frauen unter dem Vorwand der Liebe in die Enge zu treiben, war also keineswegs eine singuläre Verfehlung, sondern geradezu das Grundmuster des männlichen Umgangs mit der Welt. Nicht nur er kompensierte den Eindruck der eigenen Nichtigkeit mit dem irrigen Bestreben, eben diese Welt, wenn man in ihr schon nicht zweifelsfrei gebraucht würde, wenigstens kleinzukriegen: Sachen, Positionen, Interpretationen, Räume, Zeiten, Frauen. Alle männlichen Kümmerer drohten in Wahrheit seit jeher: Wartet nur ab, wir kriegen euch schon noch klein, wir treiben euch schon noch in jene Enge, in der wir uns seit Anbeginn befinden! Und dass Männer dabei allenfalls anderen (stärkeren) Männern mit einer gewissen heuchlerischen Achtung begegneten, die sie Frauen und den irdischen Dingen durchweg versagten, verwunderte ihn kaum – ertrugen sie doch ganz offensichtlich jene natürliche Distanz zur Welt nur schwer, die sich mit dem Durchtrennen der Nabelschnüre ein für alle Mal einstellte.

Männer nämlich, so hatte er einmal gegenüber Dorothea Gott geäußert, seien in der Regel bestrebt, gerade jene Dunkelheit und Enge zu reproduzieren, die ihnen von ihrem Aufenthalt in der Gebärmutter so teuer erinnerlich wäre, dem einzigen Ort, an dem sie je eine zweifelsfreie Wichtigkeit besaßen! Auch daher ihr permanenter Penetrationsdrang, ihre dauererigierte Kriegslust, mit der sie die existentielle Depression kompensierten ...

Du musst es ja wissen, hatte Gott gelächelt.

In der Tat, hatte er geantwortet und gestanden, dass es, mal ganz abgesehen von seinem kurzfristigen Wunsch, für Utah Anders eine Frau zu werden, in seinem Leben nicht selten Augenblicke gegeben habe, in denen er mehr als bedauert hätte, ein Mann zu sein, vielleicht tatsächlich aus einer Art Vagina- oder Gebärmutter-Neid heraus, der sich wiederum dem Eindruck verdanke, dass Frauen (wenigstens die körperlich vorteilhaft ausgestatteten) nahezu mühelos jene Achtung erführen, für deren Erringung Männer die groteskesten Anstrengungen unternähmen, ohne doch je nachhaltig zum Ziel zu kommen. Nicht unwahrscheinlich zum Beispiel, dass er selbst vor allem darum so lange den Plan verfolgt habe, Autor, Maler, Musiker etc. zu werden, um schlicht diese oder jene Frau seines Interesses zu gewinnen, an die er mit einem gewöhnlichen Beruf nicht im Traum herankäme; ja, noch heute erginge es ihm bisweilen so, dass er im Fernsehn oder Kino eine Schauspielerin sähe, die ihm außerordentlich gefiele, nehmen wir mal Karin Hanczewski, und sogleich entwickele sich im Hinterkopf der Große Plan: Gut, dann schreibe ich halt dieses bedeutende Buch oder nehme halt endlich diese bemerkenswerte Platte mit meinen Songs auf oder male halt eben diese bahnbrechenden Gemälde, und schon geselle ich mich zu den Erfolgreichen und Schönen, und schon steht nichts mehr zwischen Karin Hanczewski und mir!

Außer, hatte Gott eingewandt, dass sie womöglich andere Pläne verfolgt.

So ist es, hatte Liebe eingeräumt, Darum trägt mein Ehrgeiz faktisch auch nie Früchte.

Immerhin, sponn Gott den Faden weiter, habe aber demnach doch auch Karin Hanczewski, obschon eine Frau, eine Unmenge leisten müssen, um sein Interesse zu wecken: Theater-, Film-, Fernseharbeit.

Keineswegs, hatte er widersprochen, Es ginge ihm ja nicht um diese fadenscheinige Prominenz, die sei in diesem Fall nur ein Vehikel der Begegnung. Sein Interesse hätte sie auch als völlig Unbekannte geweckt, wäre sie ihm nur über den Weg gelaufen ... Nein, die Crux läge vielmehr darin, dass man hier wie dort in dieser oder jener Weise potent, wenn nicht omnipotent sein müsse, damit überhaupt etwas zustande käme ...

Selbstverständlich! staunte Gott, Was sollte eine Frau auch zu einem unfähigen Versager hinziehen?

Richtig, pflichtete Liebe bei, Nur käme seines Wissens niemand auf die Idee, umgekehrt derlei rigorose existentielle Leistungsnachweise von Frauen einzufordern – was Gott zielsicher (mit Marilyn Monroe) zusammenfassen ließ: Große Titten, großer Arsch, großer Rummel genügen also, um sich einen Millionär zu angeln, der den Verlust seiner Nabelschnur nicht verkraftete ...?

Weißt du eine plausiblere Erklärung? fragte Liebe zurück .

Zur Erinnerung, wandte Gott ein: Auch unsere Nabelschnüre wurden durchtrennt!

Ihr knüpft euch mit einer neuen an die Zukunft, erwiderte Liebe.

Ich bin kinderlos, hatte Gott eingewandt.

Die pure Möglichkeit reicht, entgegnete Liebe süffisant, Wenn ihr keine Kinder habt, kümmert ihr euch eben um andere Tiere, um Kranke, Alte und den Haushalt. In jedem Fall befindet ihr euch im Zentrum der Schöpfung!

Gott: Und wo ist euer Platz?

Liebe: Wir haben keinen, lediglich eine Aufgabe: die Anlieferung des erforderlichen Samens. Allerdings selektieren wir freundlicherweise noch die erfolgrei-

cheren Gene von den Nieten, indem wir bis aufs Messer miteinander um eure Gunst kämpfen. Die Privat-Version des Kapitalismus.
Gott: Und das ist alles?
Liebe: Biologisch ja. Ein sofortiger Tod wäre nur folgerichtig.
Gott: Du denkst an die Gottesanbeterin?
Liebe: Zum Beispiel. Ich würde aber schon die postcoitale Männermüdigkeit ein wenig in dieser Richtung interpretieren.
Der Krieg also als maskuline Naturgewalt? schloss Gott nach einer Weile.
Dazu pervertiert sie in unseren Händen, nickte Liebe, Die Gottesanbeterin hingegen ist ohne Schuld, die reine Natur hat keine Wahl.
Wir haben sie?
Sicher. Mir steht frei, diese Arena einfach zu verlassen.
Aber?
Desertieren hat seinen Preis.
Der wäre?
Auf die Freiheit der Killer zu verzichten.
Und das fällt so schwer?
Oh ja. Man hängt ja an der Fiktion, durch einen Sieg irgendetwas zu gewinnen.
Aber man gewinnt nichts?
Was sollte man da schon gewinnen?

28
Liebe teilte demnach, der eigenen Schuld bewusst, durchaus die feministische Diagnose des Status der Frau, deren ökonomische wie politische Diskriminierung in sämtlichen existenten Gesellschaftssystemen außer Zweifel stand; andererseits sah er sich jedoch außerstande, die bisweilen von professioneller weiblicher Seite propagierten Utopievorstellungen ernst zu nehmen, denn er mochte durchaus nicht an jene Erlösung von allem Übel glauben, die etwa mit der nostalgisch verklärten Rückkehr zum Matriarchat (selig) einherginge. Schließlich war die lange Herrschaft der Frauen seiner Meinung historisch zu Recht gescheitert, weil durch sie, in der Kindheitsphase der Menschheit, ihrer-

seits der Mann ausgebeutet und unterdrückt (sprich funktionalisiert) worden sei. Das Fragliche sei doch Herrschaft an sich und nicht etwa, dass die Falschen herrschten; es herrschten immer die Falschen. Zudem wollte es ihm nicht gelingen, in ungelenken verklemmten Grundschullehrerinnen, die zur Sonnenwendfeier in selbstgewebten Kittelchen jählings als verruchte Liliths ekstatisch ein Feuer zu Ehren der Großen Mutter umtanzten, Künderinnen einer erstrebenswerten Befreiung zu sehen – so wenig wie in ihren pragmatischeren und rationaleren (in der Regel besser gekleideten) Schwestern, wo sie nichts anderes als gleichberechtigt an der patriarchalen Männermacht zu partizipieren forderten, und sei es gar in der typischsten und verruchtesten Männerdomäne: der Armee.

Unsere Anwesenheit, so hatte im Frühjahr 2001 auf einer Party bei Bauknecht eine stramme maturierte Offiziersanwärterin stolz argumentiert, wird mit Sicherheit die Atmosphäre in der Truppe verbessern!

Ob das wohl dem Gegner, den du erlegst, das Sterben erleichtert? hatte sich Liebe erkundigt und ein verachtungsvolles Kopfschütteln der selbstbewussten 20-Jährigen eingefangen, die unbekümmert vertiefte, dass sie überdies schon seit Jahren Kampfsport betreibe, außerdem fände sie High-Tech supergeil.

Soldaten sind Killer, hatte Liebe konstatiert und sich abgewandt.

Schon mal was vom Bürger in Uniform gehört! hatte die Anwärterin ihm scharf nachgerufen, und Liebe hatte resigniert abgewunken: Im Krieg, Rambo, gibt es in deiner Uniform keinen Bürger mehr.

Ebensowenig hatte er je angenommen, dass sich der ewige Konflikt zwischen Ausbeutern und Ausgebeuteten dadurch würde verflüchtigen lassen, dass man letzteren die Privilegien der ersteren, vor allem deren Wohlstand, verschaffte. Es war ihm nie geglückt, die hohle Existenz jener öden Klasse Geld- und Blutgeadelter, die tagaus tagein die nicht minder öden klischierten Phantasien von Millionen Unterprivilegierten beschäftigte, für ein in irgendeiner Weise erstrebenswertes Ziel zu halten, sprich im veröffentlichten Leben etwa eines Bill Gates, einer Claudia Schiffer, eines Michael Schumacher, eines Jürgen Schrempp, eines Silvio Berlusconi, einer Caroline Grimaldi, einer Gloria ThurnundTaxis, eines Leo Kirch, eines Heinz Olaf Henkell usw. auch nur den

Hauch eines Grundes zu entdecken, der zur imitatio deorum angeregt, geschweige ihn mit Neid erfüllt hätte[32]. Monströse Beziehungsmuster deformierten alle Beteiligten, nicht nur die vermeintlichen Verlierer, hatte er kürzlich König bei einer zufälligen Begegnung anlässlich eines eintägigen Internet-Seminars für freiberufliche Publizisten auf dessen Schwärmerei für die wahnsinnigen Perspektiven, die die digitalen Medien erschlössen, vorgehalten.

Noch immer also der Dritte Weg? hatte König müde abgewinkt, Noch immer Utopien? Noch immer ein Linker?

Sicher, hatte Liebe erwidert, Oder willst du den ewigen Krieg?

„Es ist immer Krieg. Hier ist immer Gewalt. Hier ist immer Kampf", hatte König rhapsodisch Ingeborg Bachmann herangezogen.

„Ich habe immer nur gedacht, dass das zum Himmel schreit, was man mit uns treibt", hatte Liebe pariert.

John Lennon? hatte sich König mit hochgezogener Braue erkundigt.

Auch Ingeborg Bachmann, lächelte Liebe, Aber was hast du gegen John Lennon?

Nichts, hatte König beteuert, Ich habe geweint am 8. Dezember 1980!

Aber? fragte Liebe, der nicht geweint, doch lange getrauert hatte.

Das hatten wir schon, winkte König ab, Meinst du wirklich, die 60er Jahre taugten für den seriösen Diskurs zwischen Erwachsenen?

„Die Erwachsenen, die Herren Erzieher, die uns umbringen wollen", kam Liebe in den Sinn.

Hermann Hesse? rümpfte Bauknecht die Nase, doch ehe Liebe antworten konnte, schaltete sich von der Seite eine doppelzentnerschwere Seminarteilnehmerin süß lächelnd ein: Wieder Ingeborg, hab ich Recht?

Resi, ihres Zeichens Germanistin an der hiesigen Uni und Redakteurin einer radikalen Frauenzeitschrift, hatte Recht, arbeitete sie doch, wie sich herausstellte, seit Jahren über „Ingeborg", und Liebe erahnte aus ihrem Mienenspiel,

---

[32] Außer GELD natürlich. Geld hatte seit dem Zusammenbruch des Ostblocks eine Karriere gemacht, die selbst Liebe ihm nicht mehr zugetraut hätte. Dass es die Welt regiert, war auch zuvor relativ bekannt gewesen. Jene irrwitzige, aller Hemmungen entledigte Schamlosigkeit indes, mir der diejenigen, die über die maßgeblichen Geldmittel verfügten, die Welt seither ihren engherzigen und engstirnigen Interessen gemäß zu verformen sich bemühten, erschien Liebe durchaus neu.

was nun folgen würde, und tatsächlich brachte sie das Gespräch sogleich auf Max Frisch (ein Literat!), der das ihm anempfohlene Genie (Ingeborg Bachmann – eine Dichterin!) auf so schändliche Weise mit zu Tode gebracht hätte – eine These, die Liebe einmal mehr bestätigte, dass eine ideologische Selbstdefinition nicht allein zum Wirklichkeitsverlust, sondern auch zum Schwachsinn führte. Denn für Schwachsinn („meine liebe Resi") halte er jenes verbreitete Bemühen von frauenbewegter Seite, exemplarisch schmerzensreiche weibliche Lebensläufe speziell den involvierten Männern anzulasten, ohne die (so der Tenor) gewiss rundum geglückte und heile Frauenbiographien entstünden – die freilich, wie Liebe höhnte, wohl keinerlei tragisch-schöne Kunstwerke mehr hervorbringen würden, über die sich doch zum Beispiel feministische Germanistinnen so herrisch definierten. Um also (Liebe geriet in Schwung) diese pathologische Selbstdefinition erfolgreich zu konservieren, müssten sie zwangsläufig vermeintliche Lichtgestalten wie Ingeborg Bachmann oder etwa auch die arme Virginia Woolf schlicht für jene Kriegsführung, der sie die eigene gewichtige Rolle in der Welt zu danken hätten, instrumentalisieren. Und das sei tatsächlich eine skandalöse Ausbeutung, wenngleich eine, die absolut konform gehe mit jener virilen bürgerlichen Kultur, gegen die Figuren wie Frisch, Bachmann und Woolf doch stets angeschrieben hätten. Denn ebenso wie die bürgerliche Politik sei ja auch die bürgerliche Kultur eine repräsentative, deren Konsumenten ihre essentiellen Erfahrungen Stellvertretern überließen, an die sie die Dramen wie die Komödien, deren sie bedürften, delegierten. Und das beträfe die big events des Entertainment (Film, Sport, Show) nicht minder als die Hervorbringungen der vermeintlichen Hochkultur. Jenem fatalen Diktum des jungen Thomas Mann, nach dem nur Not Kultur schüfe (die Not anderer), läge ja ein Modell zugrunde, das womöglich einmal in einer mythischen Antike zur kollektiven Sinnstiftung legitim gewesen sein mochte: ein auserwählter Heros lebte da stellvertretend für das Volk ein gesellschaftlich bedingtes Drama als persönliche Tragödie aus. In der modernen bürgerlichen Gesellschaft jedoch diene dieses Programm nur noch der schäbigen Erbauung einer kulturellen Elite, die umgekehrt der egalitären Gesellschaft eine Tragödie an den Hals wünsche, um die eigene exklusive undemokratische Position des vermeintlich geadelten Geistes zu retten.

Schön, sagte Resi, Aber nun zu meiner These!
Wie? staunte Liebe, Du hattest eine These?

Was wird sie jetzt tun? überlegte König besorgt, nachdem sie sich wortlos mit hochrotem Kopf hinweggewälzt hatte.
Zur Kuchentheke gehen, vermutete Liebe, Und wohl die nächste Attacke ausbrüten.
Hand aufs Herz, sagte König, Wärst du ebenso unverschämt gewesen, wenn sie dir als Frau gefallen würde?
Nein, musste Liebe einräumen, Aber das Leben ist manchmal eben ungerecht, nicht wahr?
Das Leben? schmunzelte König.
Und erst jetzt fiel Liebe auf, dass König seit ihrer letzten Begegnung erstaunlich schlank geworden war, eine Entdeckung, die er sogleich zum Anlass nahm, sich heuchlerisch nach dem Fortgang der Eroberungsbemühungen im Fall jener interessanten Tänzerin, wie war denn doch gleich ihr Name? zu erkundigen, die ihn vor einigen Monaten im Stadtgarten begleitet habe.
Utah, sagte König, Utah Anders.
Stimmt, bestätigte Liebe, Und? Warst du erfolgreich?
Wie mans nimmt, begann König unsicher, Wir sind mittlerweile eine Art Paar, denke ich ...
Meinen Glückwunsch! sagte Liebe, Aber?
Aber? stöhnte König auf und ließ sogleich einer atemlosen Geschichte freien Lauf, die von einer bemerkenswerten Frau handelte, die „eigentlich" Frauen liebe, weshalb er, König, für sie nur die männliche Ausnahme darstelle, schmeichelhaft zwar, aber auf immer, wie Utah ihm durchaus nicht vorenthalten habe, ihre Nummer 2, da könne er machen, was er wolle, doch genau das könne er durch diese Konstellation eben nicht, denn sie würde jederzeit verschwinden, sobald ihr an ihm etwas nicht passe, folglich müsse er, wenn er sie nicht verlieren wolle, stets in Top-Form sein, gut gelaunt, unterhaltsam, lustig, geistreich, dazu körperlich fit, während sie sich jede Divenlaune, jede Manie, jedes Stimmungstief leisten könne, schließlich giere nicht sie, ewig ihre Nummer 1 in der Hinterhand, nach ihm, sondern immer nur er nach ihr. Und

wenn es nicht gerade diese oder jene Frau sei, die ihr natürlich so viel mehr zu geben vermöchte als er, der Mann König, dann sei es ihre „Arbeit", die sie ihm jederzeit vorzöge, und zwar mit einem derart todernsten Impetus, dass daneben seine eigene Tätigkeit wie ein müßiges Kinderspiel erscheine. Kurzum: Wenn er sich zu breit mache in Utahs Leben, fliehe sie vor seinen Besitzansprüchen, mache er sich zu klein, verachte sie ihn wegen seiner Kümmerlichkeit.
Aber? wiederholte Liebe.
Ich hatte nie je so guten Sex, gestand König, ein wenig beschämt ob dieser profanen Konklusion; sein verklärter Blick schleierte in die Ferne.
Übrigens habe ich dich kürzlich ausgiebig im Fernsehn bewundern dürfen, lenkte Liebe betreten ab, Irgendeine Talkshow zu den aktuellen CDU-Attacken gegen die '68er.
Ja, ja, winkte König verachtungsvoll ab, Das kann man diesen reaktionären Nullen doch nicht durchgehen lassen!
Du erstaunst mich, König, spottete Liebe.
Entschuldige, sagte König, Ich darf '68 kritisieren, nicht aber ein stellvertretender CDU-Fraktionsvorsitzender aus Brilon, dessen intellektuelle und moralische Qualifikation allenfalls für die Führung einer Sparkassenfiliale in Nettesheim reichte, oder eine Parteivorsitzende, die als Ferienbegleitung für eine evangelische Jungschar sicher keine schlechte Figur machte! Ich bin bei Gott nicht scharf auf die trostlose Enge und Ödnis irgendeiner deutschnationalen Leitkultur[33], auf den elenden verlogenen, autoritären kleinbürgerlichen Mief der 50er Jahre. Übrigens habe ich mir an dem Abend nach langer Zeit mal wieder *Revolver*[34] angehört. Utah hat in einem fort gespottet!
Weshalb das? fragte Liebe überflüssigerweise.
Die heroische Sentimentalität, mit der Leute unseres Alters die 60er Jahre memorieren, erheitert sie beträchtlich.
Hat sie keine Vergangenheit? fragte Liebe.
Interessiert sie wohl nicht, zuckte König die Achseln.

---

[33] Siehe „Leitkulturen, -figuren, -hammel", **Denk-Bar**
[34] Eine LP der Beatles (1966)

Das kann aber danebengehen, fürchtete Liebe.
Damit rechne ich, sagte König.

29

Hast du tatsächlich nie Kinder haben wollen? hatte sich Utah einmal, befangen in ihrem Männerbild, zweifelnd bei Liebe erkundigt.
Doch, hatte er geantwortet, Als ich selbst Kind war und mir, wie die meisten Kinder, mein künftiges Leben nur als unausweichliche Reproduktion dessen vorstellen konnte, was die Erwachsenen um mich her darstellten: house, wife, children, wie Anthony Quinn als Zorbas resümierte.
The full catastrophy! vervollständigte Utah das Zitat.
Ja, bestätigte Liebe, mit 8 oder 9 Jahren hätten Sabrina Rosroth und er recht genaue Vorstellungen von dem gehabt, was vor ihnen lag: Schule, Beruf, Heirat, 2 Kinder, Urlaube, ein Haus auf dem Land, Geld. Alle Wege, die für sie vorbereitet waren, führten geradewegs auf den idyllischen sonnenbeschienenen Immenhof.
Was kam dazwischen? fragte Utah.
Wir bemerkten, was jedes halbwegs aufgeweckte Kind bemerkt, sagte Liebe, Dass nämlich die Reproduktion jener Rollen und Ziele, an denen unseren Herren Erziehern so gelegen war, lediglich dem reibungslosen Funktionieren des Bestehenden, nicht aber unserem individuellen Glück diente. Sie wollten Duplikate, nicht Unikate. Sie wollten uns umlegen.
Und was rettete euch? hatte Utah wissen wollen.
Die Beatles, hatte Liebe gegrinst, Und Che Guevara und Rudi Dutschke und Fritz Teufel und Willy Brandt. Aber vor allem die Beatles.
Du lieber Himmel! hatte Utah geseufzt, Du erinnerst mich an meinen Großvater! Der kam aus dem letzten Krieg durchaus als Antimilitarist zurück und geriet dennoch immer wieder ins Schwärmen über dieses prägende Ereignis seiner Jugend!
Wundert dich das? hatte Liebe gefragt.
Dich etwa nicht?

Nein, antwortete Liebe, denn er hatte mit seinem Vater ähnliche Erfahrungen gemacht. Abel, 1933 zehn Jahre alt, war seit 1941 Wehrmachtssoldat in Südosteuropa gewesen und 1945, mehrfach verwundet und vom Nazismus geheilt, als Pazifist und Kommunist aus der Gefangenschaft nach Köln zurückgekehrt. Letzteres war er indes nicht lange geblieben, da diese politische Positionierung zum einen mit seinem Lebenstraum, ein Wirtschaftsimperium zu errichten, zum anderen mit der ideologischen Fixierung des Adenauerstaats auf den Kapitalismus arg kollidierte. Folgerichtig war er analog zu seinem und Margas wachsendem Vermögen nach einem Umweg über die SPD zuguterletzt bei der FDP gelandet.

Seinen Antimilitarismus aber hatte Abel nie aufgegeben, gleichwohl jedoch von seinen persönlichen Kriegserlebnissen mit Schmerz, Zorn und auch Stolz berichtet – „Keine Frage, es war eine fürchterliche Sache, aber ...", und es folgten die bekannten Geschichten von Kameradschaft, Strapazen, Märschen, Schlachten etc., aber Liebe begriff eines Tages, dass all diese jungen, naiven Männer einige Jahre lang nicht bloß als anonyme Räder in einer finsteren widerwärtigen Maschinerie funktioniert hatten, sondern innerhalb der repressivsten, autoritärsten aller Organisationen, der militärischen, ein intensives Stück Freiheit von bürgerlicher Ordnung erlebten, nämlich fremde Landschaften und Menschen, Tod, Zerstörung, Leid, Verwundung, vielleicht große Schuld oder große Treue, vielleicht großen Hass oder große Liebe, doch viel profaner noch den Verlust der gewohnten Herrichtung der eigenen Person: die mangelnde Hygiene, die fehlende Sicherheit des Dachs über dem Kopf, die Ungewissheit, diesen Tag zu überleben, dazu Schmutz, Hunger, Suff, Sex, kurz: essentielle Realitäten, an die im zivilen Alltag in dieser Form kein Denken war.

Und Liebe erinnerte sich daran, wie naiv selbst aufgeklärte, kritische linke Pazifisten in den 1970er Jahren südamerikanische, asiatische und afrikanische Partisanen und Guerilleros, mitunter gar die RAF, romantisiert hatten – im Untergrund fielen vermeintlich die abstoßenden maschinellen Drillstuben des konventionellen Militärs fort. Che Guevara, unrasiert, den Cigarillo im Mundwinkel, dreckig, irgendwo im bolivianischen Dschungel goethelesend: Da schlug jedes linke Herz höher, schien doch dieses schöne Bild den ewigen

Antagonismus zwischen Theorie und Praxis gefällig zu versöhnen, den individuellen Lebensgenuss mit kollektiver Verantwortung.

Tatsächlich also, Liebe sah es ein, unterschied sich die Ergriffenheit, mit der viele 68er sich ihrer jugendlichen Revolte entsannen, nicht prinzipiell von jener, mit der ihre Väter ihrer Zeit in der deutschen Wehrmacht gedachten – galt doch in beiden Fällen die Erinnerung dem Erlebnisträchtigen eines provisorischen Zustands. Und so konträr die Bedingungen dieses Zustands auch waren (hier die Mobilisierung für ein destruktives Weltbild, dort das Aufbegehren gegen ein destruktives Weltbild), so identisch verlief doch die wesentliche Erfahrung: dass bürgerliche Ordnung zu einem großen Teil SCHEIN herstellte, der vor den Risiken des Lebens schützen sollte, in Wahrheit jedoch wirkliches Erleben verhinderte und damit tatsächliche Lebensgefahr heraufbeschwor.

Und auch das, was vielen 68ern nach dem Ende des Ausnahmezustands widerfahren war, hatte die Kriegsgeneration bereits musterhaft vorgelebt. Liebe's Eltern etwa, vom 2. Weltkrieg durch aller Herren Länder gewirbelt (Irina als Artistin den Eroberungen und Rückzügen der deutschen Soldateska folgend, Abel als Soldat erobernd und sich zurückziehend) hatten, nachdem diese Herren verschwunden und durch andere ersetzt waren, wie die meisten Überlebenden nicht gleich wieder in das Fixum bürgerlicher Normalität zurückgefunden. Die Verhältnisse des Nachkriegs ließen es nicht zu: mit der Ungeheuerlichkeit des 3. Reichs im Nacken ließ sich zunächst eine klare politische, soziale, familiäre, berufliche Perspektive nicht entwickeln. Dem militärischen folgte ein ziviles Provisorium. Befreit vom Zwangskollektiv, suchte man nun unsicher und testend das eigene kleine Glück, man handelte und schacherte, improvisierte, war viel unterwegs, trank viel, redete viel, las viel, holte vieles nach. Liebes Kindheit profitierte von dieser improvisierten Vagheit, insofern seine Eltern ihm, intensivst mit der eigenen Glückssuche befasst, viel Raum und Freiheit für seine Abenteuer ließen. Allerdings hatte dieses bewegte Provisorium (noch lange gegenwärtig in den Trümmern und Baulücken) einen Preis: den Mangel an materieller Sicherheit und gesellschaftlicher Ordnung. Kein Wunder also, dass es befristet war: Hand in Hand mit der wirtschaftlichen Konsolidierung erfolgte die allmähliche Fixierung der einzelnen Schicksale. Der Spielraum schrumpfte, je größer und stabiler der Wohlstand wurde, der sich ergattern ließ.

Für das Kind Liebe hieß das um 1960 u.a.: je mehr Trümmergrundstücke verschwanden, je mehr Autos die Straßen befuhren, je mehr Vorgärten wieder instandgesetzt und umzäunt wurden, umso nachdrücklicher verengte sich sein Bewegungsradius auf die Gettos amtlich nivellierter Spielplätze. Wohlstand, Sicherheit und Ordnung, so hatte man es sich wohl gedacht, sollten die Basis liefern für die eigenen Lebensimpulse. Aber die wachsende Perfektionierung der Ordnung lähmte und band sie gerade und heftete den einzelnen an den Fleck.

Hier, so hatte Liebe Utah zu erklären versucht, entstand jene spießbürgerliche, betuliche, autoritäre, intolerante Adenauer-Ära, für die tatsächlich der Leitspruch des Wirtschaftsministers Erhardt galt: Keine Experimente! Indem man das 3. Reich als unappetitlichen Betriebsunfall abhakte, habe man den Betrieb geschmeidig eben dort wieder aufnehmen wollen, wo ihn die Revolution von 1918 so empfindlich gestört hatte.

30

Tatsächlich hatte ein Großteil von Liebes Generation jenen CDU-Staat, in den sie hineingeboren wurde (und den Kohl später noch einmal so schändlich zu restaurieren unternahm), in den 60er-Jahren tagtäglich als eine Fortsetzung bzw. Vorbereitung des NS-Staates mit anderen, nämlich bürgerlichen Mitteln gedeutet. CDU und CSU, und das sollte sich nicht ändern, waren nur in einem formaljuristischen, fiktiven Sinn demokratische Parteien, nicht aber in ihrem Werteverständnis, denn der einzige bindende Wert, dem sie sich verpflichtet fühlten, war die Erlangung und Behauptung der Macht, die den leitenden Mitgliedern ihrer mafiösen Bruderschaften einträgliche Positionen verschaffte.

«Wie Landgrafen, die es noch nicht fassen, dass das Gottesgnadentum auch auf deutschem Boden irgendwann einmal abgeschafft worden ist: hochherrschaftlich in der Arroganz, dass nur ihresgleichen regieren kann, dann konsterniert vor der Nachricht, dass die Stallknechte tatsächlich ins Palais

wollen, nachher gekränkt, dass die versuchte Bestechung nicht gelingt (Kiesinger bietet der FDP sechs Minister-Posten statt drei, die ihr allerhöchstens zukommen, und verzichtet auf Mehrheitswahlrecht, verspricht den Überläufern schon für die nächste Bundestagswahl, dass man ihnen die nötigen Wahl-Kreise schenken werde), schließlich das verlogene Lächeln: „die Sozialdemokratie hat sich an die Macht gemogelt", „machtgeil", „Regierung ohne Programm" usw.» So hatte Max Frisch am 29.9.1969 in seinem zweiten Tagebuch treffend das Ende der 20jährigen CDU-Herrschaft in der Bundesrepublik und die Konstituierung der ersten sozialdemokratisch geführten Bundesregierung unter dem Kanzler Willy Brandt kommentiert.
Und davor, so hatte Liebe seinen Vortrag beendet, Hatte es eben die Beatles gegeben, vor allem die Beatles ...

Er habe übrigens, hatte König bei ihrer letzten Begegnung noch erzählt, an jenem Tag in Berlin ein merkwürdiges Erlebnis gehabt, als er, ehe er ins Funkhaus gegangen sei, aus seinem Hotel einen Kurier bestellt habe, um einen Artikel zur TAZ-Redaktion schaffen zu lassen. Bei dem Fahrradboten, der kurz darauf erschienen sei, habe es sich tatsächlich, stell dir das mal vor, Liebe, um Fritz Teufel gehandelt, ja, *unseren* Fritz Teufel!, er habe es erst realisiert, als der Mann schon wieder fort war, und sich dann ungeheuer geschämt, dass er ihm ein Trinkgeld gegeben habe. Eine ganz und gar unkorrumpierte Gestalt von eigentümlicher Würde, fügte König nachdenklich hinzu und ergänzte, wie schön es wäre, wenn doch mancher larmoyante ehemalige DDR-Bürgerrechtler ebenfalls die Größe und Würde aufbrächte, als Fahrradkurier zu arbeiten statt sich in seiner gekränkten Geltungssucht mit den reaktionärsten Positionen in dieser Republik gemein zu machen.
Dieser Fritz Teufel, langhaarig, bärtig, randlose Brille, Kommunarde, war für die BILD-Zeitung Ende der 60er Jahre neben Rudi Dutschke lange der Staatsfeind Nummer Zwei gewesen. Anders aber als im Fall des SDS-Ideologen war es ihr bei Teufel nicht geglückt, einen Attentäter zu mobilisieren, vielleicht weil dieser Bürgerschreck (darin eher John Lennon als Che Guevara verwandt) sich allzu unernst gerierte. Legendär wurde sein Auftreten vor einem Berliner Gericht 1967, angeklagt wegen Landfriedensbruchs: Beim Eintritt des

Richters war er auf seinem Stuhl sitzen geblieben. Der Aufforderung des Vorsitzenden, sich gemäß den Gepflogenheiten der ehrwürdigen Kammer gefälligst zu erheben, hatte er mit dem Statement Folge geleistet: Wenn es denn der Wahrheitsfindung dienlich ist.
Weißt du noch? hatte König mit glänzenden Augen an diese mythische Episode erinnert und sich nachdrücklich versichert: Und genau darum ging es damals doch, Liebe, oder nicht? – Darum geht es nach wie vor, König, hatte Liebe gelächelt, Oder etwa nicht?

31
Dorothea Gott war zum Millenniumswechsel nach New York geflogen, sie hatte in der Stadt Freunde. Nach ihrer Rückkehr erzählte sie Liebe, sie habe sich dort mehr als ernstlich verliebt, in einen jungen schwarzen Rapper aus Washington nämlich, oder vielleicht auch bloß, fügte sie lächelnd hinzu, in seinen absolut unwiderstehlichen Künstlernamen: nannte er sich doch sinnreich TheoD.C.
Und seine Musik? hatte Liebe gefragt.
Klasse, begeisterte sich Gott, Der Rhythmus geht in den Bauch und die subversiven Texte fordern den Kopf. Nichts für besinnungslose Raver. Guter Rap ist eine Art Straßenkampf!
Liebe hatte sie dann ein paar Wochen nicht gesehen, bis sie ihn anrief und mitteilte, sie habe ihren Spielsalon und ihr gesamtes Besitztum mit Ausnahme ihrer Kleidung verkauft und würde am kommenden Tag von Düsseldorf aus erneut nach New York fliegen, vermutlich für länger. Theo habe ihr eine Green Card, eine Wohnung und einen Job bei der Dependance irgendeines deutschen Finanzmaklers besorgt.
Gott gibt, Gott nimmt, hatte Liebe gefrotzelt.
So ist es, sagte sie, Fährst du mich zum Flughafen?
Sicher, hatte Liebe geantwortet.
Erklär mir aber noch, Liebe, was ich nicht erklären kann, hatte Gott ihn dann aufgefordert, als sie, bevor sie eincheckte, in der Airport-Bar einen Kaffee tranken, und zu wissen gewünscht, weshalb denn ausgerechnet er, Ritter und

Namenspatron der Liebe, so lange schon, eben seit der Geschichte mit Utah Anders, allein lebe ...

In der Regel begegnete Liebe dieser Frage, ebenso wie jener zweiten: weshalb er sich denn um himmelswillen nicht aktiv um die Anbahnung amouröser Affären bemühe (und zwar unter Ausnutzung aller modernen Kommunikationswege), kokett mit der berühmten Picasso-Sentenz „Ich suche nicht, ich finde" – nicht ohne bedauernd seinen vergleichsweise geringeren Erfolg unerwähnt zu lassen.

Und tatsächlich hatte er nie vorsätzlich eine Frau gesucht, vielmehr stets auf Begegnungen vertraut, die sich im Rahmen seines alltäglichen Lebens gleichsam selbstverständlich einstellen würden – oder eben nicht. Jedes andere, zielstrebig inszenierte Vorgehen (Single-Treffs, Kontaktanzeigen, Chatten etc.) erschien ihm dagegen wie ein aus der Not der Triebe und Konventionen geborenes Einkaufen auf dem Markt – dessen jene bedürften, die ein existentielles Manko mittels einer Ware (namens Frau) zu beheben hofften, wozu er keine Veranlassung sah: weder fand er sich hilflos den biologischen Paarungsgesetzen unterworfen, noch gewillt, sich vor dem Leben mit einer Art ritualisiertem Rollenspiel zu schützen.

Aber vermisst du nichts? zweifelte Gott.

Doch, sagte Liebe, Sex, sprich Nähe und Wärme.

Aber seine Furcht vor Fiktionen sei eben weitaus größer als seine Angst vor der Einsamkeit, erklärte er Gott, Und der angemessene Platz für Fiktionen sei seiner Meinung nach der auf einer Kinoleinwand, einer Bühne oder zwischen zwei Buchdeckeln. Allerdings interessierten ihn auch dort nur solche Produkte, deren Fiktivität in ihrer Plausibilität der Wirklichkeit entspräche. All die aufgemotzten künstlichen Scheinwelten, Scheindramen, Scheinromanzen, Scheinkomödien hingegen, die dürftig, kalkuliert und durchschaubar, die aktuelle Hoch- und Niederkultur sowie das allgemeine Lebensgefühl dominierten, langweilten ihn nur. Freilich lieferten sie den passenden Überbau zu jener fundamentalen Infantilgesellschaft, auf deren globale Etablierung die Geschichte (wenigstens die kapitalistische) offenkundig hinausliefe.

Meine Furcht vor Fiktionen ist weitaus größer als meine Angst vor der Einsamkeit, wiederholte er gedankenverloren, doch er hoffe noch immer, dass ihn diese Voraussetzung offen für die wirkliche Liebe mache, die allerdings, das müsse er zugeben, ein äußerst seltenes Ereignis sei, das sich aber gewiss nicht durch Manipulationen herbeiführen ließe – die großen Liebschaften seines bisherigen Lebens (mit Sabrina Rosroth, Isis Bukderian und Utah Anders) seien gänzlich ungeplant zustande gekommen.

Aber was wäre, hatte Gott ihn, als sie sich verabschiedete, ernst gefragt, Wenn gerade diese Überzeugung die eigentliche Fiktion ist?

In den letzten Sommertagen 2001 hatte Liebe eine Ansichtskarte aus New York bekommen, die bunte Fotografie auf dem Cover zeigte das World Trade Center vor dem Anschlag vom 11. September. Auf eine Stelle in den obersten Stockwerken des südlichen Turms, den es nun nicht mehr gab, war mit Kuli ein kleines Kreuz gemalt. Auf der Rückseite stand handgeschrieben: Dear Liebe, God is dead – TheoD.C.

Zunächst hatte Liebe gedacht: So neu, Theo, ist das wirklich nicht. Und erst nach einer Weile hatte er begriffen, dass Dorothea Gott an diesem Tag in diesem Gebäude ums Leben gekommen war.

Später hatte Theo ihm noch gemailt, sie habe erst seit einigen Wochen halbtags in einer Cafeteria des Turms gearbeitet, nachdem sie diesen Fuck-Job bei dem Broker hingeschmissen habe. Der Typ lebe noch, er sei davongekommen, weil sein Office in der 11. Etage des Zwillingsgebäudes gelegen habe.

An dem Tag hatte gegen 15 Uhr ein Freund Liebe angerufen und ihn gedrängt, sofort das Fernsehen einzuschalten, CNN, in den Staaten sei irgendwas los. Und Liebe hatte sich gerade rechtzeitig zugeschaltet, um zu sehen, wie das 2. Flugzeug in den Südturm raste, eben noch rechtzeitig also, um unwissentlich bei Gotts Tod dabei zu sein, die, falls sie die Explosion der Maschine überlebt hatte, 30 Minuten danach mit dem kollabierenden Gebäude in die Tiefe gestürzt war. Liebe konnte sich Gott in diesen letzten 30 Minuten nicht vorstellen und noch weniger ihr Sterben. Er hatte sie klar vor Augen, wie sie über eine Straße ging, sich eine Zigarette anzündete oder beim Badminton einen Schmetterball platzierte, doch das Zerquetscht-, Zerrieben-, Zerstückelt- oder Verbranntwerdens ihres Körpers inmitten von Tausenden Tonnen Schutt zu imaginieren, gelang ihm nicht, weil jenseits einer gewissen Grenze der Brutalität das Individuum, das sie gewesen war, gänzlich verschwand.

Ich ahne, hatte TheoD.C. weitergeschrieben, Was du von unserem Patriotismus hältst, aber vergiss nicht, Liebe, dass Fiktionen Nestwärme schaffen (oder umgekehrt). Gott meinte mal, dass es die bei euch nicht mehr gäbe. Aber sie sagte nicht, ob das eine Schwäche oder eine Stärke sei.

Eine Stärke, lieber Theo, hatte Liebe nach einiger Überlegung zurückgemailt.

Dank

Der Autor dankt Samuel Liebe nebst Verwandten und Freunden für die freundliche und uneigennützige Unterstützung. Er weist darauf hin, dass Hubert König bei seinem Vortrag im Haus des Kölner Zahnarzts äußerst manipulativ offensichtlich einige Gedanken der wunderbaren Publizistin Claudia Wolff aufgriff, die sie zur hellen Freude des Autors in ihrem Feature „Ernstfall. Ein Traum von ihm" mit ganz anderer Tendenz entwickelte.

Weitere Bände:

Geschichten (Kleine Prosa)
Schott's Mitteilungen von einem unbewohnten Planeten (Kurzroman)
Marktwirtschaftliche Gedichte
Songbook
Denk-Bar (Essays & Ideen)
Zwei Hör-Stücke